アリガト謝《シエ》謝《シエ》

木下諄一
KINOSHITA JUNICHI

講談社

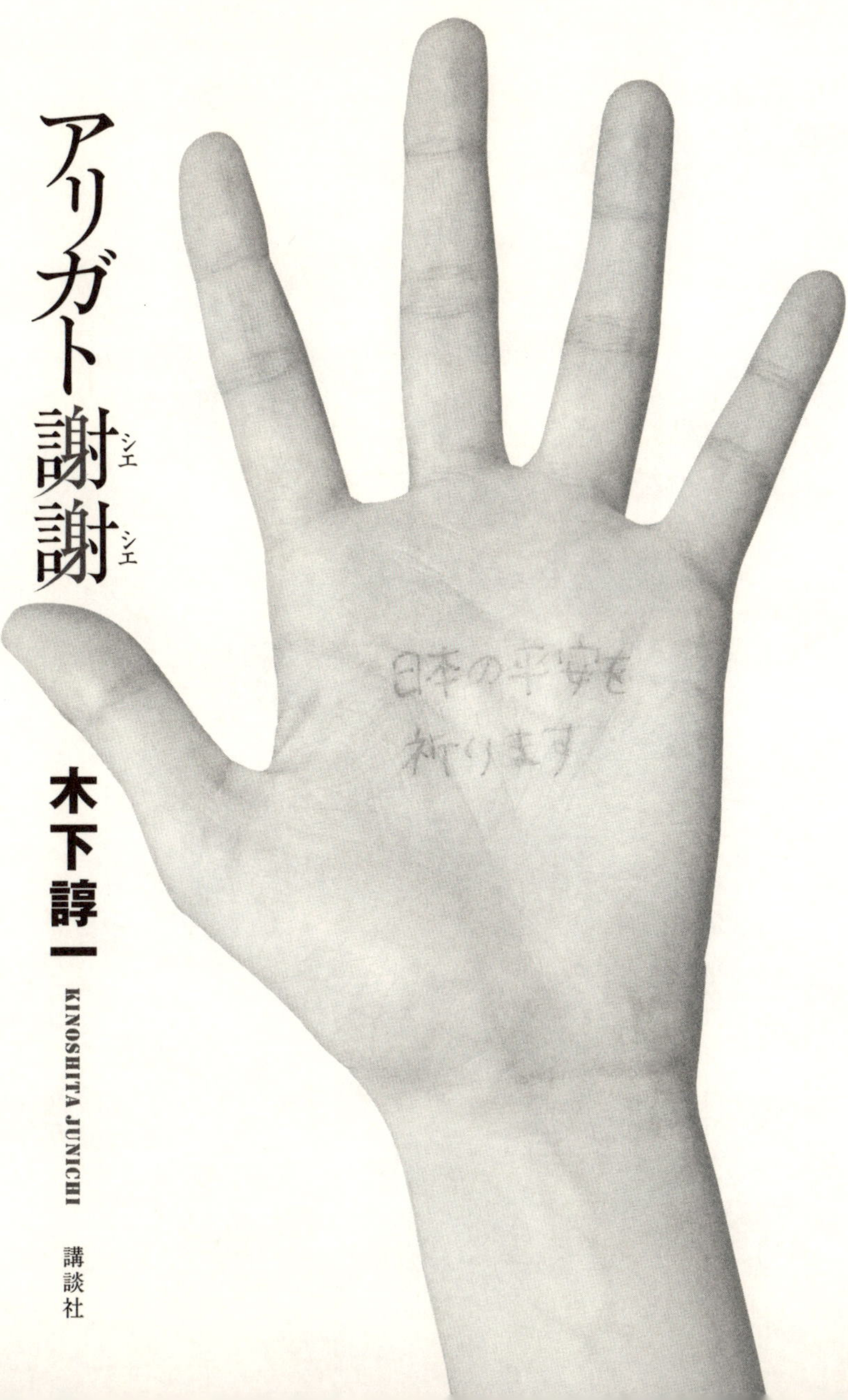

目次

装幀　岡　孝治
写真　縄手英樹／アフロ

アリガト謝謝

第一章

三月十一日

朝八時を過ぎたころから、台北《タイペイ》市内の交通ラッシュがはじまる。

満員の乗客を乗せたバスがほかの車を威圧するように走り、その横をタクシーが狡猾《こうかつ》にかわしていく。さらに、その間をバイクの群れがハエのように不規則な軌道で右へ左へと飛ぶように進む。

バイクは赤信号では、停車している車の前にずらりと並ぶ。一列に七台か八台。これが五、六列できるので、四十台ほどの塊《かたまり》になる。

最前列に並んだ運転手たちの目は、そろって待ち時間の残りを示す信号のデジタル数字を見ている。そしてそれがゼロになった途端、まるでレースさながら、我先にと猛スピードで飛び出して行く。


三月十一日、金曜日。

この日は朝から暑くなりそうな予感がした。

市内を南北に走る復興北路《フーシンベイルー》。その南京東路《ナンジンドンルー》との交差点から少し路地を入ったところに、ひと際高く聳《そび》える十四階建てのビルがある。

ビルの前方はコンクリート敷きのスペースが広がり、入口の横には制服を着た警備員が鋭いまなざしで往来の人たちを注視している。さらにそこからずっと左手のほうに行くと石碑のような大きな看板があって、端正な楷書《かいしょ》風で「文化経済代表処　台北事務所」という文字が刻まれている。

文化経済代表処は、台湾では一般に代表処という名称で呼ばれる。表向きは民間によって組織された団体ということになっているが、実質は外務省と経済産業省が共同で管轄する政府機関であり、その業務は経済、文化の交流窓口のほかに、日本を代表して行う台湾の公式機関との連絡や調査、さらには渡航や在住に関する領事業務にまで及ぶ。わかりやすくいえば、国交のない台湾における日本大使館ということになる。

午前八時半、代表処文化室。派遣員の山崎真奈《やまざきまな》は事務所の鍵を開けた。

仕事がはじまるのは九時からだったが、真奈は毎朝この時間に出勤する。事務所の鍵を所持しているのは日本人スタッフだけなので、日本人のだれかがいちばんに来て鍵を開けなければならないからだ。

だれもいない事務所はまだ半分眠っていた。

ひと晩たまった湿気がじっとりと肌に纏《まと》わりつく。

真奈は自分のデスクに腰掛けて、無糖の豆乳と蛋餅《ダンビン》（小麦粉で作った薄い生地とたまごをいっしょに焼いたもの）の朝食を広げた。近くの屋台で買ったものだ。この屋台の店主は四十歳前後の女性だったが、お客に商品を渡すとき、いつも「祝你有美好的一天《ジューニーヨウメイハオダイーティエン》（きょうが素晴らしい一日でありますように）」と笑顔で声をかける。

はじめは特に意識しなかったが何度か聞くうちに、真奈は一日のはじまりにふさわしい元気をもらっているような気がして、今では週に二、三回、この屋台で台湾式の朝食を買って食べている。

豆乳のテイクアウト用カップにストローを突き刺し、ビニール袋の中から蛋餅を取り出すと、小麦粉の焼けた匂いが微《かす》かに鼻孔を刺激した。それを頰張《ほおば》りながら、真奈は背後の窓から外を眺めた。

四階の事務所からは真下に小さな公園が見える。

生い茂るガジュマルの木と休憩用の涼亭の屋根。ベンチに座って話をする老人たち。足早に出勤するOL風。とことこと走って行く茶色い犬。

大通りに面していないので、ラッシュアワーの喧騒《けんそう》は感じられなかった。まだ陽射しもそれほど強くはない。

いつもと同じ朝の風景があった。

代表処台北事務所には日本から派遣されたスタッフが約三十人いる。これにくわえてローカル採用の台湾人スタッフが約五十人。この人数は大使館の規模からしても、十分に中規模クラスを備えている。このうち文化室は十六人。大きな窓がいくつもある奥の壁を背にして、その前に日本人スタッフのデスクがずらりと並ぶ。向かって左側から室長の小笠原修二《おがさわらしゅうじ》、主任の柳田仁《やなぎだひとし》、専門調査員の広田梢《ひろたこずえ》、そして派遣員の山崎真奈。そこから少し離れたところには高見沢健吾《たかみざわけんご》と藤田広子《ふじたひろこ》、二人の日本語教師の席がある。さらに日本人スタッフのデスクから一望できる事務所の中央あたりには、いくつかの机を合わせたシマがあって、こちらは現地採用の台湾人スタッフの席になっている。台湾人スタッフは正規職員のほかにアルバイトと図書館の管理スタッフまで含めて全部で十人いる。

九時が近づくと、同僚が続々と出勤してくる。そして「お早う」の声があちこちで飛び交い、事務所全体が滑るように一日の業務に入っていく。

デスクトップのパソコンを覗《のぞ》き込みながらメールをチェックする者、電話をかける者、テーブルに移動して打ち合わせをはじめる者。それは真奈が台北に赴任してから半年間、毎日見てきた光景だ。

真奈の仕事はメールチェックとその返信にはじまって、ホームページの更新。ここまでを午前中に片付けなければならない。

　この日は啓発品の貸し出しに関する問い合わせのメールが一通届いていた。

　啓発品というのは正確には文化啓発品といい、ひな人形や鯉《こい》のぼりのほかに、凧《たこ》や羽子板《はごいた》、お手玉などの玩具《おもちゃ》から餅つきの臼《うす》や太鼓《たいこ》、招き猫まで日本独自の文化と関係する物品のことを指す。代表処ではこれらの啓発品を百種類以上保管していて、学校や非営利団体を対象に無償で貸し出している。

　今でこそ慣れたが、真奈ははじめて啓発品という呼び名を聞いたとき、このネーミングに微妙な違和感を覚えた。「文化品」とか、せいぜい「文化伝達品」。これならまだ何となく理解できるのだが、どうして「啓発」という言葉が使われるのか。そこのところが引っ掛かったのだ。

　辞書で「啓発」について調べてみると、「人々が気付かないような物事について、教えわからせ、より高い認識、理解へと導くこと」と書いてあった。

　この説明にそのまま啓発品を当てはめてみると、「人々」は台湾人、「気付かないような物事」は日本の文化、そして「教えわからせ、導く」のが自分たちとなる。

　たしかに代表処文化室の主な業務は日本の文化伝達には違いないが、それにしても、ひどく上から目線のような気がした。

　以前、同僚の広田にこのことを話したことがある。しかし、そのとき彼女は「そういえば、そうねえ。何でかね」と笑っただけで、それ以上の言葉はなかった。

　その広田が隣の席から真奈に声をかけた。

「真奈、柳田主任が呼んでるよ」

　広田の席は真奈の右隣、そして柳田の席はそのまた右隣。日本人スタッフのデスクは一列に並んでいるので、柳田が真奈を呼ぶには直接真奈のデスクまで足を運ぶか、そうでなければ広田を経由しなければならなかった。

真奈はすぐに作業の手を止めて椅子から立ち上がり、柳田のデスクに向かった。

柳田は文化室の中には少ない外務省からの出向だった。身長百八十センチを超える立派な体格に整った顔立ち。紺のスーツがよく似合う、いかにも優秀な外交官のイメージがある。真奈ははじめて柳田を見たとき、「こんな人、本当にいるんだ」と驚いた。しかし、その意味は柳田が男性として魅力的に見えたということではなく、柳田の醸《かも》し出す雰囲気が、あまりにも真奈のイメージするエリート官僚そのもので、それがおかしくてたまらなかったからだ。

「主任、何でしょうか」

「うん、これなんだけどね」

柳田はそれだけいってデスクトップパソコンの画面を指差した。

そこにはきのうの午前中、真奈がホームページにアップした記事が映っていた。

「この記事が何か？」

「読んでみて」

台湾と北海道、観光産業フォーラム

２０１１年３月10日作成

３月９日、台北国際会議センターにおいて、「台湾と北海道、観光産業フォーラム」が開催されました。当処より三森《みつもり》副代表が参加し、異なる観光資源を有する両地域で今後さらに交流が深まることを期待する旨述べました。

　パネルディスカッションでは両国の旅行者にとって魅力ある観光資源は何かについて話し合われました。

　このほか今回のフォーラムには陳《チェン》茂彬《マオビン》・台湾旅行業公会名誉理事、北海道観光協会・牧野《まきの》正《ただし》会長も参加し、牧野会長からは具体的にいくつかのツアーに対するモデルコースも紹介されました。


「あっ」

　自分の書いた記事を途中まで読んで、真奈は思わず声を漏《も》らした。

「すみませんでした」

　いうが早いか、すぐに自分のデスクに飛んで戻った。そして慌ててホームページを開き、問題のページを探し出すと、問題の箇所を慎重に読み返しながら訂正をくわえた。

　訂正はわずか五秒で終わった。

「両国」を「日台双方」に変えただけだ。

　代表処では台湾についてひとつの認識がある。

　それは一九七二年に日本が台湾と国交を断絶し、中華人民共和国、いわゆる中国と国交を結んだときに発表された日中共同声明に基づくものだ。

　その中で、中国は「台湾はあくまでも中華人民共和国の一地方にすぎず、『国』として扱ってはならない」と主張している。一方、これに対する日本政府の見解は、この「中華人民共和国の立場を十分理解し、尊重する」ということになっている。

この曖昧《あいまい》な外交的スタンスは双方が同一価値を共有しているようで、実際には微妙な解釈の違いを残している。

ただ、外務省としても無理に中国との関係を荒立てる必要はなく、そのため、できる限り台湾を「国」として扱わないような対策を続けているのが現状だ。そうなると、その中の中国課台湾班に所属する代表処もそれに倣《なら》えの構えとならざるをえない。

このような理由から、代表処の発表するコメントや文章の中では「両国」という表記を用いることはできず、それに代わって「日台」とか「双方」などというお茶を濁《にご》したいい方にしなければならなかった。ちなみに「台湾政府」といういい方も、いうまでもなくタブーで、これには「当局」が代用される。「中華民国政府」は「台湾当局」となるのだ。

こうした呼称について、真奈は赴任前に外務省で行われた一週間の研修期間の中で教わっていた。また赴任後すぐにも、室長の小笠原から「代表処っていうところは民間団体とはいっても、実質は政府のようなところですから、とにかく、わたしたちで勝手に決められないことがたくさんあるんですよ。だから何というか、そこのところ、その、バランス感覚みたいなものを、山崎さんにも早く身につけてもらいたいですね」と遠回しにではあったが念を押されていた。

そのとき真奈はまだ小笠原のいった「バランス感覚」という言葉のニュアンスがよくわからなかった。しかし、それでも何となく、ここにはここだけの特別なルールがあって、自分がここで仕事をしていく以上はそのルールに従わなければならないのだということを肌で感じた。

それ以降、真奈はホームページの表記や公式な場で発言する際、言葉遣いについては細心の注意を払ってきた。だから、表記ミスなど百パーセント起きるはずはないという自信もあった。にもかかわらず、ミスは起きた。

無意識のうちに現場でコメンテーターの話した言葉をそのまま使ってしまったのだろう。でも、たとえそうだったとしても——それ以外に原因は考えられないのだが——、自分が「両国」という文字をキーボードに叩いたという事実は信じられなかった。

このあと対外向けメールの受信をチェックしてみたが、幸い外部からの苦情は来ていなかった。それを確認すると、一日の業務はまだはじまったばかりだというのに、どっと疲れがあふれ出た。そして何をしたのかわからないうちに午前中の時間が過ぎていった。

トレイの上には料理が三つ載っていた。

鼎邊挫《ディエンビエンツオ》という、とろみのある海鮮スープに米汁粉を固めて入れたもの。それから揚げ豆腐と甜不辣。甜不辣は「てんぷら」と読むのだが、日本の天ぷらとはまったく別物で、さつま揚げをゆでて甘辛いタレをかけたものだ。

この三品で百二十五元、日本円にして三百五十円ほど。日本人の感覚では安い昼食かもしれないが、現地の人にとっては必ずしもそうとはいえない。ここ数年、物価は上がる一方なのに、給料のほうは一向に上がる気配はなく、ファストフードやコンビニで一時間アルバイトしても、この食事が食べられないのが現実だからだ。

真奈は適当に席を見つけて腰を下ろした。

代表処の近くに昼食を食べるレストランは少なくない。ただ、昼の時間はどこも満員で席を確保するのにひと苦労する。これは多くの一般企業の昼休みが十二時からはじまるのに対して、代表処の昼休みは十二時半からだからだ。この三十分の遅れがレストランの選択を不自由にする。

そんな中、真奈がよく利用するのが歩いて二分ほどのところ、香港《ホンコン》系デパートの地下にある、この美食街だった。

　ワンフロアがすべてダイニングスペースになっていて、四人掛けと六人掛けのテーブルが合わせて七十ほどある。それを取り囲む四方の壁の部分はすべてテイクアウト専用の店舗となっている。料理の種類は中華をはじめ、ベトナム、韓国、イタリアなど多国籍。それに交じってラーメンや丼物、鉄板焼きなど日本食もある。

　お客はこれらの店でそれぞれに好きな料理を買ったあと、テーブル席に持って行って食べるのだ。ここなら十二時半に仕事を終えてから来ても、空席がひとつもないということはない。味については、取り立てておいしいというほどではないが、それでもほかと比べると格段に便利で、そのためいつの間にか一週間のほとんどをここで食べるようになっていた。

　少し遅れて広田が席に着いた。

　トレイに載っているのは紅油抄手《ホンヨウチャオショ》。四川《しせん》風のワンタンにラー油をかけたものだ。その隣には酸《スワン》豆角《ドウジアオ》（インゲン豆を塩漬けにして酸味を出したもの）とタケノコの煮つけ。これで百四十元、日本円にして四百円ほどだった。

「けさ、何だったの？　柳田主任」

　ここに座ったら聞こうと準備していたかのようなタイミングで広田がいった。

「『両国』、使っちゃったんですよ。ホームページのニュースに」

「そりゃヤバいよ」

「自分では全然覚えてないんですけどね」

「やるときって、だいたいそんな感じだよね。わたし、そんなことしたっけみたいな」

　その通りだ。広田の言葉に、妙に納得しながら真奈は続けた。

「でも、見つけてくれたのが柳田主任でよかったといえばよかったです。あの人、ネチネチいわないし。けさだって、わたしに画面を見せて『読んでみて』って、それだけでした」

「『読んでみて』か。いかにも柳田主任って感じ」

「ただ、わたし、いつも思うんですけど、代表処のルールってどうしてあんなに面倒くさいんですかね。わたし的には『両国』でも『台湾政府』でも、何だっていいと思うんですけど」

「まあ、いいたいことはわかるけどね。でも、そうなんだから、しょうがないのよ。それより、そんなことといってると、またそのうちにやるよ、『両国』」

広田が笑うと、真奈もそれに合わせるように笑いで返した。

こういう話をするとき、広田は真奈に合わせているようで、実際には安全地帯から出ることはない。広田の返事の中にはいつも「もうこの話は終わりだよ」というメッセージがどことなく感じられたし、その空気が伝わると、真奈もそれ以上引っ張る気にはなれなかった。

「ところで今晩なんですけど、どうします？　広田さん、午後からセミナーあるっていってたじゃないですか」

「そうねえ、できれば一度戻って来たいんだけど、何時までかかるかわかんないし。五時過ぎぐらいになったら状況見て一度連絡入れるようにするよ」

話は急転換して今晩の食事会のことになった。

この食事会は先週広田が台湾近代史の勉強会に参加したとき、その中のメンバー、台北歴史大学の陳義信《チェンイーシン》教授と決めたもので、台湾人の教授仲間も何人か参加することになっていた。

真奈に声がかかったのは、教授のひとりから「日本人の女性を連れて来てくださいよ」という熱烈なリクエストがあったからだ。

台湾で日本人女子は自分たちが思っている以上に人気がある。

ただ、そこには日本人女子は謙虚で優しいという台湾人の勝手な思い込みがあって、それが多少なりともイメージアップに貢献しているのも事実だ。

さらにもうひとついえば、彼女たちが話す日本語だ。

たとえば「うわぁ、すごいですね」。これをいうとき、出だしの「う」を小さな声で、そのあと一気に声を上げて、最後の「ね」を心持ち長めに伸ばす。そうすると、聞いている台湾人は意味がわからなくても脳内にアルファ波が大量に分泌されて恍惚《こうこつ》とした気分になるらしい。

この効果については、真奈もよくわかっていた。ただ、そういう話し方をすること自体、うそ臭い演技をしている気分になってしまう。女子力が低いといわれればそれまでかもしれないが、それでもできないものはしょうがない。そして、「それ」を期待される食事会に参加することは無意識のうちにちょっとしたプレッシャーになってしまう。

とはいうものの、一方で、陳義信については、どんな人か会ってみたいという好奇心もあった。

真奈がこれまでに広田から入手した陳義信に関する情報は、東京大学の修士課程を修了、日本語も堪能、専攻は台湾の近代民主化運動。それからたぶんイケメン。イケメンについては、広田からはっきり聞いたわけではなかったが、たぶんそうだろうという真奈の推測だった。

「陳教授って、考え方が柔軟っていうか、ほんと、それがすっごく素敵なの。歴史を研究する人って、結構その立ち位置によって凝り固まった考え方の人が多いって印象なんだけど、陳教授の場合はその辺が安心できるっていうか、とにかく視野が広いのよ。だからきっとおもしろい話が聞けるはずよ」

これが広田の陳義信に対する印象で、最高ランクの評価だった。

食事会の話をしているうちに、気が付くと少し前までざわついていた周囲が急に静かになっていた。人の数も減り、皿の上の料理もなくなっている。二人は無言で目を合わせ、どちらからともなく席から立ち上がった。

食事のあと、セミナーに参加するために台北歴史大学へ向かった広田と別れて、真奈は事務所に戻った。

午後一時半をほんの少し回ったところだ。

午後の予定は二時から日本語の弁論大会についての打ち合わせがある。

台湾では日本語を勉強する人が少なくない。日本語ができると仕事を探すのに有利だということもあったが、それ以外にも日本に対する純粋な興味から、なんとなく勉強してみたいという理由ではじめる人がたくさんいるからだ。

代表処ではこうした日本語の学習者を対象に、年に一度弁論大会を行っていた。そしてきょうはその準備として代表処に常駐の日本語教師、高見沢を中心に地元大学の日本語学科の先生たちも交えて審査員をだれにするのか、その選考を行う予定だった。

打ち合わせまでまだしばらく時間があったので、真奈は東京の国際文化センターに電話しようと思った。

国際文化センターは日本の文化を海外に広めるためにさまざまな業務を行う政府の外郭団体で、日本映画のフィルムを大量にストックしている。その中から六月に台北市政府が行う台北映画フェスティバルで上映予定のフィルムを何本か送ってもらうのだ。

真奈は一週間ほど前、先方窓口の若宮《わかみや》に連絡したが、返ってきたメールに書いてあったのは「ないのがいくつかあります」だった。

これ自体は何の問題もない。しかし、そのあとに続く言葉が「探してはみますが」で、真奈はこちらのほうが気になった。

真奈が期待していたのは「すぐに探してご返事しますので、もうしばらくお待ちください」とか、こういう内容のものだった。しかし、若宮の発した「探してはみますが」というひと言からは、はっきりと断定することはできなかったが、「何か代替品で間に合わせるわけにはいきませんか」というようなニュアンスが感じられた。

そしてそのあと一週間、若宮からの連絡はなかった。

「代表処台北事務所の山崎ですが」

予期せぬ電話だったのか、若宮は「あっ」とひと言発したあと、次の言葉が続かなかった。

「例のフィルム、どうなりましたか」

「それがぁ、いろんなところを探してるんですけど、なかなか見つからなくて……。すみません」

やっぱり。問題は解決されていなかった。しかし不思議なことに、若宮の返事を聞いて、真奈は焦《あせ》りや怒りよりも何故か安堵《あんど》を覚えた。そして、その安堵は真奈の中で正義へと変わって、力強い言葉を吐《は》かせた。

「だったら、いつ頃ならわかりそうですか。だいたいの日にちだけでもいただけませんか」

「そうですね……」

本当に探す気はあるのだろうか。期待のできなそうな声。そんなことを思いながら、真奈は若宮の返事を待った。

ところがこのとき、うまくはいえないのだが、一瞬、すうっと若宮が消えていくような感じがした。

──どうしたんだろう。

沈黙。

受話器の向こうに人の存在が感じられない。

しばらく待ってみたが、やはり応答はない。

「もしもし。もしもし、若宮さん」

──どうしたんだろう。

電話回線の調子が急におかしくなったのだろうか。台湾ではときたまこういうことが起こる。原因を考えてみて、いちばん可能性がありそうなのはこれなのだが……。

「もしもし」

ふと正面の柱にかかっている時計が目に入った。

針は一時四十六分を指している。

打ち合わせの二時までには、もう少し時間はある。まだ大丈夫。そんなことを思いながら、真奈は引き続き若宮の返事を待った。

「もしもし、若宮さん」

そういった途端、今度はブチッという音とともに電話が切れた。

今の切れ方は電話回線の問題ではない。あきらかに相手が人為的に受話器を戻した音だ。

──ひどい。

怒りがふつふつと込み上げてきた。

いくら答えに詰まったからといって、いきなりブチッはないだろう。

真奈は受話器を握ったまま、しばらくそのままの姿勢で固まっていた。

「どうしたの？」

余程怖い顔をしていたのか、台湾人スタッフの荘 文 真《ジュアンウェンジェン》が真奈のほうを見ながら不思議そうに聞いてきた。

「えっ、いや、何だかよくわからないんだけど、急に切られちゃって……。ははは……」

無理矢理の作り笑いでその場をしのぎながら、怒り心頭の思いでもう一度かけ直してみた。しかし、今度はだれも出なかった。

呼び出し音が続くだけだ。

ふと我に返ると、事務所の中は普段と変わらず、同僚たちはみんなそれぞれの席でパソコンと向かい合ったり、書類を作成したりしている。

右手の方向を見ると、小笠原があまり流暢とはいえない中国語で何やら電話をしていた。「対《ドゥイ》、対、対、対、対、対」と真奈のデスクからでも聞こえる大きな声で「対（そうです）」を五回も繰り返した。


二時からは予定通り、文化室付属の会議室で日本語弁論大会についての打ち合わせがはじまった。

出席者は真奈のほかに、代表処から日本語教師の高見沢と藤田、このプロジェクトで台湾関係者との連絡を担当している荘文真、外部からは淡水《ダンシュイ》大学教師の大島《おおしま》と新 荘《シンジュアン》大学教師の林恵玲《リンフイリン》、全部で六人だ。

打ち合わせの中では、審査員の選考について、高見沢が用意した資料をもとに参加者が意見を出し合った。審査員は例年、在台の日本語教育関係者が三名、ほかに日本からも二名を招聘していたが、今年度はだれを選ぶのか、その候補を決めなければならなかった。

話し合いがある程度まとまり、次の議題である審査基準の確認を討論しようとしているときだった。

ノックの音とともに会議室のドアが開き、小笠原が入って来た。その後ろには数人の台湾人スタッフもいる。

あまりにも急な出来事だったので、打ち合わせをしていたメンバーは何が起こったのかという表情で一斉にそちらのほうを見た。

「打ち合わせ中、どうもすみません。ちょっと緊急事態が発生したものですから」

緊急事態というわりには、小笠原の口調は淡々としていて、緊張感は感じられなかった。

台湾人スタッフの一人、陳怡静《チェンイージン》が真奈のうしろをすっと通り過ぎて、会議室のテレビのスイッチをつけた。

リモコンでチャンネルを探している間、小笠原は黙ったまま何の説明もない。

――一体、何があったんだろう。

沈黙の会議室に不安の空気が漂《ただよ》っている。

「ありました」

陳怡静の声とともに現れた画面は東方ニュースチャンネルのものだった。

青いスーツを着た女性キャスターがはきはきとした力強い調子でニュースを伝えている。

「きょう午後一時四十六分、現地時間の二時四十六分ごろ、日本の宮城《みやぎ》県でマグニチュード七・九の大型地震が発生しました。高さ六メートル規模の津波が来る恐れがあるので、現地の人は早く避難するようにと呼びかけています」

テロップは「日本の宮城県で地震発生」とある。その横ではマグニチュード七・九という文字が異様な存在感で迫ってくる。

キャスターの背後にはどこか港の風景の映像が映し出されていた。何台もの車が水の中に浮いている。遠くのほうでは破損した大きな建物の一部と見られる物体が流されていく。

キャスターは同じことを何度も繰り返している。発生からまだそれほど時間が経っていないからか、情報には限りがあるようだ。

「今、新しい映像が入りました」

どこかの事務所なのだろう。カメラが激しく揺れる。なかなか収まらない。

棚が倒れ、書類が床一面に散らばっている。机の上のパソコンのモニターがぐらぐらと揺れている。そして慌てる人たち。

激震の模様が画面を通して臨場感いっぱいに伝わってきた。

続いて日本のニュース番組の映像がそのままのかたちで流れはじめた。キャスターは日本語がわかるのか、背後に小さく流れる日本語音声の中からポイントをかいつまんで中国語に訳している。

テロップは一転して「日本NHKニュース速報より」という文字に変わり、日本語が直接流れてきた。

「きょう午後二時四十六分ごろ、東北地方一帯で大型の地震が発生しました。震源は三陸沖《さんりく》、震源の深さは十キロメートル、震度七の地域は……」

台湾のニュースチャンネルで聞く日本語は聞き慣れないせいか、真奈は不思議な気分だった。

「大津波警報が青森県《あおもり》、岩手県《いわて》、宮城県、福島県《ふくしま》、茨城県《いばらき》、九十九里浜《くじゅうくり》と外房《そとぼう》地域に出ています。現地の方はいち早く避難するようにしてください」

キャスターの声は続く。

みんなテレビの画面を食い入るように見ている。

「相当にひどそうですね」

小笠原はそういったが、これらの映像はまだ序の口ともいえるものだった。この先数時間後には本当に悲惨な映像が届くことを、このとき彼らはまだだれも知らなかった。

事務所の中には現状が把握《はあく》できない居心地の悪さが充満している。そして、それはなかなか消えそうにない。

真奈はさっきキャスターが一時四十六分といったのを思い出した。ちょうど若宮に電話を切られたとき、何気なく見た柱の時計が指していた時刻だ。

きっと東京も揺れたに違いない。しかも尋常ではない揺れ方だったのだろう。

そう思ったとき、真奈は急に日本を遠くに感じた。

——そうだ。ここは日本じゃないんだ。

それを証明するかのように真奈のまわりでは何も起こっていない。静かな日常がいつものように続いているだけだった。


地震が発生して間もなく、代表処ではすべての幹部を集めた緊急会議が開かれた。

代表処の組織は、上層部に三役と呼ばれる管理職がいて、その下に経済部と総務部のふたつの部門がある。さらに経済部の下は経済室と貿易相談室、総務部の下は総務室、政務室、秘書室、領事室、経理室、文化室と六つの室が設置された構成になっている。

三役の中でトップに位置するのは代表と呼ばれる職で、外交官としては大使に相当した。代表は外務省出身キャリア組の大使経験者が就任することになっており、台湾との交渉に関する全権を委任されている。

代表は、かつては所長と呼ばれていたが、所長では語感が軽すぎるということで、数年前から代表と呼ばれるようになった経緯がある。もっとも現地に住む民間の日本人の中には代表とは呼ばず、大使と呼ぶものも少なくなかったし、台湾当局の中でも台湾独立派の議員たちは大使を使うのが普通だった。

この代表の下に位置するのがナンバーツーの副代表で、経済産業省のキャリア組「中二階」と呼ばれる局長と課長の中間ポストクラスの官僚が就任する。筆頭公使に相当し、代表不在時に代理の職務を行うほか、経済部長としての任務も兼任した。

そしてナンバースリーに当たるのが総務部長で、総務担当公使に相当する。就任するのは外務省出身の課長クラスのキャリア官僚だが、前者二職と違って中国語に堪能なことが条件となっていた。

総務部長は現地では秘書長と呼ばれるように、代表処台北事務所全体の事務局長で、あらゆる案件は、この総務部長が掌握し、先頭に立って指揮をとる。いってみれば台北事務所の番頭役だ。

この三役だけは監督官庁の外務省と経済産業省から派遣されたが、それ以外のスタッフはこの二省のほかに財務省（国税庁を含む）、農林水産省、国土交通省（観光庁）、警察庁、防衛省、海上保安庁のほか、日本貿易振興機構（ＪＥＴＲＯ、経済産業省所管）や国際交流基金（外務省所管）といった独立行政法人、地方自治体の県庁、大学、シンクタンク研究者、日本語講師、民間企業（警備会社等）などの混成チームで形成されていた。

彼らには年齢、出身組織を問わず、一律に主任の職名が与えられた。この処置は派遣されて来る官庁間や年齢差で上下関係を生じさせないという内部的な配慮のほかに、業務を遂行する上で中国語の「主任」という言葉が責任あるポストをイメージさせるという理由もあった。そして何人かいる主任でも、同室の中で、もっとも年次の高い者は室長と呼ばれていた。

「皆さん、もうご存知のことかと思いますが、さきほど、午後一時四十六分、日本時間だと二時四十六分に東北沖を震源とする巨大地震が発生しました」

会議の進行役を務める総務部長の草部《くさべ》がいった。

「それで、代表処台北事務所では、緊急対策本部を設置します。具体的に何をやるかということについては、台湾メディアに向けての日本政府からの情報発信、その逆で地元メディアの報道する情報の収集、物資の受け取りや管理など、いろいろです。それで、こうした業務について、代表処台北事務所では、特に専門の部署を設けるだけのマンパワーはありませんので、これらをそれぞれの部署に振り分けて行いたいと思います。皆さん、しばらくの間、本来の業務のほかに仕事が増えることになりますが、未曾有の災害が発生したという状況でもありますし、何とか頑張っていただきたいと思います」

文化室からこの会議に参加していたのは室長の小笠原だった。

小笠原は緊急時という状況がもたらす独特の緊張と興奮が湧き上がってくる中で、何度も頷きながら草部の話を聞いていた。

文化室に振り分けられた仕事は地元メディアの情報収集だった。朝夕二回、台湾四大紙（自由日報、連合報、中国日報、蘋果時報《ピングオ》）とインターネットのニュースを拾い、それを日本語に翻訳したあとで東京本部に発信することが主な業務の内容だ。

現地スタッフにフル稼働してもらって、関連ニュースを片っ端から掻《か》き集め、それを日本人スタッフが随時翻訳。

翻訳担当として戦力になるのは、中国語のできる広田と山崎のふたりだ。果たしてどのくらいの量があるのかわからないが、ふたりだけでは負担が大きすぎるだろうか。その場合は外注の翻訳スタッフを探さなければならないが、そうなったら、その役は高見沢と藤田にやってもらおう。小笠原の頭の中はすでに臨戦態勢に突入し、さまざまなシミュレーションが展開されていた。

緊急会議は代表の迫田《さこた》から「こういうときだからこそ、みんな一致団結して頑張っていただきたい」という激励の言葉があり、そのあとで終了した。

一致団結。

小笠原はこの言葉が嫌いではなかった。この言葉には滅私の精神と絶対的な正義が感じられる。そして、そこからは想像できないほど大きな力が生まれてくるものだと疑わなかったからだ。

日本語弁論大会の打ち合わせは突然発生した地震のため中止となった。

外部の先生たちが帰ったあと、会議室では台湾人スタッフがテレビに張り付いて、何か新しい動きはないか、チェックを続けていた。

一方、真奈、高見沢、藤田の日本人スタッフには、日本の実家に電話を入れて家族の安否を確かめるよう小笠原から指示が出された。

真奈は自分のデスクから東京の実家に電話した。事務所から実家に電話するのははじめてだった。電話回線が混乱して繋がらないのではないかという不安もあったが、意外にも何度目かの呼び出し音のあと、「はい、山崎です」と母が出た。

「お母さん、真奈だけど」

「真奈。あんた、今どこにいるの。東京？」

「いや、台湾だけど」

「そうだよね。それより、さっき地震があったのよ」

「知ってる」

「そうなの」

「うん。で、みんな大丈夫？」

「すごく揺れたんだけど、大丈夫よ。お父さんもさっき連絡取れたし、政彦《まさひと》は先月からアメリカに行ってていないし」

「それはよかった。それだけ」

「あっ、そう」

「じゃ、切るね。こんなときに長話もよくないし」

「はい、はい」

母は相変わらずマイペースだった。ただ、それが言葉にできないほど真奈を安心させた。電話をかける前は無事だろうとは思いながらも、若宮にいきなり電話を切られたことで、一瞬だが、もしかしたらという嫌な予感が頭の中を過《よぎ》っていた。

しかし現金なもので、無事だとわかると、不安もすっと消え入るようになくなり、それより久しぶりに聞いた政彦のことのほうが気になり出した。

政彦は真奈の弟で、大学四年生だった。保険会社に就職が決まったことは知っていたが、卒業をひと月後に控えた今、学生生活最後のイベントとしてアメリカを旅しているらしい。

そういえば、真奈も大学四年生のとき、最後の数ヵ月は中国にいた。

でも、政彦と違って、そのときの自分は就職先が決まっていなかった。

就職活動は今思い返してもいやになる。

いくら会社を回っても一向にもらえない内定。はじめのうちは落とされても気丈に頑張っていたが、少しずつ焦りを覚えはじめ、そのうちそれにも慣れて、ショックさえ感じなくなっていった。免疫ができたというのか、バネが極限に達して、もう元に戻らなくなってしまった。そんな感じだった。そして、そのころには友達の就職が決まったという話を聞いても、羨《うらや》ましく思うことさえなくなっていた。

たかが会社に入るぐらいのことで、どうしてこんなに辛い思いをしなくちゃいけないのか。物事の本質に気付いてしまったような気がして、一気にどうでもよくなったのだ。最後は半ばやけくそで、そんなにまでして会社に入って何になると開き直り、就職活動に自らピリオドを打ってしまった。

学生時代に専攻していた中国語を勉強するために、ひとりで北京《ペキン》へ語学留学に出発したのはそのあとのことだ。今思うと、体《てい》のよい逃避だったのかもしれない。

ところがおもしろいもので、こうやって北京へ行って中国語に磨きをかけたことが今の代表処での仕事に結びついたのだから、何がどうなるのかわからない。

二年間の留学が終わって日本に戻ったあと、真奈はインターネットで外務省が派遣員を募集しているのを知った。

派遣員というのは語学力を使って海外の政府機関で働きたいという青年を対象にした臨時スタッフのことだ。将来、国際舞台での活躍を夢見る海外志向の青年にとっては願ってもない経験の得られる貴重な制度なのだが、それゆえに希望者も多く、採用となるには難易度の高い筆記試験と面接試験に合格しなければならなかった。

自信はなかったが、どうしてもやってみたいという思いに後押しされて、真奈はこれに応募した。そして試験は、就職試験のときとはまったく違った感触を感じながら、自分でも驚くほどうまく進んで合格した。

合格の通知をもらったときはとにかく嬉しかった。自分という存在がはじめてだれかに受け入れられたようで、これから先、まぶしいほどの未来が自分のことを待っていてくれているような気分が数日間消えなかった。


しばらくして真奈は、緊急会議から戻って来た小笠原から、代表処に緊急対策本部が設置されたことと文化室はメディア情報収集の担当になったことを聞かされた。

小笠原はやけにハイテンションで、「忙しいところ、仕事が増えて申し訳ないんだけど、山崎さんの力がどうしても必要なんだ」と一気にまくし立てた。そんな熱い言葉に圧倒された真奈はどう対応したらよいものか、正直いって困惑した。

五時過ぎになると、出先から広田が連絡を寄こした。食事会は中止で、これからすぐ事務所に戻るという。

真奈の手元にはすでに台湾のインターネットニュースの記事がプリントアウトされて届いていた。小笠原の指示で台湾人スタッフが集めたもので、その中から重要だと思うものを中心に何本か翻訳して東京本部に送るのだ。

ほとんどが地震の被害状況について報道したものだった。情報源はおそらく日本だろうから、台湾メディアが日本のニュースを中国語に翻訳して報道したものを、また日本語に翻訳し直すというおかしな作業だったが、真奈はそれをひとり黙々と続けた。そして広田が戻ったあとは作業をふたりで分担した。

夜の九時を過ぎたころ、作業は何とか終了した。

ちょうどそれを待っていたかのように自分のデスクでパソコンの画面を覗きこんでいた小笠原が大きくひとつ伸びをして席から立ち上がり、「軽く食事にでも行きませんか」と誘ってきた。

真奈は何も食べたくなかったが、広田がすでに「そうですね」と答えていたので、自然と同行することになった。

三人は事務所のすぐ近くにある日本風の小さな居酒屋に入った。真奈は一度も来たことがなかったが、代表処では利用する職員も多いと聞いている店で、この時間でもまだ食事ができる。

席に着くと、日本人の店主が「日本、たいへんですね」といいながら、注文を取りに来た。小笠原とは顔馴染《かおなじ》みらしく、打ち解けた感じが見ていてもわかる。

小笠原は真奈と広田に「何でも好きなの、頼んで」といったあと、自分で先に何品か注文した。真奈はあまり食欲はなかったが、何かひとつぐらい注文したほうがいいだろうと思ってトマトサラダを頼んだ。それに広田がクリームコロッケをくわえた。

考えてみると、歓迎会や忘年会を除いて、真奈がこんなふうに小笠原といっしょに「仕事が終わってからの一杯」に出かけるのは、はじめてのことだ。

真奈にとって小笠原は親切で思いやりを感じるところもあったが、その反面、どう接したらよいかわからないところもあった。

たとえば、事務所内で朝食を食べたり、午後のおやつタイムを設けたりといった台湾独自の習慣に対して小笠原は寛容で、「入郷随俗《ルーシアンスイスー》（郷に入っては郷に従え）が海外でよい関係を築く秘訣」とわざわざ中国語の四字成語を持ち出して公言したかと思うと、その一方で、ここは日本なのかと疑うほど日本的なやり方を平気で現地スタッフに強要したりもした。

もちろん本人にはそういった自覚はないと思う。まあ、悪い人ではないのだが。

テーブルの上には料理が並び、それぞれビールのグラスを手に取った。

「これからしばらく忙しくなるけど、とりあえずきょうのところはお疲れ様でした」

小笠原が労《ねぎら》いの言葉とともにグラスを挙げると、真奈と広田もそれに合わせた。

「それにしても、どうなるんですかね」

広田が聞いた。

「っていうか、どうなってるのかもわからないですよね」

真奈がそれに突っ込む。

「まあ、あしたになれば、いろんな情報が入ってくるよ。そしたら、君たちの仕事ももっとたいへんになるから」

「広田さんとふたり、翻訳の中に埋もれてたりして」

「やめてよ。考えただけで恐ろしいじゃない。でも、被災地の人たちのこと考えたら、そんなこともいってられないしね。せめて今、自分にできることだけでも一生懸命やらないと、何だか申し訳ないような気がする」

たしかにその通りだ。

一瞬にしてすべてを奪われてしまった被災地の人たちのことを考えると、真奈は複雑な心情になった。彼らも、きのうの今ごろはまさかこんなふうになるなんて思ってもみなかっただろうし、今の真奈たちと同じようにどこかの居酒屋で飲みながら将来の夢を話していた人もいるに違いない。それがほんの二十四時間前のことだ。

「どうしてこんなことになっちゃったんでしょうね」

真奈はどう考えても不条理だとしか思えない現実に対してそういった。

「まあ、天災には勝てないっていっちゃえば、それまでなんだろうけどね」

小笠原がもっともらしく答えたが、説得力はほとんどなかった。

大地を滑って行く黒い波の映像が、再び真奈の頭を過った。

でも、それはほんの序章のようなものかもしれない。今、こうしている間でさえ、何かとてつもなく大きなものが地面の中で蠢《うごめ》いていて、それがあしたになれば地上に現れて大暴れする。真奈はそんな得体の知れない恐怖を感じていた。

多少酒が入って饒舌《じょうぜつ》になった小笠原が真奈の横で広田に向かって何やら熱っぽく語っている。広田は笑顔とともに適当に相槌《あいづち》を打っているが、真奈にはそんな元気は残っていなかった。だからというわけではないが、ひたすら目の前のビールに手を伸ばす。普段、こんなことはないのだが、ビールにほとんど味はなかった。そしていつもよりたくさん飲んでいるのに、酔った自覚もなかった。本当にこんなのははじめてのことだった。

家に帰って一人になると、いろいろな思いが一層活発に動き出して、真奈の頭の中を駆け巡った。

いつものようにリビングのテレビをつけてみたが、画面に現れたのは日本で起きた地震についての特別番組で、数人のコメンテーターが深夜にもかかわらず生放送で熱弁を振るっている。

見る気になれず、チャンネルを変えると映画をやっていた。数年前に見たことのあるアメリカの映画だった。しかし、さっきの地震特番のことが頭から離れず、結局はスイッチを切ってしまった。

リビングの窓からは大安森林公園《ダーアン》が俯瞰《ふかん》できた。暗く茂った緑の中にオレンジ色の街灯がいくつもぼんやり光って見える。幻想的な風景だ。

しかし、それを眺めながら無意識のうちに、公園の中にあの恐ろしい波が押し寄せてきたらどうしようかと想像していた。

押し寄せる波。木が次々となぎ倒され、街灯も呑みこまれる。大型の野外ステージだけは必死に波の勢いに耐えているが、やがて力尽き、その大きな屋根がぐらりと波の中に落ちていく。

すべてが一瞬の出来事だった。

——いけない。何、バカなこと考えてんの。

思い直して、無理矢理に頭の中からその光景を追い出す。

代わって頭の中に浮かんだことは、派遣員に応募しようと思ったときのことだった。

そのときの真奈は台湾について、ほとんど何も知らなかった。一度も行ったこともなかったし、かつて日本の統治下にあったことさえ知らなかった。それればかりか、台湾がどこにあるのかさえ曖昧だった。

恥ずかしいので、これらのことは今でもだれにも話していない。

台湾に来たあとで驚いたのは、街に日本文化があふれていたことだ。日本語を学ぶ人も少なくない。メイドインジャパンだって、日本にいたときと同じような感覚で買うことができる。それに仕事や生活を通じて知り合った、たくさんの台湾人はみんな真奈が日本人だと知ると、とてもフレンドリーに接してくれた。

そういえば、派遣員の試験に合格したあと、外務省の担当係員からは、台湾はとても親日的なところだといわれた。

この感覚が彼のいった親日なのだろうか。

たしかに北京にいたときとはまったく違った感覚。よくわからないが一種の包み込んでくれるようなあたたかさがある。

でも、数十年前までは、台湾は日本の統治を受けていたところじゃなかったのか。それは悪くいえば支配されていたということだ。支配されているものが支配しているものに対してよい感情を持つ。そんなことが本当にあるのだろうか。

あれこれ考えているうちに、親日とは何だろうという疑問が自然と頭の中で渦巻《うずま》いていた。

気がつけば日付が変わろうとしている。

長い一日。

本当に長い一日だった。けさ出勤したときのこと、朝の仕事で柳田主任から「両国」を指摘されたのが何日も前のことのように感じられる。

あのときはまさかこんな気持ちで夜を迎えるとは思ってもみなかった。

あしたはどうなっているのだろう。真奈はぼんやりとそんなことを考えながら、眠くもないままベッドに潜《もぐ》りこんだ。

翌週

真奈は普段より早く目が覚めた。

いつもなら、月曜日の朝はノートのページをめくったように真《ま》っ新《さら》な気分ではじまるのだが、きょうはどうもそんな感じではない。時間が先週から途切れることなく、だらだらと続いている。それに無性に気持ちが高ぶっている。今週はおそらく想像もつかないほど忙しくなるのだろう。頭の中では漠然《ばくぜん》とそんなことを考えていた。

いつもより少し早めに家を出ると、市内はまだ通勤ラッシュがはじまる前だった。お客を探してのろのろと走るタクシーの横をバイクが一台、朝の空気を切り裂くように猛スピードで走って行った。

豆乳の屋台がまだ開いていなかったので、真奈はコンビニでサンドイッチとジュースを買った。これで三十九元、日本円にして約百十円。安いといえば安いのだが、豆乳と蛋餅に比べると、どうしても食べごたえはなく満腹感は満たされない。そのためこれまでもコンビニ朝食の日は決まって昼前になると空腹に襲われた。

「早《ザオ》！（おはよう）」

真奈の姿を見つけた制服の警備員が少し遠めから声をかけてきた。

真奈も「早安《ザオアン》（おはようございます）」と返す。儀式のような毎日のあいさつだ。

そのとき入口の前方、外の柱のすぐ横にある巨大な花瓶のところに花束が置かれているのが目に入った。

――あれっ、こんなところに花束。

ちょうど警備員のところからは死角になって見えない場所だ。

警備員に見つからないようにだれかがこっそり置いたのだろう。花束はまるで真奈の到着をずっと待っていたかのようにちょこんと置いてあり、その上に小さなカードが添えられ、手書きの文字が見えた。

「ねえ、こんなところに花束があるけど」

真奈は警備員を呼ぶと花束を指差していった。

警備員は不思議そうな顔で花束を拾い上げた。不審物を警戒するような素振《そぶ》りはまったくない。

「たぶん日本に対するお見舞いでしょう」

「ええ。たぶん」

「処分するのも気が引けるんで、持ってってもらえますか」

「あっ、はい」

半ば押しつけられるようにして渡された花束を、真奈は受け取った。

白いユリのほかに真奈が名前を知らない花が数種類、きれいに束ねられていた。カードには、日本の無事を祈る言葉が書かれていた。

甘い香りがふわっと漂ってくる。

事務所に入ると、とりあえず花束を自分のデスクの上に置いた。花瓶がどこかにあるはずだが、真奈は場所を知らなかった。

サンドイッチを食べ終わったころ、次々と同僚が出勤して来た。彼らは真奈のデスクの上の花束を見ると、「きれいだね」とか「どうしたの」とか興味を示し、そのたびに真奈は花束を拾った経緯を説明しなければならず、それが少し面倒だった。

小笠原が出勤して来ると、最後の説明とともに花束を渡した。

「けさ出勤して来たら、入口の柱の横のところに置いてあったんです。お見舞いの花だと思うんで代表処のほうに持って行ってくれって、警備員からいわれました」

「そうですか。まあ、日本に対するお見舞いってことだと思うんで、うちでもらってもおかしくないんだけど。でも、うちは被災地ってわけでもないからなぁ。そうなると『ありがとうございます』ってもらっちゃうのも何だか気が引けるし……」

「被災地に送るとか」

真奈が冗談っぽくいうと、小笠原からは「まさか、それはなぁ」と意外にも真面目な答えが返ってきた。

「じゃあ、このことをうちのホームページで紹介してみてはどうでしょうか」

「そうか。それはいいね」

一応の落とし所が見つかると、小笠原は一転して上機嫌になった。それを横目に見ながら、真奈は自分のデスクに戻って記事の執筆にかかった。

けさ出勤して来たときに見た光景。入口すぐ近くの柱の横のところに置いてあった様子を書いたあと、代表処からの感謝の意もくわえた。

――でも、こんなの書いて、あしたから毎日花束が届いたらどうするんだろう。

ふとそんなことも考えたが、「まあ、そのときはそのときだ」と開き直って、完成させた記事をホームページの新着情報欄にアップした。

そのあと、一応報告だけはしておこうと思って小笠原を探したが、席にはおらず、まわりにも姿は見えなかった。

「小笠原室長見なかった？」

真奈は、何人か集まって作業をしている台湾人スタッフのところへ行って聞いた。

彼らはちょうど震災関連の情報収集のために新聞をめくっていた。

「幹部会議じゃないの。さっき出て行くの見たから」

真奈に気付いた陳怡静《チェンイージン》が新聞から顔を上げていった。

「それに、真奈が拾った花束持ってたよ」

「えっ、どうして」

「知らないけど。持ってたよね」

陳怡静は確認するように、となりのデスクの荘文真に聞いた。

「うん。持ってた。わたしも見たから間違いないと思う。それよりさ、これ見てよ。すごいでしょ」

荘文真はそういいながら手元にあった連合報を真奈に見せた。

第一面。水に浸かった宮城県南三陸町の空撮写真が大きく掲載されていた。大きく「死城《スーチョン》」の二文字。「城《チョン》」は中国語では街を指すため、「街が崩壊」といったニュアンスだ。とてもショッキングな画像だった。

陳怡静が見ていた中国日報のほうは福島原発事故に関する記事が第一面だった。「日本の核災害拡大」という真っ赤な文字が目を引く。写真は白い放射線防護服を着た作業員数名と自衛隊員が被災者をストレッチャーで運んでいる様子だ。陳怡静は真奈にそれを見せながらいった。

「三日目になって、記事の中心が少しずつ原発に移ってるね。どの新聞もそっちのほうに割くスペースが増えてきてる気がする」

「原発かぁ。地震だけでもたいへんなのに、津波にその上、原発まで出てきたら、日本どうなっちゃうんだろね」

「どうなっちゃうんだろって、真奈、自分の国のことだよ」

「まあ、そうなんだけど、ホントにわかんない。こんなの今までになかったことだからさ」

真奈にしてみれば悪い夢を見ていて、それがずっと覚めないような感じだった。

「あっ、それから、ついでに渡しとくよ。これ、週末の分だけで、きょうのはまだないんだけど、新聞の見出しのリスト。記事のほうはあとでコピーして渡すから、とりあえずこれだけ」

「ありがとう」

真奈は陳怡静からＡ４の紙数枚に印字したリストを受け取った。

リストは何日にどの新聞のどの欄にどんな記事が掲載されたかが一覧表になっていた。はっきり数えたわけではなかったが、ざっと百件以上あるように見えた。見出しから推測すると、ほとんどが被害状況を伝えるもののようで、その中に混じって地震が起きたときの避難方法を教えるものや株価の動向などについてのものもある。原発事故に関する記事もいくつかあった。

リストの見出しをひとつずつ目で追っているうちに、真奈はいつの間にか小笠原を探していたことをすっかり忘れていた。

会議室には代表の迫田と副代表の三森を除くすべての幹部が集まっていた。みんなあれこれ雑談をしていたが、だれも震災の話には触れない。それがタブーだというわけではないのだが、もっと軽い話題のほうが場が和《なご》むだろうという思いが暗黙のうちにあるようだ。しかし、そんな努力もかえって違和感を生むだけで、部屋には微妙な重苦しさが漂っている。

中でもそれを引き立たせていたのは小笠原だった。

両手で花束を抱えている。それがちょうど胸の前辺りの位置にあるため、その姿はどこか滑稽《こっけい》にも見える。

「それ、どうしたの」

同僚から聞かれても、小笠原は「いや、けさ届いたんですよ」としかいわない。すると同僚たちも、何か理由があるんだろうと察してそれ以上は聞かなかった。

会議の開始時間になって迫田と三森がそろって入室した。迫田が花束を持った小笠原を見るなり、「おう、きれいな花だね」とひと言いうと、それを待っていたかのように小笠原が話しはじめた。

「実は、けさうちの派遣員が出勤して来たとき、このビルの入口のところに置いてあるのを見つけたんです。だれが置いたのか名前はわからないんですけど。それで、こんなカードもいっしょに添えてありました」

小笠原は少し勿体《もったい》ぶってポケットからカードを取り出すと、迫田のほうに向けて翳《かざ》した。

「書いてあるのは、日本に平安が訪れますようにといった内容で、お見舞いの気持ちを綴《つづ》ったものだと思います」

小笠原はビッグニュースを発表したように意気揚々としていた。

しかし、まわりの反応はどちらかというと冷ややかだった。派手な花束のわりには、期待に反する平凡な内容で、そのあとの展開もなさそうだったからだ。

それでもかまわずに小笠原は続けた。

「花束は日本に届けることはできないので、このことを代表処のホームページに載せるようにと指示しました。それで、送り主の気持ちにも少しは応えられるんじゃないかと思いまして」

会議室の空気は冷めたままだったが、小笠原の表情は熱気に満ちていた。その温度差が生ぬるい違和感となってどんよりと流れている。

そこに総務室の室長、村田《むらた》が割って入った。

「小笠原室長の話と関連するかどうかはわからないんですけど、けさからお見舞いや激励の電話が何本も、対応に困るくらいかかってきてます。それに手紙も。今回の災害については、かなりの人が関心を持ってくれてるみたいで、これは本当にありがたいことだと思います」

小笠原の話と似たところはあったが、こちらのほうが出席者の興味を引いたようで、場の雰囲気が微かに明るくなった。

そのタイミングで迫田が簡単に開会のあいさつをし、続いて総務部長の草部がこの二日間に起こったさまざまな動きの紹介をはじめた。

「まず三月十二日、地震発生の翌日になりますが、台湾当局から外交部を通して一億台湾元の義援金を送りたいという連絡がありました。このほか十三日、きのうのことですが、台湾の民間機関で組織した三十五名からなる救助隊が成田《なりた》入りしています。そしてきょうには台湾当局の内政部消防署、台北市と新北《シンベイ》市と台南《タイナン》市、三つの地方自治体で組織した救助隊二十八名が羽田《はねだ》に向けて出発する予定です。この救助隊については、台湾当局からは駐日経済文化代表処の職員一名が、代表処からは東京本部の職員が一名同行して、明日、十五日に仙台《せんだい》入りすることになっています」

いろいろなところでいろいろな人たちが動き出していた。台湾の公的機関の話が多かったが、どれも迅速だった。みんな日本を助けたいという気持ちで動いてくれているようだ。ありがたいことだ。小笠原は草部の話を聞きながら、込み上げてくる思いに胸を熱くしていた。

これに続いて、緊急対策本部の設置によって振り分けられた各部署の作業状況に関する報告や質疑応答が行われ、その中で村田が募金に関する質問をした。

「さきほど、代表処宛てにたくさんの電話や手紙があったといいましたが、実はその中で募金をしたいので口座番号を教えてくれという問い合わせがいくつかありまして、これにはどう対応したらいいでしょうか」

「募金を受け付けるには何か特別な口座を開かなきゃいけないんですか」

迫田が質問で返した。

「ええ。台湾の法律では、通常の代表処の口座では募金の振り込みはできません。まあ、事態が事態ですから、こちらから当局のほうに相談というか、お願いすれば、口座の開設は許可してくれるとは思います。要は代表処として募金活動をやる意思があるか、というところが知りたいんです」

「問い合わせはどのくらいあったんですか」

「わたしが知ってる限りでは、けさだけで三、四件ありました」

「少なくないですね」

「そうですね」

「わかりました。じゃ、やりましょう。口座開設の手続きを進めてください」

こうして代表処でも義援金の受け付けを行うことが決まった。

会議は最後に迫田のほうから、台湾メディアへの対応の話が出た。

「とりあえず、このタイミングで代表処としてお礼の言葉を出しておいたほうがいいと思うので、草部さん、地元メディアに連絡してもらえますか。その中で、きょう村田室長や小笠原室長から聞いた話も紹介して、それに対するお礼も述べることにしましょう」

小笠原にとって、これは思わぬニュースだった。やはり花束を持ってきたことは正しかったのだ。心の中でそれを再確認していると、無意識のうちに抑え切れない喜びが湧き上がってきた。


「小笠原室長、かなり上機嫌でしたね。花束の件がメディアで紹介されるかもしれないって」

真奈は、幹部会議から戻った小笠原がわざわざ自分のところまで花束の件を伝えに来たことを広田に話した。

「よっぽど思い入れがあったのかなあ。だって、花束、幹部会議に持ってってたんでしょ」

「みたいですね」

このとき一階に着いたエレベーターの扉が開き、外の眩《まぶ》しい光が目に飛び込んできた。

「どこにする?」

「わたしはどこでも」

「じゃ、いつもの美食街?」

「いいですよ」

昼食の相談をしながら表に出ると、外には数人の人が集まって真奈たちのほうを見ていた。

その中からひとりの中年女性が近寄って来て、真奈に声を掛けた。

「あなたたち、日本代表処の人?」

フレンドリーな話しぶりの中にもどこか緊張した面持《おも も》ちが見て取れる。場所が代表処という外国の政府機関だからか——少なくとも彼らはそう思っているはずだ——、それともすぐ横で警備員が見ているからなのか。

「そうですけど」

真奈が答えると、彼女は白い封筒を差し出していった。

「これ。受け取って」

「何ですか」

「日本の被災地に送ってほしいの。大した額じゃないけど」

「いや、こういうのは受け取れません」

押し問答になりかけたとき、ふと彼女の後方を見ると、そこにはまだ三、四人の人が立っていた。

「代表処のほうから日本に送ってほしいんです」

「ですから、こういうのはだめなんです」

すると一人の中年男性が会話に割り込んできた。

「じゃ、代表処の募金の口座を教えてくれよ。そこに振り込むから」

「うち、募金やってましたっけ」

真奈は広田のほうを見た。

「やってないと思う。たぶん」

それを聞いて真奈はその男性にいった。

「すみません、代表処では募金は受け付けてないんです。ですから募金をしていただける場合は赤十字とかワールド・ビジョンとか、そういうところに持って行ってもらえませんか」

「いや、直接渡したいんだよ」

「そうよ。赤十字じゃなくて日本に渡したいのよ」

興奮気味の声が、真奈の話を押しつぶすように覆いかぶさってきた。

様子を見ていた警備員が慌ててやって来た。

「どうしたんですか」

「いや、何でもないです。この人たち、被災地に募金をしたいっていうんですけど、代表処じゃ受け付けてないんですよ」

警備員は真奈と広田の前に立っている四、五人の台湾人を見ると、真奈の言葉をもう一度、諭すような口調でいった。

「みんな、気持ちはわかるけどね、ここでお金を渡されても、彼女たちも困るし、とにかく代表処では募金はやってないっていってるんだから、募金したいんなら、どこかほかのところでやってもらうしかないんだよ」

彼らは何もいわなかった。

不満そうな表情を見せるのが唯一の抵抗だったが、それも受け入れられそうにないということがわかると、そのうちの一人が「那就没辦法了《ナージウメイバンファーラ》（しょうがないよ）」とつぶやくようにいった。

「ごめんなさい」

真奈にはそういうのが精いっぱいだった。これで少しでも彼らの気持ちが救われることを願いながら、軽く頭を下げた。

彼らは、「わかったわ。気にしないで」という言葉を残して去っていった。不満の表情はいつの間にか一転して笑顔に変わっていた。

そんな中、おばあさんが一人、最後までその場に残っていた。彼女は何かいいた気に、それでも何をいってよいのかわからないといった戸惑いを見せながら、黙って真奈のほうに赤白縦ジマのビニール袋を差し出した。

「何ですか」

真奈が聞くと、彼女は少しイントネーションのおかしな日本語で「にぎり」といった。

ビニール袋の中を覗くと、コンビニで売っているおにぎりが五、六個入っていた。被災地の人たちに食べさせてあげたいと思って持ってきたのだろう。

もらったところで、被災地に送ることができないことはわかっている。しかし、それでも真奈は拒否することはできなかった。

自分の意思とは関係なく両手が前に伸び、それを受け取っていた。

「……ありがとうございます」

かろうじて出た言葉はこれだけだった。

おばあさんが去ったあと、真奈は広田とふたり、おにぎりの入ったビニール袋を持ちながらその場に突っ立っていた。

「どうしよう。これ」

真奈は、けさ拾った花束より、もっと厄介なものを受け取ってしまったと思った。

「テレビか何かで見て、被災地の人たちのこと、哀れに思ったんだろうね」

広田がぽつんという。

二人の前を通行人が次々と足早に歩いていく。

「食べちゃいます？」

真奈がちょっと冗談っぽくいった。

「えっ、食べるの？」

「だって、捨てるわけにもいかないし、それだったら、あんまり考えないで食べちゃったほうがいいんじゃないかって思って。おいしくいただきました。ありがとうって」

「うーん、そうね」

広田はあまり乗り気でなさそうだったが、真奈に押し切られるように最後は同意した。

そのとき真奈はもう食べる気でいた。

食べても大丈夫。毒なんて入ってない。絶対に。

花束のときもそうだったが、おかしなものでないというのがその場の空気ではっきりわかるのだ。

ふたりは事務所に戻るため、引き返してもう一度エレベーターに乗り込んだ。


午後になって真奈は本格的に新聞記事の翻訳に取りかかった。

陳怡静から渡されたリストには百件近いタイトルが並んでいた。その中から重要そうなものを探して記事の中身を読む。

半分以上が災害の状況を伝えるものだった。

地震の規模を示す詳しいデータのほかに津波の被害に関する記事がいくつも続いている。

仙台空港が波に呑まれて完全に機能を失ったこと。気仙沼《けせんぬま》で火災が発生して町ごと焼きつくすほどの勢いで燃えていたこと。茨城県北部で高さ三十メートルの海岸が津波によって崩れ赤土が剝《む》き出しになったこと。東京で交通機関がストップして何百万の人が帰宅困難になったこと。このほかにも多くの記事が写真付きで報道されていた。

真奈がこれまでに知っている大地震といえば、小学生の頃に起きた阪神淡路《はんしんあわじ》大震災があった。高速道路が倒壊したり民家の集まる地域で火災が発生したり、そのときのテレビの映像は今でも頭の片隅に残っている。だから大地震というと、どうしてもあのときのことと比べてしまうのだが、報道記事の一つひとつを見ていく中で、今回の地震はそれにも増して大きな被害をもたらしているような気がした。

最初に翻訳にかかったのは台湾当局の対応だった。

『日本で発生した大地震と津波に対して、台湾も観察区域内に編入されたため、馬英九《マーインジウ》総統と呉《ウー》敦義《ドゥンイー》行政院長は昨日午後、従来の予定を変更して災害対策センターに待機、状況を見守った。それと同時に台湾ではじめてとなる津波警報を発令した。

馬英九総統の指示により外交部は日本政府に対してお見舞いの言葉を述べるとともに日本側が援助を必要とするなら、すぐに人員を派遣したいという台湾側の意思を伝えた』

このような台湾関連の記事を、真奈は午後いっぱいかけて、三十件近く翻訳した。隣の席の広田と合わせれば、全部で少なくとも五十件以上の記事が日本語に翻訳されたことになる。

いくつもの記事を読んでいるうちに、自分が体験したことのない、とんでもない惨事が起きたことを改めて実感した。東京を含む東日本の全域が日常というレールから外れてものすごいスピードで暴走しているような感じだ。あると信じていたものがなくなり、その一方で見たこともないものが現れ、将来の予測さえできない。これから数日の間に、まだいろいろな記事が上がって来るはずだ。暗い記事は見たくないと思うのだが、暗くない記事なんて期待できそうにない。

「ホント、気が滅入《めい》るよね」

広田が疲れ切った表情で真奈のほうを見た。

「そうですね。悲惨な話ばっかりだし。被災地のこと。想像すると、かなり落ち込みますよね」

「うん。わたしが訳したのは原発事故の記事が多かったから、もうこの先どうなるのか不安ばっかり大きくなっちゃって」

「原発事故、大丈夫なんですか」

「わかんない。いろんな人がいろんなことといってるけど、実際にはまだ何もわかってないって感じ」

「ずっと昔に事故のあった、あそこ、何ていいましたっけ。ロシアかどっかの」

「チェルノブイリ?」

「そう、そう。そんなふうになっちゃうんですかね」

「そうなったらたいへんだよ」

原発事故なんて自分とは無縁のもの。真奈はそんなふうに思っていたのに、現実では東京の実家からそれほど離れていないところで起きている。そのことを外国の新聞を通して知ることは対岸の火事なのか、我が身に降りかかった災難なのか、とにかく不思議な気分だった。

それにニュースを見ても一体何がどうなっているのか、まったくわからない。想像だけが勝手に膨《ふく》らんで、わけのわからない恐怖を生み出す。真奈のできることといえば、ただ祈ることだけだった。目の前の惨事が無事に過ぎて、また以前のような平穏な日々が戻って来ますように。祈ったところでどうなるってものでもないかもしれない。それでも、祈るしかなかった。

一日があっという間に過ぎていく。

真奈は翻訳の波に呑まれそうになりながら、その中を必死に泳いでいた。目の前のニュースをひとつでも多く処理すること以外、何も考える余裕はなかった。

翌日、朝いちばん。メールの返信を書いていると、荘文真が一枚の紙を持って真奈のデスクにやって来た。

「ほら、これ」

そこに印字されていたのは代表処がらみの記事だった。見出しが『日本代表処　あたたかい心に感謝』。中国日報の記事だ。

『日本で震災が発生したあと、台湾は日本に対して馬英九総統率いる政府と民間が一体となってあたたかい慰問や救援の手を差し伸べている。

昨日、日本代表処には多くの電話や手紙による慰問があったほか、事務所の入口近くには花束が静かに置かれており、お見舞いの言葉を書いた小さなカードが添えられていた。迫田代表は「台湾当局からは義援金として新台湾ドル一億元と多くの緊急救援物資を提供していただいた。これに対して感謝の意を表すとともに、今後の復興に向かって頑張っていきたい」と述べている』

「きのうの花束。真奈が拾ったやつだよ」

「ホントだ」

自分が拾った花束がこんなふうに紹介されているのを見て、真奈は驚いた。

「小笠原室長も知ってるの？」

「まだ」

「じゃ、すぐに持ってってあげなよ。絶対に喜ぶよ」

小笠原のデスクのほうを見ると、ちょうどパソコンのモニターを覗いているところだった。

荘文真が去ったあと、真奈はメールの残りを書き終え、すぐにたまっている記事の翻訳に取りかかった。わずか一日の間に記事は山のように増えている。とにかく、その都度処理していかないと、気付いたときには冗談なんかではなくて本当に記事の中に埋もれて身動きできなくなってしまいそうだ。

手元には分厚くなった新聞のコピー、それとは別にすべての記事の見出し、新聞社名、日付を一覧にしたリストがある。

真奈はまずリストを手に取って眺めた。

すぐに気付いたのは、きのうと比べて原発事故に関する記事が増えていることだった。ざっと見ただけでも「核災《ホーザイ》（核災害）」とか「輻射《フーシュー》（放射線被害）」の文字がいくつも見える。それに「福島」の文字も。

見出しから推測する記事の内容は単に事故処理の状況を告げるものから、食品の汚染に関するもの、過去の原発事故の事例、台湾は今後原発を使用するべきなのかといった論説まで多岐にわたっていた。中でも反核を神祖牌《シェンズーパイ》（先祖の位牌。もっとも大事なもの）として活動する民進党支持の自由日報の記事からはかなり強い反核論が窺えた。

見出しを見ているだけでも自分が地の底に向かってどんどん落ち込んでいくような暗い気持ちになる。きのうこれをほぼ半日やり続けた広田のことを、真奈はある意味ですごいことだと変に感心した。

どこから手をつけようか。決めかねていたとき、机の上の電話が鳴った。

「はい。文化室、山崎です」

「日本人の方？」

「ええ。そうですけど」

「ちょうどいいわ。ちょっと教えてほしいんだけど」

一般からの問い合わせだった。

「新聞とかテレビで原発事故が起きたっていう報道だけど、今、日本に行って放射能は大丈夫なの？」

こういう質問は答えに困る。電話をかけてくるほうはこちらが日本のことは何でも知っていると思っているからだ。もちろん「大丈夫」という返事を期待しているのだが、内容によっては無責任に答えることもできない。

「それはこちらではわかりかねます」

「来週から息子が東京へ留学に行くんです。あなたの国に行くのに、どうして最低限の安全情報もわからないんですか」

「こちらも常に電力会社と連絡を取っているわけではありませんし」

「それなら調べてください」

「といわれましても、わたしたちも情報が入りにくい状況になっていますので」

「そちらは日本の窓口でしょ。あなたのところがわからないっていうなら、どこに聞けばいいんですか」

「すみません。最新の情報が入り次第ホームページのほうにアップしていきますので、どうかそちらをご覧いただくようお願いします」

　粘《ねば》り強く説明するのだが、相手もなかなか電話を切ろうとはしなかった。

　だれもが不安なのだ。

「原発事故については多くの方が心配していますので、こちらも随時最新の情報を公開していきますから、もうしばらくお待ちください。どうしても待てないとおっしゃるんでしたら、直接現地の大学のほうへお問い合わせください。それから、わたしたちとしましては、この件について情報は提供しますが、大丈夫とか、そういうことは一切いえませんので。あくまでも最終的にはご本人の自己判断で決めてください」

　こういってしまうと相手もどうすることもできなくなる。いくら不安に思っても、たとえ納得できなくても、電話を切るしかない。そして代表処としてもできることはこれしかないのだ。

　真奈は再び翻訳に戻ろうとした。しかし、ただでさえ乗り気のしないところに今の電話で、気持ちは最悪に落ち込んでいた。

　そのとき、偶然、リストの下のほうに興味を引かれる見出しを見つけた。

『想送愛心《シアンソンアイシン》　超商可捐款《チャオシャンコージュエンクワン》』

　日本語にすると「あたたかい手を差し伸べよう。コンビニで募金受付」とでもなるのだろうか。連合報の記事だった。真奈にはその記事のタイトルが何故か光って見えた。

『国内のコンビニエンスストア、大手三社が日本の震災に対する募金の受け付けをスタートした。

大家便利商店は中華民国赤十字と提携、全国二千六百を超す店舗に設置した「Fami spot」で募金を行う。金額は最低百元より、最高は二万元まで。統帥超商「SEVEN11」は聯合勧募協会と提携、全国四千七百を超す店舗に募金箱を設置するほか生活ステーション「bon-i」からも募金できる。哈爾富《ハーアルフー》「H-life」はレジカウンターに募金箱を設置する。
このほか銀行組合は震災の募金口座に現金を振り込む場合、六月三十日まで他銀行に振り込む際に必要な振り込み手数料を廃止することを発表した』

募金という言葉を見て、真奈は毎年年末になると駅前とかで四角い募金箱を抱えた人たちが並んで「ご協力お願いします」と道行く人に募金を呼びかけている光景を思い出した。

小学校低学年のころ、真奈はこの募金に協力したくて彼らのところまで行ったことがある。しかし、近くまで行って彼らの大きな呼び声を聞いたとき、どういうわけか足がすくんで、その場から動けなくなってしまった。募金箱の中にお金を入れるだけのことなのに、何故かそれができなかった。そして手の中では二十円が汗で金属のにおいを発していた。

こうした経験からか、真奈は募金というものがどうも苦手だった。

大人になって、たまにテレビでＮＨＫの「歳末たすけあい募金」のお知らせを目にしたときでも、それは自分とはまったく関係のない、どこかの善良な市民に向けて発せられるものというくらいにしか思っていなかった。

ところが、きょう見た連合報の記事からは自分の知っている募金とはまったく違ったにおいを感じた。

記事自体は募金を受け付けるという内容だけで、特別大きな声で呼びかけているわけではない。

それなのに、その淡々とした文面からは「あなたの力が必要なんです」という思いがひしひしと伝わってくるのだ。

何故だろう。そんなふうに思いながらも、真奈はいつしか街頭募金にお金を入れてみたいと思った小学生のときのような気持ちになっていた。

そしてリストを詳しく追っていくと、ほかにも募金や物資の支援について報道したものと思える見出しがいくつも見つかった。

これらの記事を読んでいくと、いろいろなことがわかった。

多くの地方自治体の首長が率先して管轄行政地域の住民たちに募金を呼びかけたほか、救助隊や救助犬の配備をしていつでも現地に赴けるよう準備を整えたり、緊急義援金募集のための専用口座を開設したりした。

民間でも寝袋、防寒用品（マフラー、毛布、衣類など）、食料（餅、即席麵、シリアル、ビスケットなど）を集めて桃園《タオユエン》国際空港に移送、外交部の準備した救援物資とともに被災地に向けて発送した。

募金や物資の支援に関するニュースを翻訳していると真奈はまったく疲れなかった。それどころか力をもらった気分になって、暗かった気持ちも一気に薄れていく。

その勢いで夜の八時過ぎまで翻訳を続けた。

仕事を終えて帰宅途中、事務所近くのコンビニに寄った。飲み物を買うためだったが、それよりも昼間に翻訳した新聞記事の、募金の様子を見てみたいと思ったからだ。

募金箱はレジカウンターのところに置いてあった。ぽつんという感じで、子供の頃に見た街頭募金のものに比べて、ずいぶん自己主張のない箱だった。

それでも真奈にはそれがとても大きな存在に思えた。

真奈は財布の中から百元札を一枚取り出すと、その中に入れた。緊張もしなかったし、よいことをしているといった意識もなかった。それはちょうど、はがきをポストに入れるような感じだった。

「募金する人、多い?」

レジで勘定をしながら若い男の店員に聞くと、淡々とした口調で「そうですね」という返事が返ってきた。


その後二日間、文化室は震災関連の仕事に追われ、あっという間に時間が過ぎていった。

「ですから、申し訳ないんですが、代表処としましては、原発事故に関しては公式のニュースとして入ってきたことはお伝えしますけれど、それ以外の判断は一切できないんです」

隣の席で広田が外線電話に一生懸命対応している。

「留学生ですか」

電話を切ったばかりの広田に、真奈は聞いた。

「そう。お母様から。まあ、大事な息子が日本に行くわけだから、わからないでもないけどね」

広田の笑みからは同情半分、困惑《こんわく》半分の複雑な心境が窺えた。

この手の電話は日に日に増えている。

翻訳のほうは相変わらず、山のようにたまっていた。

ただ、きのうに比べて物資の支援や募金の記事が格段に増えている。少なくともこれはうれしいことだ。そのほかは原発事故が中心で、地震の被害状況に関する内容はもうほとんど見られない。

真奈は手元のリストの中から物資の支援や募金の記事を選んで蛍光ペンで色をつけた。こちらのほうから先にやるという印だ。

これらの記事を翻訳して知ったことは、地方自治体など政府機関だけでなく、多くの一般市民が自らの意思で立ち上がってさまざまな支援活動をしていることだった。

いくつもの大学で日本語学科の学生が中心となって募金活動を行った。彼らは募金箱を持って街頭に立つだけでなく、昼食代を寄付したりバザーを開いたり、自分たちのできるかたちで義援金を集めた。学校での募金は大学にとどまらず、高等学校、中学校、小学校にまで広がり、生徒たちが小遣いの中から十元、二十元と募金した。

このほか何十万元から何百万元にまで及ぶ大金を惜しげもなく寄付する民間企業や宗教団体、語学学校が後を絶たなかったし、日本の統治時代、日本人の教師から受けた恩に報いたいと自ら栽培した高級フルーツをチャリティ販売する農家もあった。

支援物資についても驚かされるニュースの連続だった。

被災地で発電機が不足しているという情報が報道されると、わずか三時間後には十六台の小型発電機が届いた。どれも新品で、日本から輸入したものばかりだったので日本に送ったあともすぐに使用できる。防寒用品についても支援を呼びかけたところ、靴下五万足、帽子千個、マフラー二百本、手袋三百組、衣類五十点などが瞬時に集まった。

そんな記事をひとつひとつ翻訳していく中で、真奈は台湾の人たちのあたたかい心をひとりでも多くの日本人に知ってもらいたいと思った。

それには今自分がやっている翻訳はどこかで役に立つかもしれない。これが東京本部に送られたあと、日本のメディアに転送されて、だれかの目に留まるかもしれない。そんなことをひたすら信じて、記事の翻訳を続けた。

気が付くと、もう九時になろうとしていた。

「どうですか。終わりそうですか」

真奈は椅子の背もたれにゆっくり体を預けながら広田に聞いた。

「まだ少しあるんだけど、残りはあしたにしようかな」

「じゃ、わたしもそうしよっと」

顔を見合わせながら、ふたりはパソコンの電源を切った。

「彼ら、何してるんですかね」

「さあ、何かなぁ」

彼らというのは台湾人スタッフのことだった。普段ならこの時間はとっくに仕事を終えて帰宅しているのだが、きょうは何故か会議室にこもったまま帰ろうという気配がない。それに時折笑い声や嬌声が上がっていて、真奈は翻訳をしながらもそれが気になっていた。

「ちょっと見て来ますね」

そういって席を立った真奈に「わたしも行く」といって、広田があとを追った。

会議室のドアを開けると、陳怡静、荘 文 真《ジュアンウェンジェン》、郭佩琪《グオペイチー》の三人がテレビに熱中していた。テーブルの上には飲み物と封の開いたスナック菓子がいくつかある。

「何見てんの?」

真奈が聞くと、振り返った陳怡静が「『愛心《アイシン》』の番組。テレビで日本に送る義援金を呼びかけてるんだよ」といった。

画面には白地の中央に赤い丸のデザイン——おそらく日の丸を表しているのだろう——そして赤い部分には白抜きの文字で「天佑地球《ティエンヨウディーチウ》　送愛到日本《ソンアイダオリーベン》（地球をお守りください。愛を日本へ）」と書いたTシャツを着た台湾の芸能人が十人ほど、ずらりとステージに立って盛んにトークを繰り広げている。

「九時までに三千万突破が目標だからな。いいか！」

司会の男性タレントが熱のこもった声で気勢を上げている。それはその場のゲストたちを鼓舞すると同時に、テレビカメラの向こうの視聴者たちへの呼びかけでもある。

画面の左下には「２９３９５８２４」と大きな数字。これまでに集まった義援金の累計なのだろう。そしてその下では「……陳建中《チェンジエンジョン》　２０００元、林美鳳《リンメイフォン》　１０００元、王大明《ワンダーミン》　１０００元……」といった具合に右から左へ、募金した人の名前と金額が次々と流れていく。

ステージではトークが続いている。

司会者の横にはタレントらしき若い女性たち。どれも真奈の知らない顔だったが、彼女たちはそれぞれに「愛心」を訴えかけていた。中には自分と日本との関係や地球の平和について語る者もいる。

「知ってる？　あの人たち、みんな台湾のアイドルドラマの俳優」

陳怡静が説明した。

「アイドルドラマは見ないから」

「じゃあ、さっきは真奈もたぶん知ってる人が出てたよ。ジュリア。知ってるでしょ。彼女が、日本から来て歌を歌ったんだよ」

ジュリアのことは真奈も知っていた。日本に住む台湾華僑《かきょう》の歌手だった。義援金募集を呼びかけるために台湾に戻って来たらしい。

司会者とゲストのうしろにはひな壇が作られていた。テーブルが置かれ、そろいのＴシャツを着たスタッフが真剣な表情で電話に出ている。視聴者からの義援金に対するコールインが行われているらしい。彼らは何人くらいいるのだろう。真奈は数えようとしたが、すぐに画像が変わって数えられなかった。とにかくたくさん、五、六十人はいるように見えた。

「真奈も早く電話して」

冗談っぽく荘文真がいった。

「わたしはもうコンビニで募金したからいいよ。文真、あなた電話したら」

「だめ、だめ。さっきから電話してるんだけど、ぜんぜん繋がらなくて」

「えっ、ホントに電話したの？」

「そうだよ」

当然といわんばかりの顔で荘文真がいった。

「広田さんも早く、電話、電話」

陳怡静が急かすようにいう。

「いや、わたしは……」

急に話を振られて広田が戸惑《とまど》っている。

そうしている間にも荘文真がもう一度電話をかけたが、やはり繋がらなかった。ツーツーという通話中を示す音がスマートフォンから聞こえてくる。

「ほらね」

荘文真は手に持ったスマートフォンを真奈のほうに翳した。

真奈もそれを見て笑顔を返す。

十分ほどみんなでいっしょにテレビを見ていたが、真奈が思い立ったように聞いた。

「ねえ、この番組何時までなの？」

「何時だっけ」

「たしか十一時だったような」

まだ二時間近くもある。ここで最後まで見るつもりなのだろうか。

ただ、いくら彼女たちが見るつもりだとしても、真奈と広田が帰るといってしまえば、それもかなわなくなる。事務所の鍵は日本人スタッフしか持っていないのだから。

真奈はどうしようか迷ったが、聞いてみた。

「ねえ、最後まで見るの？」

すぐに返事はなかった。ということは見るつもりなのだろうか。

「広田さんどうします？」

今度は話を広田に振ってみた。

「わたしは無理。悪いけど」

さすがに毎日の翻訳漬け、残業続きで疲れているのだろう。真奈には広田の気持ちがよくわかった。

その一方で真奈にはどうして彼らはそんなにまでこの番組が見たいのかという好奇心もあった。

そして結局はその好奇心のほうが勝って、気が付いたときには「じゃ、わたし、もう少し見てから帰ります」という言葉が口をついていた。

それを聞いた広田は特に驚く様子もなく、最後にひと言「じゃ、お先に」といいながら手を振って会議室から消えた。

「真奈、無理しなくてもいいよ。わたしたち家に帰ってから見てもいいんだから」

荘文真が真奈に気遣うようにいった。

「ううん、わたしも見たいんだ。これが」

真奈は空いていた椅子にどっかと腰を下ろして、テーブルの上のスナック菓子に手を伸ばした。

画面の中では、入れ替わり立ち替わり真奈の知らない芸能人たちが登場し、募金を呼びかけている。みんな真剣な表情だ。でも、どうしてあんなに真剣なのだろう。それが真奈にはとても不思議に思えた。

その間も画面の下に流れる義援金を寄付した人たちの名前は途切れることがない。

集まった金額の累計を表す数字は、真奈が見はじめた頃の三千万元を遥《はる》かに上回り、四千万元を越えてやがては五千万元に達しようとしていた。

「あっ、姚元豪《ヤオユエンハオ》！」

郭佩琪が突然声を上げた。

ステージにはたくさんの若い男たちが上がっていた。みんな髪を短く刈《か》り込んでいるのは兵役のキャンプを舞台にしたドラマの出演者だったからだ。

その中の一人、長身のイケメンが姚元豪だ。三人の台湾人スタッフはどこかで彼が出演することを知って、ずっと待っていたようだ。

今度は大きな拍手とともに別の一群がステージに上がった。

中心にいる女優は、真奈も知っていた。彼女の出演するドラマを何回か見たことがあったからだ。

ドラマのタイトルははっきり覚えていなかったが、たしか「人妻」という言葉が入っていたはずだ。

「人妻」というのは中国語ではなくて日本語だ。このように台湾ではいろいろな日本語が外来語として流行《はや》っている。それらはいつの間にか、中国語としての市民権を得て、だれもが違和感なく使うようになる。

「わぁ、すごい!」

画面に食い入る陳怡静が思わず歓喜の声を上げた。

「これ、別々のドラマの出演者。両方ともすっごい人気でお互いに視聴率の競争してるんだけど、テレビ局が違うから普通だったらいっしょのステージに上がるなんて絶対にないんだよ」

荘文真が少し興奮気味に状況を説明してくれた。

真奈には実感はなかったが、荘文真や陳怡静の驚きからすると、この演出自体がちょっとしたサプライズらしい。

そうこうするうちに、姚元豪と「人妻」の出演者の一人が一歩前に出て腕立て伏せをはじめた。どちらが多くできるか競うらしい。
五、六、七、八……。
ふたりともすごいスピードで回数を重ねていく。その横では大きな声で回数を数える人。その場にいる大勢の人がみんな一体となって作り出すものすごい熱気がテレビの画面からでも伝わってくる。そしてそれに呼応するかのように、陳怡静と郭佩琪が歓声を上げる。

それを見ながら、真奈は思った。

どうして彼らはこんなにも熱くなれるんだろうか。

目の前の三人も、テレビの中の芸能人たちも。それだけじゃない。次々と画面の下に名前が流れる義援金を寄付した人たちも。この数日間、新聞で見たさまざまな募金に立ち上がった人たち。代表処に花束を置いていった人、義援金を届けに来た人、おにぎりをくれたおばあさん。

台湾全体に、サッカーのスタジアムで見られるようなウェーブが巻き起こっているようだった。そのうねりは時間の経過とともにどんどん大きくなり、何もかもが巻き込まれていく。

四十七、四十八、四十九……。

腕立て伏せの勢いは衰えることを知らない。依然、力強く続いている。

それにしても、台湾の人たちは何故お金を出すのだろう。しかも、彼らにとっては決して小さなお金じゃない。

真奈から見た台湾人は日本人よりもずっとお金に対してシビアな印象があった。商売だって買い物だって、少しでも安く買うためならタフな交渉も厭《いと》わないし、少しでも多く利益を得るために、時には詐欺《さぎ》まがいのことだってする。お金が大好きな人たち。それが真奈の台湾人に対する印象だった。

それなのに、みんなそうして貯めた貴重なお金を惜しげもなく寄付している。

このギャップが真奈には不思議だった。

もしかしたら、彼らは日本人よりもずっとお金のことを知っているからかもしれない。お金を稼ぐことのむずかしさも、それを使って得られる幸せも。いざというときに、お金の発揮する計り知れない力も。だからお金を出すということは、彼らにとって何にも増して心を届けることになるのではないだろうか。愛の心を届けることに。

ステージの上では腕立て伏せのペースが落ちてきた。姚元豪のほうがきつそうな表情を見せ、八十五回を越えた辺りで次の一回が苦しそうになっている。それを渾身《こんしん》の力で浮き上がる。会場からは「加油《ジアヨウ》（がんばれ）」の大合唱が響く。

彼らは何のためにこんなに頑張っているのだろう。「愛心」のためなのか。それはわからない。しかし、ただひとつだけ、彼らを見ていて、これだけは間違いないと思ったことがある。

彼らの心の中の日本との距離は、真奈が想像するよりもずっと近いに違いないということだ。そのことが真奈には驚きをともなった発見であるとともに、たいへん申し訳なくも感じた。

「見てよかったよ」

姚元豪がもうこれ以上続けられなくなってダウンしたとき、ほぼ同時に真奈はそうつぶやいた。

「じゃ、いいこと教えてあげる」

荘文真が嬉しそうな表情で真奈のほうを見て笑った。

「あしたの晩、もうひとつあるよ。『愛心』の番組が」

「これと同じようなやつが？」

「うん。内容はだいたい同じだけどね。でも、出演者の数とか規模とかはぜんぜん違うと思う。集まるお金だって、たぶん十倍ぐらいになるんじゃないかな」

十倍という言葉が真奈の頭の中で渦巻いた。

その数字の大きさは、もう真奈には想像できなかった。いや、する気もなかった。

名もない無数の人たち。台湾の人たち……。

真奈は、今、身の回りで起こっていることが自分の理解を遥か超えたことのように思えた。それとともに、彼らのことをもっと知りたいと思った。

心から知りたいと思った。

第二章

山の学校

月曜日の一時限目。

六年生の時間割に書かれた科目は国語だったが、この日は急遽変更になった。

「みんな前のほうに！」

担任の王筱絹《ワンシアオジュエン》は教室に入るなりクラス中の生徒に声をかけた。クラス中といっても生徒は二十人にも満たない。一ヵ所に集めるのもそれほど骨の折れることではない。

これから何が起こるのか。好奇心いっぱいの顔がぞろぞろと教室の前のほうに移動をはじめた。

王筱絹は持ってきたノート型パソコンを黒板前の講義台の上に置くと、手慣れた動作でそれを起動させた。

いくつかの画面が現れたあと、ユーチューブにアップされたニュースの動画が流れ出した。

大きな波が堤防を軽く乗り越えたかと思うと、何十台もの車を一気に呑み込んでいく。横転した船が激しく建物に叩きつけられる。流される家。真黒な波が驚くほどの速さで田んぼの上を滑っていく。

一面の瓦礫《がれき》。無残な姿のビルがかろうじて残り、車は積み重なっている。水浸しの中にひたすら救助を待つ人たち。避難所はたくさんの人でごったがえし、みんな絶望と闘いながら必死で家族の消息を探している。

生徒たちはパソコンを囲むように陣取っていた。

彼らは、はじめのうちこそ奇声を発しながらはしゃいでいたが、次第に声を潜《ひそ》め、最後はだれひとり口を開かなくなった。

「これは先週、日本で起きた地震だよ。テレビで見た子もいると思うけど。この地震でたくさんの人が死んだり怪我をしたりしたんだ。みんなはこんなふうに自分の家族が死んだらどう思う？　住む家もなくなって、何もかも全部流されてしまったらどう思う？」

生徒たちは魔法にでもかかったように声を発しなかった。

「彼らのためにできることって何があるかな？」

王筱絹は生徒たちの顔をひとりひとり眺めた。

だれも発言するものはいない。

王筱絹がひとりの女子生徒を指していった。

「淑真《シュージェン》、あなただったら何をする？」

「手紙かな」

すると、

「中国語で書いたって日本人、わかんないぞ。それとも、おまえ、日本語の手紙、書けんのかよ」

答えたそばから男子班長の陳偉大《チェンウェイダー》がからかった。つられるように、ほかにも数人が笑っている。沈《シェン》淑真は何かいってはいけないことをいってしまったかのように恥ずかしそうな顔で下を向いてしまった。

「ほかには何かないの？」

「カード」

「手紙と同じだろ」

「食べ物」

「日本に着く前に腐っちゃうよ」

いくつかの意見が出たが、そのたびに陳偉大が、まるでそれが自分の仕事であるかのように問題点を指摘してからかう。

そんな生徒たちのやり取りを、王筱絹は面白そうに観察していた。

「わたしなら募金を呼びかけます」

それまで黙っていた李茹雲《リールーユン》がいった。

李茹雲は女子班長で、成績もこのクラスでいちばん優秀だった。そんな優等生の発言だけに、クラスメートたちは興味を示した。

ただ陳偉大だけが相変わらず、からかうことをやめなかった。

「募金だって？　そんなお金どこにあるんだよ。みんな、いつも小遣い足りないっていってんのにさ」

「お金がなくたって、一元なら何とかなるでしょ」

「一元なんてもらっても何も買えないよ」

「そんなことないよ。一元だってみんなで集めれば、大きなお金になるかもしれないんだから」

李茹雲はいつも授業で発言するときのように、自信たっぷりに話を続けた。

「わたしの考えは、ひとり一元募金したとして、このクラスだけで十九元。一年生から六年生まで、それに中学部の人たちにも協力してもらったら、一日で二百元近くになるでしょ。これを今月いっぱい毎日続けるわけ。きょうはまだ十四日だから、あと半月。そうするとだいたい三千元ぐらいのお金が集まる計算よ。三千元なら、小さなお金じゃないと思うけど、どう？」

李茹雲の話はまるで算数の授業のようだった。計算の過程については、ちゃんと聞いていないクラスメートもいたが、だれもそんなことを気にする素振りはない。李茹雲がいうんだから間違いないないだろう。彼女にはそんな説得力というか信頼のようなものがあった。

それに募金するのはたったの一元だ。このところだけはみんな理解できた。一日一元で日本人を助けることができるのなら、すごいことに違いない。クラス中にそんな空気が漂いはじめていた。

「茹雲。じゃ、あなたの考えだと、あしたからこのクラスが中心になって校内で募金活動をやるってこと？」

王筱絹が確認するように聞いた。

「やるってわけじゃないけど、何ができるかって考えたら、それがいちばんいいと思ったから」

「いちばんいいと思ったなら、やってみたらどう？」

王筱絹は笑顔でいった。

「そうだよ。やってみりゃいいじゃん」

さっきまで反論していた陳偉大が今度はすぐにでもやりたいといわんばかりに目を輝かせている。ほかのクラスメートも成り行きに興味を持ちながら李茹雲の返事を待っている様子だった。

「そうだね。やってもいいんだけどね」

李茹雲自身も気持ちは傾きつつあった。

「じゃ、決まりだ」

陳偉大がそういうと、クラス全体、まるでそれが決定したかのような雰囲気になった。

そんな中、李茹雲がひと言つけくわえた。

「でも、やるんだったら、募金の規則っていうか、守ってもらいたいことがあるんだ。それは募金をお願いするときは絶対に強制しないこと。募金の意味をちゃんと説明して、それに同意してくれた人にだけ協力してもらうようにしたいんだ。それから、募金するお金は必ず自分のお金でしてもらうこと。そのために親からもらうんじゃなくて、毎日ジュースやお菓子を買ったりするお金の中から、自分の意思で募金してもらって」

　計画がどんどん正式なものになっていく感じがする。それはクラスメートのだれもが感じていただろうし、李茹雲本人でさえ、話していてそう思った。

　このあと、李茹雲が中心となって、具体的なやり方についての討論となった。

　その結果、クラスは四人一組のグループに分かれ、それぞれ募金箱を持って休憩時間に小学部の一年生から中学部の三年生までを回ることが決まった。ひとつだけ三人のグループができたが、発案者の李茹雲はそこに入ることになった。そして、みんなが気の進まない中学部の三年生のところに行くことになった。

「じゃ、みんな。あしたから頑張ってね」

　授業の終了を告げるチャイムとともに、王筱絹がそういったが、クラスの中はまだ熱気に満ちたままだった。


　午後の職員室は窓から穏やかな陽光が差し込み、ともするとつい深いまどろみの中に引きずり込まれそうな心地よさだった。

　范威如《ファンウェイルー》は来週の課外授業で使う写真の資料をインターネットで探していた。

　ここ鳥山《ニアオシャン》中小学校は都市から山をいくつも隔《へだ》てた村落にあるため、自然の中で動植物の生態を学ぶにはこれ以上ない環境が整っている。特に鳥類は種類が豊富でゴシキドリやメジロチドリのほか、運がよければコジュケイや台湾の国鳥ヤマムスメを観察することもできた。

範威如が教師の職を志すようになったのは小学生のころ、学校に教育実習でやって来た先生の影響が大きかった。

それまでは学校の勉強といえばひたすら覚えることを強要された。教科書に書いてあることを疑いもせずに隅から隅までたくさん覚える、そんな生徒がよい成績をもらうのだ。

ところが、その先生はクラス全員を近くの山に連れて行き、昆虫を観察したり石の名前を教えたりした。また休みの前日にはキャンプに行って、夜になると頭上の星座を一つひとつ説明してくれた。

自分も大きくなったら先生のようになりたい。範威如はいつしかそう思うようになった。そしてその夢に向かって勉強を続け、国立の師範大学に入学、先生と同じ自然科学を専攻したのだ。

四年生になって台北市内の小学校に教育実習に行ったとき、彼女は自分が小学生のときに受けたような課外授業をやろうとした。

ところが、「ただでさえ勉強時間が足りないのに、そんな悠長なことをしているひまはありません」と指導教官から冷たくいわれた。それでも諦めずに何とかやらせてほしいと頼み込んだのだが、父兄からの苦情が出るという理由で結局許可されなかった。

もうひとつ、彼女にとってはこちらのほうが大きなショックだったのだが、生徒たちは課外授業に一切興味を示さなかった。「そんなの勉強したってテストに出ないんでしょ」。それを聞いたとき、範威如は急に隠し持ったナイフで切りつけられたような気がした。

これが理由で範威如は教員試験に合格したあと、勤務先の志望校は都市の学校ではなく、辺鄙《へんぴ》なところでもかまわないから自然の中で授業ができる学校にしようと決めた。そして選んだのが鳥山中小学校だった。

「みんな何とかして都市の学校に行けないかって祈るような気持ちで配属を待ってるのに、よりによって、何でそんな辺鄙なところに行きたいの?」と同じ師範大学の同窓からは不思議がられたが、彼女の心は変わらなかった。

鳥山中小学校に赴任して気がつけば八年、三十歳を過ぎて未だ独り身。ここにいる限り異性と知り合う機会はほとんどない。実家の両親からこれまでに何度も見合いの話があったが、実際に先方の男性と会ったことは一度もなかった。結婚したら、こんな山奥でいっしょに暮してくれる相手などいるはずがない。だからといって自然の緑に囲まれた鳥山を離れて都市に住むなんてことは考えられなかった。

「課外授業の準備ですか」

職員室に戻った王筱絹が范威如の姿を見つけて尋ねた。

「八重桜の季節だから、生徒たちを連れて行こうと思ってね」

「そうですか。范先生は、課外授業の準備をしてるとき、傍から見てるだけですぐにわかるんですよね。何ていうか生き生きしてるっていったら失礼かもしれないけど、そんな感じが伝わってきて」

パソコンの画面にはふんわりと膨らんだ感じの八重桜の写真が映っていた。

生き生きしてる。范威如はそういわれたのが少し照れくさくて、話題を変えようと思った。

「そういえば王先生、生命教育の授業はどうだったの?」

生命教育というのは命の尊さを学ぶための授業で、ここ数年台湾の教育部が特に重要カリキュラムとして各学校に推奨しているものだ。范威如はけさ王筱絹から日本で起きた震災を教材に生命教育の授業をやると聞いていた。

「わたしが思ったよりずっと生徒は関心があったみたいです。茹雲が中心になって、あしたから募金活動をやるって張り切ってました」

「募金活動?」

「ええ、今ごろ募金箱、作ってるんじゃないですかね」

「へえ。それは楽しみだね」

范威如はそういって微笑《ほほえ》んだ。と同時に、このときひとつのアイデアが彼女の脳裏に閃《ひらめ》いた。

――「思いやりクラス」の生徒にもこれをやらせたらどうだろうか。

「思いやりクラス」というのは授業が嫌になって学校に来なくなってしまった生徒を、登校させるためのクラスで、ほかの学校にはない鳥山中小学校独自のシステムだった。

「思いやりクラス」では、生徒は通常のカリキュラムではなく、料理やダンス、木工など、何でもいいから本人が興味のあるものを授業にして学ばせる。これらは進学試験の科目とはまったく関係なかったが、学校側もそれは承知していた。目的はあくまでも生徒を学校に来させることだからだ。

「思いやりクラス」ができた背景にはこの地域特有の社会的な問題があった。

鳥山中小学校がある鳥山区は住民の多くが原住民(台湾での呼称)だ。原住民というのは十七世紀ごろ中国大陸から台湾に漢民族が渡来する前からこの地にいた先住民族のことで、現在人口は台湾総人口の三パーセントにも満たない。

世界のほかの地域の先住民族がそうであるように、台湾の原住民もまた恵まれた環境にはなかった。主流派である漢民族の言語や生活習慣に適応するのは、彼らにとって容易なことではなく、そのため定職につけず経済的弱者となるものも少なくなかったからだ。

鳥山中小学校の生徒は小学部と中学部あわせて二百人ほどいたが、原住民の占める割合は約九〇パーセントに達した。そしてそのうちの約四〇パーセントが、両親が離婚したり母親がシングルマザーだったりといった、いわゆる片親の家庭環境にあった。

こうした家庭では親は生活に必要なお金を稼ぐのに精いっぱいで、子供の勉強までかまっている余裕はない。子供の中には勉強が嫌で、いつしか学校に来なくなり、非行の道へと走るものもいた。

そこで子供たちを守ろうとできたのが「思いやりクラス」だ。勉強が嫌いなら、勉強しなくてもいいから、ほかに興味のあることを学びなさい。そのかわり必ず学校に来るようにというのが基本的な考え方になっている。

范威如は中学部三年生の担任だったが、このクラスにも「思いやりクラス」に移った生徒が一人いた。その生徒がいま学んでいるのは木彫りで、担当教員は張銘達《ジャンミンダー》という一年間の契約でやって来た非常勤の若い男性だった。

范威如は先週、張銘達から生徒がまた学校に来なくなったと聞かされていた。こういうことはときどきある。そのたびに范威如は生徒の家へ行き、学校へ来るように説得するのだ。

生徒を学校へ連れ戻すには、来なくなって一週間以内がヤマだ。彼らもその間はまだ多少なりとも罪悪感が残っている。しかし、それを過ぎると罪悪感も徐々に薄れ、そこにたまたま外部からの誘惑がくわわると、もう連れ戻すのはむずかしくなってしまう。これまでにもそうやって学校を辞めていった生徒は何人もいた。

そろそろ捜しに行かなければならない、范威如はそう思っていた。ちょうどそんなときに王筱絹から聞いた募金活動の話。「わたしが思ったよりずっと生徒は関心があったみたいです」。根拠は何もなかったが、彼も興味を示すのではないかと、ふと閃いたのだ。

范威如はあしたの午前中に行こうと決めた。

鳥山は温泉が有名なところだ。まわりを緑に囲まれた小さな町のあちこちに温泉旅館が建ち並んでいる。

町は川によってふたつに分断され、その川の一ヵ所に橋がかかっている。

橋の手前にはバスターミナルがあって、週末になると何台もの遊覧バスが都市から運んできた大量の行楽客を降ろしていく。

橋を渡ったところにはわずかばかり続く温泉街のメインストリートがある。両脇にはお土産屋《みやげ》が軒《のき》を寄せ合い、原住民の工芸品や食べ物を売っている。簡単な郷土料理を食べさせる店もあり、店先には「イノシシ肉」と書いた看板が出ている。

メインストリートから外れて、川沿いに山のほうへ向かって行くと、河原に下りる小さな道があった。川はめったに水かさが増すことはなかったので、この一帯は白くて大きな岩がいくつも剝き出しになり、その向こうに渓流が勢いよく流れている。

高英傑《ガオインジエ》は岩のベッドに仰向けになってぼんやりと空を眺めていた。

雲はいろいろな形をしていた。鳥に見えたりクマに見えたり、それがしばらくするとネズミに変化したり、そんな雲を見ていると、彼は一日ここにいても飽きなかった。

学校へ行かなくなってどのくらいだろうか。二日目までは覚えていたが、三日目からはそれも気にならなくなった。

高英傑はここ数日、午前中はこの河原へ来て、何を考えるでもなく空を見ながら過ごした。そして昼近くになると、すぐそばにある籐《とう》細工の工房へ行った。原住民の職人がひとりで仕事をする小さな工房だったが、高英傑はそこで彼の仕事を見ているだけで楽しかった。

高英傑はこの地域に多い片親の家庭で育った。まだ幼いころに両親が離婚したあと、父親に引き取られた彼は酒に酔った父親からたびたび暴力を受けた。そんなときいつも母親のところへ逃げ込むのだが、そのたびに追い返されては再び家に戻って父親の暴力に遭うのだった。

暴力は理屈ではなかった。それはいつも自分の意思とはまったく関係ないところからやってきた。だから、それについては考えないようにした。一日暴力に遭わなかったとしたら、その日はたまたま運がよかったのだ。いつしかこんなふうに考えるようになっていた。

高英傑は胸のポケットからたばこを一本取り出して火をつけた。

高英傑がたばこを吸ったのは先週がはじめてだった。工房で師匠が、自分が吸うときに一本回してくれたのだ。高英傑は何だかとても大事なものをもらった気がした。口にくわえて火をつけ、思いっきり吸い込むと、一瞬で喉《のど》の奥が苦しくなった。ごほごほと咳《せき》が止まらず、目には涙があふれた。にもかかわらず、その翌日、メインストリートのお土産屋でたばこを一箱とライターを買った。そして、それを大事に胸のポケットにしまって持ち歩いた。

「高英傑！」

河原へ下りる道のほうから自分を呼ぶ声が聞こえた。

見ると、范威如が足元に注意しながら、少しおどおどした様子で下りてくるところだった。

「さっき工房の師匠に聞いたら、たぶんここだろうって」

る。

「どうして工房だってわかったの？」

「小さな町だし、たいていのことはわかるんだから」

范威如の目的は学校に来いということだ。これまでにも何回かあったので高英傑にもわかってい

「張先生がね、あなたが授業に来なくなったって。木彫りは好きだったんじゃないの？」

「好きだよ。でも……」

「どうしたの」

「……何かおもしろくない」

「どうしておもしろくないと思うようになったの？」

「わかんない」

高英傑には本当にわからなかった。木彫り自体はおもしろいのだが、張銘達が教えると何か違ったことをやっている気分になるのだ。

「わかった。おもしろくないんだったら、無理に続けることないから。それより、この前日本で大きな地震があったの知ってるでしょ。たくさんの人が死んだり家がなくなったり、すごく可哀《かわい》そうなの。今度六年生のクラスが彼らを助けるために募金活動をやるんだって。日本人を助けるために。あなたもやってみない？」

高英傑は黙って聞いていた。

日本の地震のことはテレビのニュースで少し見たが、詳しくは知らなかった。だから、急に募金活動といわれても、それが自分と何の関係があるのかわからなかった。ただ、「可哀そう」という言葉を聞いたとき、少しだけ心の針が振れたような気がした。

可哀そうな人は世界のどこにでもいるんだと思った。

中学部は校舎最上階の三階にあって、一年生から三年生までの教室がそれぞれひとつずつ並んでいた。全部で三クラスだ。一時限目の授業が終わったばかりで、教室の中からは生徒たちの騒ぎ声が外の渡り廊下まで響いている。

李茹雲はクラスメート二人といっしょに三年生の教室の後ろのドアから中の様子を窺っていた。手にはきのう授業が終わってから学校に残って作ったペットボトルの募金箱を持っている。

三年生の生徒はやけに大きく見えた。頭髪をてっぺんの部分だけ残して短くモヒカンに刈り上げた生徒や、青いジャージの上着のファスナーを広げて派手な黄色のTシャツをのぞかせている生徒もいる。彼らとは目が合うだけでも怖かった。

李茹雲はここに来るまでは、学校中の生徒がみんな喜んで募金に協力してくれるに違いないという強い自信があった。しかし、いざ最上級生のクラスを目の前にすると、その自信も空気の抜けた風船のように弱々しく萎《しぼ》んでしまった。そんな李茹雲の気持ちが伝染したのか、ほかのふたりも黙ったまま不安そうな顔をしている。

「行くよ」

「うん」

小さく声をかけ合ったあと、李茹雲は意を決して教室の後ろのドアから中に入ると、無我夢中でこれ以上出せないほど大きな声で叫んだ。

「報告します！」

クラス中の生徒が、何が起きたのかという顔で一斉に李茹雲たちのほうを振り返った。

「みなさんの思いやりの心をお願いします。一日一元。日本の被災地の人たちに愛を送りましょう」

きのう家に帰ってから何度も練習した言葉が、思ったよりずっとスムーズに李茹雲の口から出てきた。

「みなさんの思いやりをお願いします！」

「お願いします！」

李茹雲に続いてクラスメートも大きな声でいった。

一瞬教室全体が静かになった。

するといちばん前の席に座っていた女子生徒が急に立ち上がった。

「あなたたち、何年生？」

「六年生です」

「日本の被災地に送るの？」

「ええ。お小遣いの中から一元だけでいいんです。どうか協力お願いします」

「じゃ、これ。わたしが最初のひとりね」

その女子生徒が財布から一元を取り出してペットボトルの募金箱に入れると、その底でコトンと小さな音がした。

すると、彼女のうしろから四、五人の女子生徒が続いて、募金箱にそれぞれ一元を入れていった。

「別に一元じゃなくてもいいんだろ」

今度は二人組の男子生徒が五元ずつ入れた。

「おい、みんな協力してやれよ。十元だっていいんだぜ」

次々と男子生徒がやって来る。そして、それぞれに一元や五元を入れていく。さっきは怖そうに見えた刈り上げ頭の生徒も、黄色のTシャツの生徒も募金してくれた。

そのたびに李茹雲たちは「ありがとうございます」を繰り返し、最後にひと言「あしたもまた来ますので、よろしくお願いします」といって教室をあとにした。


李茹雲は毎日学校から帰ると、二年生の妹の勉強を見てやり、それから夕食を作る。それが彼女の日課だった。

両親は共働きだ。

李茹雲の母親は温泉街のお土産屋の店員で、きれいな原色の糸で編んだ小物入れやかばん、竹編み細工、木彫りの人形、米で造った蒸留酒、麻糬《モアチー》と呼ばれる餅などを売っていた。時間給は百二十元。午前十一時から午後七時まで一日八時間働いて千元にも満たない。決して多くはなかった。

父親は日雇い労働者で、一度出稼ぎに出ると現場の仕事が終わるまで家に帰って来ない。今は基《ジー》隆《ロン》の建設現場に入っていて、今度帰って来るのはまだ一月以上先のことだった。

李茹雲がちょうど夕食の後片付けを終えたとき、母親が仕事から戻って来た。

玄関口のドアが開く音を聞くと、李茹雲の体は反射的にそちらへ向かった。

「ねえ、ねえ母さん、きょうだけで百八十四元も集まったんだよ」

まだ靴も脱いでいない母親に李茹雲は興奮気味にまくし立てた。

母親はそれを聞いて、一瞬何のことなのかよくわからないといった表情を見せたが、すぐに笑顔に変わった。

「みなさんの思いやりの心をお願いします。一日一元。日本の被災地の人たちに愛を送りましょう」。夕べ遅くまで李茹雲が練習していたことを思い出したからだ。はじめは「可哀そうな日本人に」だったのを、それじゃおかしいといって「日本の被災地の人たちに」に変えさせたのだ。

「みんなすごく協力的で、中学部の先輩なんて五元入れてくれた人もいたんだよ」

「それはよかったね。でも、たくさん集めたいからって強制しちゃだめだよ。それじゃ気持ちが伝わらなくなっちゃうから」

「わかってるよ。強制なんて一回もしてないって」

「じゃ、被災地の人たちに鳥山中小学校のみんなの気持ちを伝えられるように、頑張って続けて」

「うん」

李茹雲はうれしかった。母親にきょうの活動の成果を報告できただけでなく、「頑張って続けて」といわれたことが。まだ一日終わっただけだが、きょう一日に感じた喜びがどれほど大きなものか、それはきのうの時点では想像することもできなかった。

わずか一日でこんなにも心が変わるんだ。あしたが待ち遠しい。いろいろなことをあれこれ思い巡らしながら、李茹雲は限りなく膨らむ期待に酔いしれていた。


晴れ渡った青空。三月半ばだというのに立っているだけで汗ばむほどの暑さだった。

鳥山中小学校では週に一度の朝礼が行われていた。

アンツーカーの小さな運動場は真ん中にバスケットボールコート、それを取り巻くように陸上トラックが四コース。正面には大きな緑の山を背景に屋根付きの朝礼台があり、その左脇に三本の国旗掲揚ポールが聳え立っている。

朝礼台に向かって百人あまりの小学生がきちんと列をなして並んでいる。

鳥山中小学校は中学部と小学部が同じ敷地内にあるが、朝礼は別々に行われるため、小学部の時間の最上級生は六年生だ。

マイクがハウリングする音に続いて開会の言葉が告げられると、それまでがやがやとおしゃべりしていた生徒たちは一斉に静かになった。

「みなさん、お早うございます」

校長先生が朝のあいさつをすると、条件反射のように百人あまりの生徒が「先生、お早うございます」と大きな声で返した。

校長先生は五十歳前後の、がっしりした体格の男性で、遠くまでよく通る声で話を続けた。

「みなさんも知っている通り、この一週間、六年生のおにいさんやおねえさんたちが日本の被災地のために募金活動をしています。毎日一元。みなさんも募金しましたか」

校長先生の呼びかけに「はーい」という大きな声が返ってきた。

「みなさんの一元が遠く日本に渡って、被災地の日本人たちの役に立ちます。これは素晴らしいことです。だから、どうか頑張ってみなさんの気持ちを日本の人に伝えてください。それからもうひとつ、校長先生はみなさんにいいたいことがあります。それはこの機会にみなさんには感謝することの大切さを学んでほしいということです。わたしたち鳥山中小学校の生徒は日ごろからたくさんの援助を受けています。知っていますか？　これはほかの地域の生徒たちとは違います。政府や民間の団体が援助してくれるおかげで、この学校では教科書がない生徒はひとりもいません。それに一学期に八百元払うだけで毎日給食を食べることができます。一日たったの八元です。こうやってみなさんが毎日受けている援助を当たり前だと思わないでください。みなさんはたくさんの人たちの愛に支えられているのです。感謝しなければなりません。今、日本でたくさんの人たちが困っています。今度はわたしたちが援助する番です。援助を受けているわたしたちが援助するなんておかしいと思うかもしれません。でも毎日一元だけです。お金の額ではありません。心を届けましょう。わたしたちは決して裕福ではありませんが、きれいな心を持っています。その心を日本に届けるのです。わかりましたか」

長い話だったが、生徒たちはじっと静かに聞いていた。そして最後にみんなそろって大きな声で「はーい」と返事をした。

朝礼が終わったあと、六年生の教室は喜びに染まっていた。生徒たちには笑顔があふれている。校長先生が朝礼で話した自分たちのこと。それは彼らがこれまでやってきたことが全面的に認められたということだ。

これからは六年生のだれもが堂々と胸を張って募金に回ることができる。それに、みんなからは尊敬の目で見られるかもしれない。

李茹雲もこの活動をはじめて本当によかったと思っていた。

ちょうどそのとき、陳偉大が李茹雲のところにやって来た。

陳偉大はこの活動をはじめるきっかけになった生命教育の授業では募金活動をやることに反対して喜んでいたが、今ではそんなことも忘れたかのように率先して自分の担当のクラスを回っている。

「茹雲、お前たちのグループだけ一クラスしか回らないなんて、ちょっと不公平だと思わないか」

「どういうこと？」

「だからさ。お前たち以外のグループはみんな二クラス分の募金を担当してるのに、なんでお前たちのグループだけ一クラスしか行かないんだ？」

クラス十九人のグループ分けは一グループ四人が基本で、ひとつだけ三人のグループができる。全部で五つのグループに分かれて学校中の九つのクラスを回っていたので、一グループあたりの担当は二クラスだったが、ひとつだけ一クラスの担当になる。それが茹雲たちのグループだった。

「だって、わたしたちのグループは中学三年生のクラスに行ってるんだよ。はじめにクラス担当を決めるとき、みんな中学三年生のクラスは嫌だっていったじゃない。それで、わたしたちが行くことになったんだから。それに、わたしたちのグループだけ三人なんだよ」

「だからといって自分たちだけ一クラスでいいってことにはならないだろ」

「何いってんの？　鳥山中小学校には九つしかクラスがないんだし、必ず一グループは一クラスになるってわかんないの？」

「だから、だれもクラスに行けなんていってないじゃないか」

「どういうこと」

「先生のところも回るんだよ」

朝礼で校長先生も認めた活動なのだから、このチャンスに先生からも募金を集めようというのが陳偉大のいいたいことだった。

たしかに理屈はわからないでもない。でも、スタートの時点では生徒がみんな自分の意思で自分の小遣いから募金することに意義があるということで、それを全校に訴えながら進めてきた活動だ。李茹雲はいくら校長先生が認めてくれたからといって、急に先生のところまで回るのは乗り気ではなかった。

それでも陳偉大は自分の考えついた、この名案から易々と引き下がることはなかった。一元でも多くのお金を集めることが日本人を助けることになるのだといい張って聞かず、結局は李茹雲たちのグループが先生たちのところも回って募金を集めることになった。

ほかの二人と職員室に来た李茹雲は、入口のところに立ったまま中の様子を窺っていた。はじめて中学三年生の教室を訪れたときとも違う感覚だった。だれも募金してくれなかったらどうしようという心配や、普段接することのない上級生を相手にしなければいけない緊張感というものはなかったが、生徒だけではじめた活動に、ただ募金の金額を増やしたいという理由だけで先生まで巻き込んでしまって申し訳ないという気持ちがあった。しかも校長先生が朝礼で募金のことを話した、すぐその日にはじめることに対する厚かましさも感じていた。

「いいわ。茹雲が行きづらいなら、わたしが先頭で行くから」

なかなか職員室の中に入れずにいる李茹雲を見て、沈淑真がつかつかと職員室に入って行った。席についている先生はまばらで、李茹雲にとって顔は知っていてもそれほど親しい先生はいなかった。

そんな中、沈淑真はいちばん近くの席にいた范威如のところに近寄って行った。

「先生こんにちは。思いやりの心をお願いします。一日一元。日本の被災地の人たちに愛を送りましょう」

毎日何度も繰り返し、今ではいつでもすらすらと口から出てくるようになった言葉で沈淑真は近づいた。

「先生はね、外でもう募金したから、学校ではしないんだ」

范威如は少しいじわるそうに生徒たちの反応を観察しながらいった。

「えっ、でも校長先生はけさ頑張れって」

「じゃ、校長先生のところへ行ったら？」

沈淑真もおそらくこんな返事が返ってくるとは思っていなかったのだろう。次の言葉が続かなかった。

「そうねえ。じゃあ先生のほうから聞くけど、みんなは何のために募金活動をしてるの。その意義がはっきりいえたら協力してもいいよ」

「日本人を助けるためです」

「それから？」

「……えっと……」

「感謝することの大切さを学ぶためです」

答えに戸惑っている沈淑真の肩越しに李茹雲が答えた。

范威如は「うん」と頷いて募金箱に一元を入れてくれた。


週末の烏山は都市から温泉にやって来る行楽客であふれかえる。

メインストリートは肩がぶつかるほどの人だかりとなり、その両脇のお土産屋やレストランからは彼らを引っ張り込もうと客引きの大きな声が聞こえてくる。

そのいちばん端の、ちょうど橋の袂《たもと》あたりに小学部の生徒たちが集まっていた。男子班長の陳偉大、女子班長の李茹雲らあわせて五人。段ボールで作った募金箱や立て看板を持っている。

「こんなにたくさん人がいるんだから、少なくとも千元ぐらいは集めなきゃな」

陳偉大は従業員に檄《げき》を飛ばす社長の役でも演じるかのように悦に入った表情でいった。

「千元なんて無理だよ」

「そんな弱気でどうするんだよ。日本人を助けるんだろ。それにきょうは一元だなんていわなくてもいいから。百元でも二百元でも、できるだけたくさん入れてもらうようにしろよ」

陳偉大の指示で彼らは募金箱や看板を手に持って橋の袂に一列に並んだ。

ちょうどこのとき、李茹雲には橋の向こう側から知った顔がこちらに向かって歩いて来るのが見えた。

中学三年生の高英傑だ。鳥山中小学校で彼はちょっとした有名人だった。理由はよくけんかしたり学校をサボったり。そして今は「思いやりクラス」にいる。そんな高英傑のことを、三学年下の六年生もみんな知っていた。

高英傑は青い開襟シャツに黒のスラックスという格好にサンダルをつっかけて、ゆっくりと歩いていた。

ライオンに出くわしたシマウマの群れのように、瞬時にして李茹雲たちに警戒心が生まれた。

「お前ら、こんなところで何やってんだ?」

「……日本の被災地のために募金を集めてるんです」

答えたのは陳偉大だったが、さっきまでの威勢のよさは欠片《かけら》もない。

高英傑は黙って胸ポケットからたばこを取り出すと、一本口にくわえて火をつけた。

ふっと吐いた白い煙が緑の山の中に消えていく。

ほかの生徒たちは黙ったままだ。

「集めた金、日本に送るんか」

「日本の被災地に送って日本人を助けるんだよ。たくさんの日本人が、家族が死んだり家がなくなったり、本当に可哀そうなんだ。一元でいいから、募金に協力してよ」

李茹雲がまっすぐ高英傑のほうを見ながらいった。

それを聞いていた高英傑は何かをいい返すわけでもなく、「ふうん」といいながらメインストリートの人ごみの中に消えていった。

緊張の時間はこのときだけで、そのあとは再び元気を取り戻した陳偉大を中心に夕方まで募金活動を行った。

そして三千元以上のお金が集まった。

みんな、この結果に満足したようで、帰り際にはそれぞれに軽口をたたき合った。そして高英傑に会ったことなど、すっかり忘れていた。


募金活動も終盤に近付くと、集まるお金は目に見えて少なくなっていた。

朝礼で校長先生が応援してくれたあとの数日間は、多い日には三百元以上集まったこともあったのに、今ではぱたりと風が止《や》んだようだ。

きょう中学三年生のクラスを回ったときも、「たくさん入れたからもういいだろ」という生徒がいたり、李茹雲たちがやって来る時間になると見計らったようにトイレに駆け込む生徒もいた。

そのたびに李茹雲は「強制はいけない」と自分にいい聞かせながら、ほとんど空に近い募金箱を持って教室を去るのだった。

「きょうもぜんぜん集まらなかったね」

「うん、でも月末までやるって決めたんだから、もう少し頑張ろ」

「それはわかってるんだけど、やっぱりこれだけ歓迎されてないってのを感じるとちょっとめげるよね」

自分たちの教室に戻る途中で李茹雲たちは心のうちを吐露し合った。そうでもしないとずんずんと暗い深みにはまり込んで、この活動をする意味さえ忘れてしまいそうだ。おそらくほかのグループもみんな同じような気持ちで回っているに違いない。

日本人を助けるため。生命教育の授業で動画を見たときに感じた心からの同情心が消えたわけではなかったが、これだけ見事に拒絶されるという現状も耐え難いものだった。

「先生、きょうはこれだけです」

李茹雲は小学部の一年生から中学部の三年生まで、クラスメートみんなで回って集めたお金を王筱絹に渡した。

九十三元。

そのうち六年生のクラスが十九元、先生たちからが三十五元で半分以上を占めているのに対して、ほかのクラスからはほとんど集まっていなかった。

王筱絹は机の引き出しからノートを取り出すと、毎日の募金金額を記した表の中にきょうの日付とともに九十三元と書きこんだ。

「みんな熱が冷めちゃったのかな」

「そういう問題じゃないと思います」

「どういうこと？」

「募金活動はお金をたくさん集める競争じゃないし、それに……」

「それに？」

「もともと自分の意思で自分のお小遣いから募金するということではじめたものだから……、お金が多いとか少ないとかは関係ないです。わたしたちは気持ちを届けるんですから」

そのとき職員室のドアが開き、范威如が入って来た。

うしろには、学校の青いジャージを着た高英傑が立っている。

「茹雲、ちょうどよかった。本当は王先生に聞くつもりだったんだけど、あなたがいるなら、ちょうどいいわ」

「何ですか。先生」

「この子、中学三年生の高英傑。知ってる？」

知ってるも何も、先週末に橋の袂で会ったばかりだ。それよりどうして高英傑がここにいて、范威如が自分を探しているのだ。

「彼も募金活動を手伝いたいって」

「あっ、はい……」

「日本の被災地の人のために何かしたいんだって。もちろん、あなたたちのクラスの活動を邪魔しようってわけじゃないから心配しないで。彼はポスターを作ったり、自分の友達に宣伝したり、そんなようなことで協力したいんだって」

范威如のうしろで黙ったままの高英傑が李茹雲のほうを見て立っていた。

「先輩が手伝ってくれるっていうんなら、クラスのみんなも喜ぶと思うんですけど、ただ……」

「ただ、何なの？」

「募金は今月末までなんです。だから、あと三日しかないんですけど」

「たとえ三日だって、一生懸命やれば、その気持ちは必ず日本に届くと思うよ」

范威如のいう通りだ。

「じゃあ、クラスに戻ってみんなにそういいます。それから、わたしとしては、中学部のクラスを手伝ってもらえるとありがたいんですけど」

これは李茹雲の本心だった。

「中学部のクラスか。それはいいかもね。とにかく、どんな形になるかはわからないけど、高英傑にも手伝ってもらう。そういうことでかまわないね」

「はい。先輩、よろしくお願いします」

李茹雲は高英傑に軽く頭を下げた。


翌朝のホームルームは重苦しい空気が漂っていた。

突然、降って湧いたような高英傑の協力に対して、今さらどうして彼といっしょにやらなければいけないのかということを多くの生徒が感じているようだった。

しかし、それを面と向かって高英傑にいおうというものはだれもいない。「手伝ってくれるんだし、いいんじゃないの」とか、「別にいっしょにクラスを回るわけじゃないんだし」とか、無難な意見がいくつか出て、みんな何となくそれでいいやというところで納得していた。

李茹雲は「彼の手伝いたいって気持ちを尊重してあげるべきだと思う」といったが、クラスメートに伝わったのかどうかはわからなかった。結局、ある男子生徒が何気なくいった「まあ、あと三日だし」というひと言が、もしかしたらクラス全体の気持ちをいちばん表していたのかもしれなかった。

「みなさん、お早うございます」

ざわついた教室の空気に割って入るように、黒板の上のスピーカーから校内アナウンスが聞こえた。

だれもそれに注意を払う様子はなかったが、そのあとの言葉を聞いてざわめきは一瞬にして静まった。

「中学部三年生の高英傑です」

低くて聞き取りにくい声だったが、生徒たちは一斉にその声に耳を傾けた。

ちょうどこのとき担任の王筱絹が教室に入って来た。

しかし、みんな高英傑の話に聞き入っていて、あいさつすることさえ忘れている。

「今、鳥山中小学校では小学部の六年生の人たちが中心になって、日本の被災地のために募金を行っていることはみなさんも知っていると思います。募金の期間は今月末まで。あと三日ですが、もう一度、この活動の意味を考えてみましょう。今、日本には自分の家族や家を全部なくしてしまった人がたくさんいます。その中にはぼくたちと同じ小学生や中学生の生徒もいるはずです。今、六年生の人たちが行っている募金は一日たったの一元だけです。ぼくたちはみんなお金持ちじゃないかもしれませんが、だれだって一日一元だったら出せるはずです。このお金にぼくたちの気持ちを込めて日本に届けましょう。人が苦しんでいるときに自分のできることで彼らを助けることはとても素晴らしいことだと思います。残り三日になりましたが、もう一度みなさんにこの活動のことを考えてほしくて放送しました。最後まで聞いてくれて、ありがとうございました」

アナウンスはここまでで ぷつりと切れた。

だれもしばらく言葉を発しなかった。おそらくアナウンスで募金を呼びかける高英傑は、みんなの思っている高英傑とイメージが大きくかけ離れていたからだろう。

ひとりの女子生徒がいった。

「あと三日、頑張ろうよ」

するとほかの生徒も口々にいった。

「もう一度気合いを入れ直して回らなきゃな」

「日本の人たちのためにね」

話をする生徒たちから少し離れたところで黙ったままその様子をうかがっていた王筱絹はうれしそうな笑みを浮かべた。


募金は最後の三日間、再び毎日三百元を超えるお金が集まった。

特に最後の一日は四百二十九元。中学三年生のクラスでは多くの生徒が五元を募金した。

「先生、あとはよろしくお願いします」

李茹雲が募金箱ごと王筱絹に渡して職員室をあとにした。

王筱絹は募金金額の集計ノートに三月三十一日、四百二十九元と書き込むと、静かにそれを閉じた。そして、そのあとあらかじめ用意してあった郵便局の用紙を取り出し、振り込み先の欄に台湾赤十字と記入した。


鳥山中小学校、募金総額三千五十七元。

街頭募金で集めたお金、三千二百五十元。

ふたつの合計、六千三百七元。日本円にして約一万八千円。

リップンチンシン（日本精神）

典型的な台湾の田舎《いなか》の風景だ。

まっすぐな一本道。その両側に遠くまで広がる田畑。時折ぽつんとコンクリートの家屋が建っているのが見える。

東海岸、太平洋に面する五節郷《ウージエシアン》は人口三万八千人。住民のほとんどが農家で、米を作って暮らしている。ほかにスイカなどの果物も栽培しているが、数はあまり多くない。

海に近い地域では、わずかだがエビの養殖も行われている。

エビの養殖は一九八〇年から九〇年にかけて、日本向けの輸出で年に七、八百万元、日本円にして二千万円以上を稼ぐ業者が現れるなど一世を風靡《ふうび》した。

しかしその後、原因不明の伝染病が蔓延《まんえん》して廃業者が続出。今では最盛期の十分の一ほどに減っている。エビに託した彼らの夢はわずか十年ばかりで終わりを告げ、今は農地に戻すことのできなくなったコンクリート造りの生簀《いけす》だけが昔のままの姿で一面に広がっている。

三月だというのに暑い日だった。

隣町で会議を終えた帰り道、廖五松《リアオウーソン》は郷長専用車の後部座席に座って窓の外の風景を眺めていた。

空の青と田んぼの緑が鮮やかに映え、その合間に陽光がきらきら光っている。じっと見ているだけで、いつの間にかすっと吸い込まれそうになる。

廖五松はパワーウィンドウのボタンを押した。

スーッという音とともに窓ガラスが下がり、車内に心地よい風が吹き込んでくる。草のにおいがする。

車は田園風景をしばらく走ったあと、郷いちばんの繁華街に入って行った。

最近進出して来たスーパーマーケットや全国チェーンを展開するコンビニエンスストアの看板が、わずかだが町を感じさせる。ほかには地元住民が何かの特別な日にだけ家族そろって出かけるレストラン、日に焼けたアイドルのブロマイドが軒先で何年も吊るされたままの文具店、大きな都市では見かけることもなくなってしまったガマティアム（よろず屋）。わずか二百メートルあまりのメインストリートに、これらの店が肩を寄せ合うように並んでいる。

五節郷の庁舎はこのストリートのちょうど真ん中あたりにあった。

三階建てで見るからに政府機関とわかる外観。郷内でもっとも存在感を備えた建物だ。それは単にランドマークというだけでなく、この地域の中心。すべてのものがここに集まっていることを示していた。

車はゆっくりと庁舎の入口で停車した。

午後四時半。

役場の業務終了までまだ間があったが、空気はすでに一日の終わりを告げていた。それにきょうは金曜日。職員たちの顔からは週末を迎える準備がすでに整っていることが容易に見て取れた。

そんな中、郷長室では秘書の劉芳敏《リウファンミン》が廖五松の帰りを待っていた。

「郷長、ご存知ですか」

「ん？」

「日本で地震があったんですよ。それも、かなり大きい」

「何時ごろ？」

「少し前です。今、ニュースでやってるはずです」

劉芳敏は郷長室のテレビをつけてリモコンでニュースチャンネルを探しはじめた。

「ほら、これです」

画面には荒れ狂う波の様子が映し出された。その下には、「日本の宮城県でマグニチュード八・九の地震発生」というテロップが出ている。

映像は一面火の海となった石油精製工場に変わり、キャスターは原発事故の懸念を盛んに伝えている。

――一体、何が起きたというんだ。

地震だとはわかっていても、その一方で、なかなかそれを事実として認識することができなかった。目の前の恐ろしい映像も興奮気味のキャスターの声も空気のように流れ去っていく。

次に登場した映像はさらにショッキングなものだった。

波がものすごいスピードで田んぼの上を滑っていく。家屋も車もバスも、すべてが根こそぎ呑み込まれ、高速道路にぶつかってまた戻る。まるで巨大な生き物だ。

廖五松は画面から目を離すことができず、劉芳敏もそんな廖五松の様子を見守ることしかできなかった。

その横には、いつの間にか主任秘書の林明俊《リンミンジュン》が郷長の帰りを聞きつけてやって来たが、郷長室の凍結したような空気を察してか、何もいえずに立ち尽くしていた。

画面の中ではキャスターの女性が、仙台に滞在している台湾人旅行者が八十二人、まだその安否が確認されていないことや、ついさっき馬英九総統が緊急災害対策本部を設置したことを伝えていた。

「うーん」

廖五松の低くて苦しそうな声が漏れた。それ以上の言葉は続かなかった。頭の中であれこれと複雑な思いが交錯している。

今自分が見ている光景が本当に起こったことなら――たぶんそうに違いはないが――彼らはどうなるんだろう。これまで自分の人生と深くかかわってきたもの、たとえば家族とか風景とか、それに自分自身の命までもが一瞬にしてなくなってしまうのだ。何の予告もなく、何の抵抗もできないままに。

考えただけでも恐ろしいことだった。

そしてもうひとつ。不思議なことに、この災難は外国で起きたことなのに、まるで自分の同胞、いや身の回りの家族のような、とても身近な人の上に降りかかったことのように感じられた。

「うーん」

もう一度、低いうなり声が滲《にじ》み出た。

しかし、今度はもう少し冷静さを取り戻していたかもしれない。この現状を受け入れなければならないという思いが芽生《めば》え、わずかではあったが心の奥底に、ある種の力、わかりやすくいえば戦う気持ちのようなものが湧き出てくるのを感じたからだ。

「林さん、財政課長と社会課長を呼んで来てくれないか」

あと数分で五時になろうとしていた。

週末の退勤時間前の呼び出しは気が引けたが、これはどうしても今やらなければならないことだ。

しばらくすると林明俊が財政課長と社会課長を連れて郷長室に戻ってきた。ふたりの課長は少し緊張した面持ちで、ソファに腰を下ろした。

「日本の地震のことだけど」

軽く前置きしたあとで、廖五松はまず財政課長に向かっていった。

「うちの郷で被災地向けの募金をやろうと思う」

「はい。でも、募金なら赤十字とかワールド・ビジョンとか、もっと大きな組織がやるんじゃないでしょうか」

「いや、この地域の住民にとっては赤十字だワールド・ビジョンだといったって、みんなピンと来ないだろう。それより役場のほうがずっと馴染みがあるはずだから、うちが窓口になれば募金も集まりやすいと思う。それにうちのような小さな郷が先頭を切ってやれば、ほかの行政単位もあとを追ってはじめるかもしれない。そうしたら、そのときはきっと大きな力になるはずだ。もしかしたら台湾を挙げての大きな力になるかもしれない」

「わかりました。じゃ、週明け早々に銀行に相談して募金専用の口座を設けるようにします」

「いや、これからすぐにやってほしいんだ」

「えっ、これからですか。でも、もう銀行の業務時間は終わってますし……」

「とにかくすぐに連絡してくれないか」

壁の時計は五時十五分を指していた。

「わかりました」

財政課長はそういうと、ためらうことなく自分のデスクへ戻って行った。

「それから社会課長には告知のほうを頼みたい。募金は月曜日の朝いちばんからやる。場所はこの庁舎の一階。受付のところに特設コーナーを設置して」

「じゃ、テレビと新聞に協力してもらうよう連絡します。それから五節郷役場のホームページにもトップニュースで載せることにしましょう」

「うん」

ちょうど社会課長とのやり取りが終わったとき、郷長室に内線電話が入った。財政課長からで、銀行の担当者に連絡がつき、専用口座はできるだけ早く開設すると先方から約束をもらったことを告げるものだった。

その日の晩、廖五松は帰宅したあとも昼間に見た衝撃の映像が何度も繰り返し思い出され、そのたびに何ともやるせない気分にさせられた。

人要順天《レンヤオシュンティエン》 不可能人定勝天《ブーコーノンレンディンションティエン》（人は天の意思に従うしかない。天に打ち勝つことなどあり得ない）

廖五松の頭には子供のころに覚えた、こんな言葉がふと浮かんできた。自然の前で人はほとんど無力に等しい。そんなことを改めて痛感する。

「あの人たち、これからどうなるんでしょうね」

テレビで地震の特別番組を見ていた妻が聞いた。

「今はみんな、これからのことなんて考えられないだろうな」

テレビの画面には津波を逃れて避難した人たちのインタビューが映っていた。多くの人や家が波に呑まれていく中で、生き延びた彼らは何を思うのだろう。その気持ちを想像しただけで、廖五松の胸は痛んだ。

しばらくの間、二人とも黙ったままテレビの画面を目で追っていた。

「ほんとに可哀そう」

妻が小声でそういうと、廖五松も「うん」と頷いた。そして、そのあと「うちの郷でも日本のために募金をやることにしたよ」といった。

淡々としたいい方だったが、いいたいことはちゃんと伝わったらしく、妻は嬉しそうな顔を見せた。

「それはいいことだわ。五節郷には年輩の人も多いし、彼らの中には日本のことを他人事だなんて思えない人もたくさんいるから」

「ところで、親父は知ってんのかな」

日本のことを他人事だと思えない人たち。そう聞いて、廖五松が真っ先に思い浮かべたのは自分の父親だった。

父は今年数えで七十七歳。父にとって日本は何でも「イチバン（一番）」だった。

ラジオでも三日で壊れるのは支那《しな》製で、日本製は永久に壊れない。日本製なら靴は十年、ズボンは十五年、服は二十年持つといって、ぼろぼろになっても実際にその年月まで使い続ける。

日本人に対する尊敬の念も尋常ではなかった。

日本人の精神には古くから武士道が宿っており、それが支那人との間に決定的な違いを生み出すものだと本気で信じていた。

そんな父が口癖のようにいったのが「あの頃は、たったひとり警官がいるだけで、物を盗む者はだれひとりいなかった」という言葉だ。

廖五松は子供のころから何度も父がこういうのを聞いて育った。

あの頃というのは日本が台湾を統治していた時代のことだ。社会は平穏で人は純朴。みんな貧しかったが、不幸ではなかった。これが父のいうあの頃だ。

どうしてあの頃は物を盗む者がだれひとりいなかったのだろうか。

父がいうには、「盗みがバレたら、手を切り落とされるから」だそうだ。

日本人はやるといったら必ずやる。当時はみんなそれがよくわかっていたから、たとえ机の上に剝き出しのお札が置いてあったとしても、手を出すものはだれもいなかったというのだ。それに万一盗みが見つかったとき、見え透いた言い訳をしたり、こっそり袖の下を忍ばせて見逃してもらおうなんて考えようものなら、手を切り落とされるぐらいでは済まなくなる。だれもがそう信じていたらしい。

しかしこれについて、廖五松は父の言葉を鵜呑みにしていたわけではなかった。

日本人の警官に手を切り落とされたものが実際にいたのだろうか。それに、そんな残酷なやり方で本当に治安を保つことができたのだろうか。

父の話はどう考えても納得のいかないところがあった。

要は、父の日本に対する見方は美化が止めどなく進み、崇拝の域に達しただけなのだ。廖五松はそう思うようになり、そんな父の考えに対して反感を覚えるようにもなった。そのせいか廖五松は大学を卒業して兵役に就く年になっても、何故か日本のことがあまり好きになれなかった。

そんな父もここ数年はすっかり静かになった気がする。もともと口数が多い方ではなかったが、最近は何かいっても返事が返って来なくなった。こちらの話した言葉はいつも父の体をすうっと通り抜けて、ずっと空に浮かんでいる。

「お父さんもテレビは見てましたよ」

「何かいってたか」

「いいえ。黙って見てたと思うけど」

「そうか。じゃ、あしたの朝起きたら聞いてみるよ。日本がこんなふうになっちゃって、親父にしてみりゃ、相当ショックだろうからな。でも、五節郷で募金をやると知ったら喜ぶかもしれないね」

ところが、翌朝、廖五松が募金の話をすると、父はそれほど関心も示さず、「うん」といっただけだった。

廖五松には何が「うん」なのかわからなかった。が、あえてそれを聞こうともしなかった。

日本に対する考えが変わったのは社会人になって何年も経ったあと、郷長選挙に出馬する五年ほど前のことだから、四十歳を過ぎたころだった。

機械の部品を製造する会社で営業部長の職に就いていた廖五松だが、この年、会社が不景気から大幅なリストラを敢行し、その対象となって地元大手の建設会社に転職した。そこではじめて直に日本人と接した。

会社は日本の建設会社とジョイントベンチャーでゴミ焼却施設を建設することになった。もっともジョイントベンチャーといっても実際の作業においては下請けのようなもので、建設はほとんど日本の会社が中心となって進めた。

このとき見た彼らの仕事のやり方は、とても新鮮に映った。

とにかくすべてにおいて要求が厳格なのである。しかも妥協は許さない。それは廖五松の知っている台湾の企業とは根本的に違っていた。

はじめ、面食らったのは毎日のレポートだ。

日本人は廖五松にその日に行ったことをすべてレポートとして提出することを要求した。

どうして何から何まで報告する必要があるのだろうか。そう思って「きょうは特になし」と書いて提出したことがある。

しかし、これはその場で突き返された。

「仕事してる以上、何もないってことは絶対にあり得ないんだから、ちゃんと書いてください」

「報告するようなことはないってことです」

「きょう何をしたか。それが報告することです」

このとき廖五松は、日本人はきっと自分のことを信用していないのだと思った。

彼らにとって台湾人とは「任せることのできない存在」なのだろう。目を凝らして見張っていないと、いつ何を仕出かすかわからない。だから毎日のレポートで常に把握し、「事」の起きる前にそれを察知しなければならないと思っているのだ。廖五松はずっとそう思っていた。

ところが、しばらく経ってその考えは違うのではないかと思いはじめた。

彼らは廖五松の書いたレポートについてたびたび質問をしてきたが、報告の内容を隅々まで把握していた。

——ちゃんと読んでいる。

内容についても、それを疑っているといった素振りもなかったし、悪意をもって懲《こ》らしめてやろうということも、一切なかった。

彼らは自分のことを信用していないわけではないのかもしれない。確固とした根拠はなかったが、廖五松は、徐々にそう思うようになった。

また、八十歳を超える年輩の台湾人技師たちの態度が急に変わったことも驚いた。

彼らは日本人技師との打ち合わせでいきなり日本語を話し出したかと思うと、廖五松がこれまで見たことのないほど生き生きとした表情で熱い討論をはじめた。その姿はとても八十歳を超えているようには見えなかった。まるで青年たちが自分の理想を真剣に語っているような、そんな情熱が伝わってきた。

廖五松はこうした状況を体験していくうちに、ある日、こんなことを思った。

日本人の仕事の根底にはよい物を作ろうという気持ちが大河のように流れている。そこには楽をするために休もうだとか、自社の利益を余分に得るために「偸工減料《トウゴンジエンリアオ》（手抜き工事）」をしようだとか、そういった考えは入り込む余地がない。これは日本の文化だ。そして品質とはこうやって生まれるものに違いない。

廖五松はとても貴重なものを学んだような気がした。それとともに父親のいっていた「日本製は永久に壊れない」という言葉を少しだけ共有できたような気がした。

二年余りのジョイントベンチャーが終わるころには、廖五松は派遣されて来た日本人たちとすっかり打ち解け、中でもプロジェクト責任者の山本達夫《やまもとたつお》との間には友情とも呼べる感情さえ生まれていた。

日本に戻った山本は大阪支店の勤務となった。

廖五松は地震が起きた日の晩、山本の安否を確かめようと連絡を取った。そして「大阪は被災地からかなり距離が離れているから大丈夫でした。ご心配、ありがとうございました」という返事を聞いて、とりあえずほっとしたのだった。

月曜日の朝八時前、郷庁舎に集まったメディアに向けてプレス記事が配布された。

三一一大地震　マグニチュード八・九の揺れが日本を襲う

発行日時：民国100年3月14日

このたび日本で大きな地震が発生、被災地では多くの人が苦しい境遇にも負けず頑張っています。これに対してわたしたち五節郷でも愛の心で募金活動を行うことを決めました。いくらでもかまいません。自分の負担できる金額でご協力ください。郷の皆様の力を集めて、それを被災地に送りましょう。

またメディアの皆様、きょうは募金の開始にあわせてお集まりくださいましてありがとうございます。この活動が先駆けとなって大きな力となり、被災地の皆さんの元に届くことを心から願っております。

五節郷長　廖五松

「もうちょっと右側にお願いします。そう、そう、そのあたり」

ローカルテレビの撮影班が廖五松の立ち位置を調整していた。

郷庁舎正面入口を入った受付のところには、集金のため出納《すいとう》係から臨時に駆り出された若い女性職員が座っている。その横の柱には「快楽成城《クワイローチョンチョン》、活力五節《フォリーウージェ》（楽しい町　活気あふれる五節）」と書かれたスローガンが目に入る。

「列はこのあたりから始まるので、郷長はここに立って受付の彼女にお金を渡してください。ゆっくりお願いしますね」

「こんな感じ？」

「そうです。じゃ、撮りますので。みんなを入れてください。お願いします」

テレビ局スタッフの声にあわせて役場の職員が正面入口前に集まった住民たちを庁舎の中に招き入れた。全部で十数人。みんな受付前に立つ廖五松の後ろについて一列に並んだ。

「はい、どうぞ」

廖五松はリハーサルの通り、二十枚の千元札を募金受付のカウンターに置いた。それを女性職員が素早く一枚ずつ数えたあと、領収書を書く。その様子を列に並んだ十数人の郷民が眺めている。テレビカメラはその様子を撮り続けた。

それが終わると、廖五松は庁舎正面入口に場所を移して、今回募金をはじめた理由について取材を受けた。内容はほとんどがプレス記事に書かれたものを、テレビカメラに向かって話しただけで、時間にして一分にも満たないものだったが、廖五松は自分の思いがテレビの向こう側にいる五節郷の郷民たちに伝わるように気持ちを込めて話した。

一方、受付では住民の募金が続いていた。

老人から若者まで多くの郷民がそれぞれに千元、二千元と財布の中から取り出しては係の女性職員に渡した。彼らにとって、決して小さな金額ではなかった。郷民代表や郷内に十五ある村の村長、役場の管理職などはそれぞれ三千元から五千元という金額を出した。

そのたびに受付の女性職員は金額を確認し、「感恩《ガンエン》、愛心《アイシン》（愛の心に感謝します）」といいながら領収書を書く。

「どうして募金しようと思ったんですか」

募金が終わった人に向かって、テレビ局のリポーターがマイクを差し出す。

「困っている人たちのために、少しでも何かの役に立ちたいと思って」

「日本はね、台湾が地震のときも洪水のときも、いちばんにやって来て助けてくれたんですよ。それを忘れてはいかん。それで、今、その日本がたいへんなことになってるでしょ。あのときの恩を今返さなくて、いつ返すんですか」

家庭の主婦や定年退職した老人たちがインタビューに答えた。

庁舎の中は募金にやって来た郷民、メディア、役場の職員などでごったがえしていた。まだ募金を終えていない人たちの列も途切れることはなかった。

また民政課には「振り込みによる募金は受け付けていないのか」という電話がひっきりなしにかかってきた。そのたびに課の職員は「申し訳ないけど、こちらまで来てほしい」と電話機の前で何度も頭を下げるのだった。

昼前にはメディアの取材も一段落した。廖五松は戻っていく撮影スタッフや記者たちに一人ひとり礼をいって、握手を交わした。

その脇ではまだ募金のための行列が続いていた。

集金係を代わるために財政課から別の女性職員がやって来た。それを見て、朝からずっとひとりで対応に当たっていた女性はすっくと立ち上がると、やっと解放されたというような安堵の微笑みを浮かべながら、領収書を書き続けた右手をぶらぶらと数回宙に振った。

テレビは通常番組を急遽変更して連日、日本の地震に関する特別番組を放送していた。話題の中心は何度も繰り返し登場した津波による被害から、福島の原子力発電所がどうなってしまうのかに移りつつあった。

その日、廖五松が家に帰ると、すでに食事を終えた父がじっとテレビの画面に見入っていた。

「父さん」

廖五松は声をかけたが返事はなかった。

最近ではこんなことが多い。

画面には避難所の様子が映っている。

被災地の人たちが生活必需品を受け取るのにきちんと列を作っていた。

家族の消息がわからない人も少なくないはずだが、そんな非常事態にもかかわらず言い争いで怒号が飛び交うこともなければ、略奪や暴動の素振りもない。それどころかお互いに譲り合う光景さえ見られる。

日本人は冷静で礼儀正しい。これはわたしたちも見習わなければならないことだとキャスターの女性がいっている。

しかし彼女の表情からは、そうはいいながらも、どうしてこんなに整然としていられるのか信じられないといった思いも見て取れる。

――リップンチンシン(日本精神)。

廖五松の頭の中を、父が以前よくいっていた言葉が過《よぎ》った。

そしてふと父のほうを見ると、目から一条の涙が流れていた。

ここしばらく自分の感情を見せたことのなかった父が泣いている。

しかし廖五松には何故か、その顔が嬉しそうに見えた。これまでに見たことのないほど自信にあふれ、輝いた父の顔だった。

二年前、廖五松が五節郷の郷長になったばかりのころ、訪問団を組織して公務で日本に出張したことがある。目的は大阪市役所を表敬訪問して交流を深めることと東京の地域施設の建設現場を見学することで、その現地手配をしたのが建設会社時代にゴミ焼却所の建設でジョイントベンチャーを組んだ山本だった。

訪問団は廖五松と主任秘書の林明俊のほかに数名の郷代表や管轄下の村長、あわせて八名で組織された。

その中に許英雄《シューインシオン》という当時八十一歳の村長がいた。日本の台湾統治時代に生まれ、終戦を迎えたときは十七歳。流暢に日本語が話せるため、日本での滞在期間中はずっと訪問団の通訳を務めていた。

一行が大阪での仕事を終えて東京に移動するとき、廖五松は新幹線で許英雄のとなりの席に座った。

ちょうど窓の外に富士山が見えたときのことだ。

「おお、富士山だ！」

許英雄がいきなり大きな声を発した。

聞けば、これまで何度も日本に来てはいるが、新幹線から富士山が見えたのはこれがはじめてだという。

「新幹線からの富士山は、もう一生見られないかもしれないと思っていたけど、よかった。本当によかった」

興奮醒《さ》めやらぬその姿は子供のようなはしゃぎようだった。

廖五松はそれがあまりに異様に感じたので聞いてみた。

「富士山のどこがそんなにいいんですか」

「そりゃ富士山は日本のシンボルだからな」

「日本のシンボルですか」

「ああ、そうだ。この気持ち、あんたにはわからんかもしれんが、あんたのお父さんなら、きっとわかるはずだよ」

これがきっかけで東京に着くまでの間、二人は日本時代の話をすることになった。

「そのころはどんな時代だったんですか」

「当たり前のことだけど、日本人がいたなあ。五節郷は台北のような都会じゃないから、だいたいが学校の先生と警官だったけど」

「そう、そう。警官がすごかったんでしょ。たったひとり警官がいるだけで物を盗む者はだれひとりいなかったって、うちの親父がよくいってました」

「それをすごいというのかな」

「えっ、どうして？」

「たしかに盗みは少なかったかもしれん」

「じゃ、治安がよかったということじゃないんですか」

「……。でも、警官のことが好きだなんて奴は聞いたことなかった」

廖五松はちょっと意外な感じがした。自分が父から聞いてきた警官のイメージとは大きくかけ離れていたからだ。

「じゃ、先生はどうだったんですか」

「先生の中には、好かれてるのもたくさんいたな」

「嫌われてるのもいたんですか」

「そりゃ当たり前だ。特に叩く先生は嫌われた。でも、これは日本人だからというんじゃなくて、子供はみんな叩かれるのが嫌いなんだ。ただ、叩くってことじゃ、台湾人の先生のほうがよく叩いたな。こうやって」

許英雄は竹の棒を持って叩く振りをしながら、微かな笑みを見せた。

そういえば、自分も子供のころ、学校で先生からよくこうして叩かれたものだ。廖五松がそんなことを思い出していると、許英雄は続けた。

「日本人の先生は竹の棒では叩かない。彼らが叩くときは竹刀《しない》で叩くんだ」

「竹刀で？」

「ああ。でも、そういう先生は、戦後の同窓会には呼ばれないな。ははは」

「同窓会？」

「戦後日本に引き揚げてしまった日本人の先生との旧交を温めるために、彼らを台湾に呼んで同窓会をやるんだ。最近もよくやってるぞ」

「じゃ、同窓会に呼ばれる先生っていうのは、少なくとも台湾人の学生たちと心が繋がってたってことですか」

「まあ、そうだな。とにかくあの頃の日本人の先生はいろんなことを教えてくれた。それに子供に対する愛情もあった。もちろん厳しいところもあったが、その厳しさは警官の厳しさとは違ったものだ。大人も子供も、みんながわかってたさ」

新幹線は新横浜《しんよこはま》を通過した。もうあと少しで東京に着く。

廖五松はふと長年疑問に思っていたことを聞いてみたくなった。それは、この機会を逃したら、もう永遠に聞くことはないような気がしたからだ。

「村長、うちの親父を見てると、日本のことを美化してるというか、日本を神格化してるとしか思えないんですけど、どうして日本語世代の人たちはみんな日本のことがそんなに好きなんですか」

「日本語世代だけじゃないだろう。そのあとで生まれた世代も、そのまたあとの世代も日本のことを好意的に思ってる人は多いんじゃないか」

「たしかにそうです。でも、それはどうしてだと思いますか」

許英雄はしばらく間をおいて、少し考えるような素振りを見せたあとでいった。

「日本人は大切なものを残していってくれたからだと思う」

「大切なもの？」

「ああ」

「何ですか。それは」

「遵法の精神、衛生観念、それから秩序。日本人はわれわれに、人間にとって大切な、これらを教えてくれた。彼らは終戦で日本に引き揚げてしまったけど、これらはその後も台湾に残ったんだ。そして皮肉なことに、彼らに代わって大陸からやって来た国民党政府にはこれらが欠けていた。今思うと、日本時代が理想的な社会かといえば、それはわからない。でも、結果としては大陸から国民党政府がやって来たあとで、かえって日本人のよさを引き立たせてしまったような気がする。もっとも最近じゃ台湾の社会全体で遵法精神と秩序の意識は大きく低下している。あの頃の日本人が知ったら、大声で怒鳴り出すかもしれんな。ははは」

「でも、その意識が低下しているのは、今の日本だって同じなんじゃないんですか」

「そうかもしれん。でも……、彼らの中にはリップンチンシンが流れている。何代にもわたって伝えられてきたリップンチンシンが」

廖五松は「リップンチンシン」という言葉を聞いて黙った。

「でもな」

許英雄がぼそりと呟くように続けた。

「われわれの中にもあるぞ。きっと。日本時代を生きた者はみんな、そんなふうに思ってるはずだ」

許英雄は顔を少し上に向け、遠くを見るような目で視線を窓の外に移した。

その姿を見ながら、廖五松は沈思《ちんし》した。

もう何十年も昔のことなのに、彼らの心を捉えて離さないリップンチンシン。戦後生まれの自分には、わかることはないかもしれない。そう思いながら、一方でその存在とそこに宿る強力な生命力を、とても恐ろしく感じた。

車窓から見える風景が都会のものに変わりつつあった。

間もなく終点の東京に着くという車内アナウンスが流れた。

募金がはじまってから四日が過ぎた。

廖五松の二万元を皮切りに毎日多くの郷民が被災地に愛の心を届けようと役場を訪れた結果、わずか四日という短い期間に五十万元が集まった。

五節郷ではその送り先として、数ある中から代表処台北事務所を選んだ。

秘書の劉芳敏が電話して義援金を振り込みたい旨を伝えると、先方からはお礼の気持ちを伝えるために職員を派遣したいといわれた。

そして翌日午前九時すぎに柳田という日本人が秘書らしき台湾人女性とともに役場にやって来た。紺のスーツが似合う長身の男で、役場の受付に立っただけで、そこだけ空気が変わるような錯覚を覚えるほど都会的な感じがした。五節郷ではまず見かけることのない人種だった。

「お忙しいところ、わざわざお越しいただいて恐縮です」

「いいえ。こちらこそ皆さんのあたたかいお気持ちに感謝しています」

廖五松と柳田は簡単に言葉を交わしたあと、五十万元の小切手を模《かたど》ったパネルの両端をそれぞれに持ちながらいっしょに並んで記念撮影を行った。

「ひと言、お願いできますか」

取材に来ていたリポーターの女性からマイクが差し出されると、廖五松はテレビカメラに向かって話しはじめた。

「今回はわずか四日間という短い期間に五十万元が集まったこと、郷民のみなさんにはとても感謝しています。わたしたちの愛の心は必ず被災地の人たちに届くと信じております。この活動は三月三十一日まで毎日続けます。土日も役場は当直の担当者が出て対応に当たりますので、平日来られない方もぜひご協力ください。それから今週末の五節王公廟のお祭りでは廟の前に募金箱を設置しますので、こちらでもご協力お願いします」

「日本の方からも、ひと言いただけませんか」

「このたびは五節郷の皆さんのあたたかいお気持ち、誠にありがとうございました。日本を代表いたしまして感謝申し上げたいと思います。いま台湾では各地でたくさんの方たちが日本の被災地のために募金活動を行ってくださっています。胸に熱いものがこみ上げて来るのを感じずにはいられません。そんな中、五節郷はいち早く募金活動をはじめてくださったということで、きょうはどうしても直接こちらまで出向いてお礼を申し上げたいと思いました。どうもありがとうございました」

最後の「ありがとうございました」が余韻として残った。それはその場にいた役場の職員やメディアのスタッフの心の奥深くまで届く言葉だった。

三月三十一日の朝、役場ではメディア向けのプレス記事が配布された。

日本の三一一地震　被災地に送る義援金募金活動のご報告

発行日時：民国100年3月31日

三月十四日より開始した日本の三一一地震の被災地への募金活動について、三月十八日（金）に五十万元を廖五松郷長の名義で代表処台北事務所へ振り込んだあとも多くの郷民の皆様にご協力いただき、その結果、最終的には九十万元を超す義援金を集めることができました。ここに厚く御礼申し上げます。これらの義援金は三月三十一日付けで代表処台北事務所に振り込んだあと、被災地へ送られることになります。

なお被災地への募金活動はこれで一段落させていただきますが、わたしたちの郷内には経済的に恵まれない人や身体に障害のある人など、まだまだ支援を必要とする人たちが多くいらっしゃいます。これからも愛の心でこうした人たちを助け、よりよい郷を作っていきましょう。
皆様のご協力をお願い申し上げます。

五節郷長　廖五松

午前十時から開かれた記者会見では郷長の廖五松のほかに郷民代表主席の陳富勝《チェンフーション》、五節郷村長聯誼会会長の許英雄がそろって出席し、郷民にお礼の言葉を述べた。壇上でメディアのカメラに向かいながら、廖五松は改めて思った。連日、役場の受付で見た長蛇の列。困っている人を助けようという勇気。かつて助けてくれた友人を何とかしたいという思い。リップンチンシン。集まったお金は、これらが集結して生まれた力だ。

廖五松は五節郷の郷民たちのことを心から誇りに思った。

義援金合計九十四万二千百四十三元。日本円にして二百六十万円あまり。

集気《ジーチー》

窓の外が少しずつ朝に変わっている。

まだ明るいというほどではないが、夜の暗さが幾分薄れて、遠くから鳥の鳴く声が聞こえてくる。

オサムはベッドから飛び起きると、反射的に机の上の目覚まし時計を見た。

六時二十八分。

眠りはずっと浅かった。一晩中夢を見ていたのかもしれないし、もしかすると眠っていたようで実際にはずっと何かを考えていたのかもしれない。

月曜日の早朝は、いつも決まって大学へ行く前にインターネットでアニメの「ワンピース」を見る。前日の晩に日本で放送されたものが、わずか数時間後に中国で中国語の字幕が付き、翌朝には台湾でも見ることができるのだ。もちろん違法映像。わかってはいるが、クラスメートもみんな見ていることだし、特に罪悪感はなかった。

しかし、きょうはどうしてもパソコンの電源を入れる気にならなかった。

「ワンピース」よりも数倍強い力で、あの映像が迫って来そうな気がしたからだ。

巨大な黒い波。

すべてのものを呑み込んでしまう生き物のような。

日本がダメージを受けている。

フェイスブックもこの三日間、その話題で持ち切りだった。

いろんな人がそれぞれに日本を応援するメッセージを書き込んでいた。言葉が洪水のように次から次へとあふれ出している。ほとんどは「頑張れ」とか、それと似たような意味の言葉だ。日本語もあった。

そんな中、ひとつの記事がオサムの目に留まった。

青いボールペンで「日本のために平安を祈ります」と書いた掌《てのひら》をアップで写した写真。少しおかしな日本語だとは思ったが、いいたいことはわかった。

そこには中国語の説明書きもあった。

『きょうから日本のために祈ろうと思う人がいたら、右手の掌に青いペンで「日本の平安を祈ります」、または中国語で「祈禱日本平安《チーダオリーベンピンアン》」と書きましょう。そしてそれを撮影して、ネットにアップしましょう。お金は出せなくても力は出せます』

青いペンで掌に祈りの言葉を書く。そしてそれを撮影してネットにアップする。

たったそれだけのことだった。

こんなことぐらいであの恐ろしい現実が消え去るとは思えないし、被災地の日本人にどれだけの希望と勇気を与えられるのだろうか。

それでも不思議なことに、その画面はオサムの頭の中からなかなか消えなかった。

その一方で金曜日を境に、オサムがこれまで経験したことのない憂鬱《ゆううつ》な気分がずっと続いている。この感じは月曜日の朝になっても変わっていない。

窓の外はすっかり明るくなっていた。そろそろ大学へ行く時間だ。

結局「ワンピース」は見なかった。


市内の中心部からバスに乗って約五十分。オサムの通う大学は台北市の郊外にあった。周囲は山に囲まれ、のどかな空気がキャンパス全体に漂っている。

オサムは日本語学科の二年生で、本名は李《リー》 建《ジエン》修《シウ》といった。日本語学科では本名の一文字を日本語風にして呼ぶのがごく普通に流行っているため、クラスメートからはオサム（修）と呼ばれている。

オサムはもともと日本語学科を志望していたわけではない。

本当は歴史が好きで歴史学科を受験したかったのだが、「昔のことなんか勉強したって、卒業したあとで就職口なんてないんだからね」と両親や親戚から何度も反対され、それならまだ何となく就職にも有利な日本語学科にしようと志望学科を変更したのだ。

日本語学科に入ってオサムが思ったことは、日本語は自分が思っていたよりも、ずっと身近な言語だったということだ。

たぶん子供のころから目にしてきたからだろう。

夢中で遊んだコンピューターゲームはどれも日本製で、画面にはたくさんの日本語が次から次へと現れた。それらは何ひとつわからなかったが、それでも毎日見ていると何となく意味がわかるような気がした。

小学校に上がってテレビで日本のアニメ番組を見るときも、中国語の吹き替えではなく、副音声の設定で見られるオリジナルの日本語音声画面（中国語の字幕付き）を好んで見ていた。不思議なことに、オサムにとってはこちらのほうがしっくりきたのだ。

こうやってアニメのセリフを聞きながら、耳に慣れ親しんだ日本語の言葉をいくつも覚えた。中でも「名探偵コナン」の主人公江戸川《えどがわ》コナンの決めゼリフ「シンリツワイツモヒトツ（真実はいつもひとつ）」は、意味はわからないながらも、いつも口癖のように大声で叫んでいた。

授業は八時十分から。日本語読本だった。

ホワイトボードではなく黒板にチョークで文字を書くタイプの古い教室に五十人ほどの学生が授業のはじまりを待っていた。必須科目だからか、朝いちばんの授業だというのに空席はほとんどない。

黒板に近い前の席は女子学生が占拠し、男子学生は後ろのほうに固まっている。オサムの席も窓際の後ろから二つ目だった。

クラスメートは盛んに地震の話で盛り上がっていた。

週末の間、何度も見たテレビの映像やフェイスブックで友達と交わした意見があちこちで繰り返される。そして日本のダメージを思って、みんなでいっしょに落ち込む。

月曜日の朝は、いつもなら週末の生ぬるい気分が抜けきらない、何となくだらりとした空気が教室全体に漂っているのだが、きょうはその中に微妙な緊張感を感じる。

しばらくすると、先生がやって来て授業がはじまった。

先生の名前は劉美珍《リウメイジェン》。年齢は五十過ぎらしいが、先輩の感覚で話もできるし、とてもそんなふうには見えない。

「日本、たいへんなことになってるね。どうなるんだろうね。で、けさ学科主任から聞いたんだけど、うちの学校から行ってる交換留学生はみんな無事だった、とのことです」

ぱらぱらと数人の拍手が聞こえた。

「このクラスの日本人留学生はどう。東北の人、いる?」

返事はない。

クラスの視線が前列に固まった数人の日本人留学生に集中した。

「あなたたちの家、どこ?」

「東京」

「静岡《しずおか》」

「愛知《あいち》」

どうやら実家が被災地の留学生はいないようだ。

「じゃ、まあ、とりあえずはよかったね」

淡々としたいい方だった。

こういうのは日本語で「不幸中の幸い」というのだろうか。よくわからなかったが、オサムの頭の中で先週習ったばかりの言葉と劉美珍の「よかったね」がクロスオーバーした。

しかし、何が「よかった」のだろうか。

授業はこのあと通常の流れになった。

教科書を開いて学生が文章を読む。劉美珍がその内容について質問し、関連の文法を説明する。特に変わったところもない日本語読本の授業。まるで地震など起こっていないかのようだ。ただ、授業の内容はほとんど耳に入って来なかった。そして気が付くとチャイムが鳴り、百分の授業が終わっていた。

教室のあちこちで椅子を引く音が聞こえ、学生たちが教室を去って行く。真面目な女子学生が教科書を持って、教壇の近くで劉美珍に質問する機会をうかがっている。劉美珍は気付かない振りをしているようにも見える。

それを横目にオサムは教科書をしまって教室を出た。

月曜日、オサムは二限目と三限目に授業がなく、四限目は午後三時半からだった。

こんなふうに朝と夕方に授業があって、その間がぽっかりと空いた時間割を「頂天立地《ディンティエンリーディー》」といった。もともとは他人に頼らず独り立ちの気概があるという意味の四字成語だが、頭は天を頂き、足は地についているという字面から、学生たちは最悪の時間割を表す言葉として使っていた。校内の寮に住む学生なら、一限目が終わったあとで寮に戻ってひと眠りすることもできるが、オサムのように自宅から通う学生にとっては、長い昼間の空き時間をどこでどう過ごそうか考えなければならない。これがそれなりに苦痛だった。

とりあえず、あてもなく学生会館をぶらつく。だれか知り合いに会えば、そのあとどうするか考えればいいし、だれにも会わなければ、宿題でもやろうと思っていた。

すると、スマートフォンの着信音が鳴った。

ＬＩＮＥのメッセージを見ると、宿題のことを忘れさせてくれるのに十分な内容が目に入って来た。

『重要事項会議中。会員は参加されたし』

会員というのは学生会の会員だ。オサムの学校では、それぞれの学科ごとに学生会という組織があり、いろいろな課外活動を行っている。日本語学科の場合だと、運動会や新入生歓迎パーティー、それに日本語劇や日本語のカラオケ大会。これらの活動の企画から執行までを担当するのだ。会員は一年生から三年生まで、各学年それぞれに十人ほどいた。オサムもそのうちのひとりだ。

――重要事項って何なんだ？

真っ先に思いついたのが日本語劇の準備だった。そろそろはじめないと六月の学年末に間に合わなくなる。今年は何か変わった企画でもやろうというのだろうか。想像を巡らせてはみたが、オサムにはそれが特に重要事項とは思えなかった。

きっと何かほかの驚くようなことを話し合っているに違いない。

好奇心に後押しされるように、オサムは足早に学生会の事務所に向かった。

学生会の事務所は第一教学ビルの十階にあった。

入口から入ってすぐのところに小さなカウンター、その向こうには簡単なソファセット、そして、その横には大型のテーブルが置いてある。壁は一面収納用のロッカーで、その中の一部は会員が個人用として使用していた。

ブラインドを開けると窓から明るい陽光が射し込んでくる。ちょっとした貸事務所よりも快適な空間だ。

オサムがドアを開けた瞬間、興奮気味に話す女性の声が聞こえてきた。

「だから、日本語学科のわたしたちが先頭に立たないで、ほかにだれがやるっていうの？」

オサムと同じ二年生のヤスコ。林靖妮《リンジンニー》だった。

「そうだよ。そんなのわかりきったことじゃない」

同じく二年生のレイ、陳安玲《チェンアンリン》も加勢の様相だ。

テーブルには七、八人の会員が集まっている。会長の郭正義《グオジョンイー》のほかに蔡依伶《ツァイイーリン》と陳建文《チェンジエンウェン》、三年生の陳碧蓮《チェンビーリエン》の顔も見える。

「そんなに興奮してどうしたんだよ」

少し離れたところからオサムが聞くと、ヤスコがそれに気付いていった。

「ねえ、オサムも賛成だよね」

何だか意見が割れているらしい。でも、何のことなのかオサムにはまだ状況がよくわからなかった。すると、その横からレイが説明をはじめた。

「日本の地震だよ。学生会が中心になって募金活動をやろうって話してたんだけど、会長が『うん』っていわないの。こういうのって、すぐにやらないと、みんなの関心も薄れていくでしょ。それなのに、何考えてんだか」

オサムはテーブルのいちばん端っこに座っている郭正義を見た。

「いやぁ、だから、オレとしてもやりたくないわけじゃなくて……」

少し困ったような顔で郭正義が反論をはじめた。

「募金っていうのはだれでも勝手にやっていいもんじゃないんだよ。オレたちみたいな慈善団体でもない学生の一組織が募金をやるのは法律で禁じられてるんだ。それに、そんなことが学校側にばれたら、日本語学科の学生会は存続できなくなるかもしれないし、オレたちみんなに『大過《ダーグオ》』が付くかもしれないよ」

「大過」というのは学生が学校の規律に違反した場合に記録される「過錯《グオツオ》（過失）」の中で、内容のひどいものを指す。そして、この「大過」が三回付くと、自動的に退学処分となるのだ。

「とにかく、学生会で違法なことをやるってのは会長として賛成できない。それに、日本の地震にかこつけた詐欺だと思われる可能性だってあるんだし」

「そんなこと、だれも思うわけないじゃん。集めたお金はちゃんとした慈善団体を通して日本に送るわけだから、慈善団体に渡したあと、いくら寄付しましたって、ちゃんと領収書を公開すればいいわけでしょ」

「いや、それだと寄付した金額はわかるけど、いくら集まったかはわからないから、やっぱりまずいよ。それに校内で募金をやるっていうのは、日本語学科だけじゃなくて、ほかの学科の学生や先生たちとか、いろんな人と接することになるわけで、そうなるとどんな人がいるかもわからないし、中には変な言いがかりをつけて学校側に通告するやつがいないとも限らないだろ」

理路整然と話す郭正義の話は、聞いていてそれなりに説得力があった。

「それはわかるけどさ……」

レイが何かいい返そうとしたが、そのあとの言葉が続かなかった。

テーブルのまわりの空気が静かに固まりかけたとき、今度はぽつんとひと言、オサムがいった。

「そんな台湾人、いないよ」

意外な言葉だったのか、郭正義だけでなく、ヤスコもレイも、その場にいたほかのみんなも一斉にオサムのほうを見た。

「だから、目の前で困ってる人たちがいて、それに手を差し伸べようと立ち上がった学生を、学校に通告したり『大過』を付けたりする、そんな台湾人はいないだろう」

オサムがもう一度繰り返した。

その場にいたみんなの心にグサリと突き刺さるような言葉だった。台湾人なら規則よりも人の情けを重んじる。この考えには批判もあるかもしれないが、一方では台湾人の美徳でもあり、誇りでもある。このことはみんなよくわかっているはずだ。

「そうだよ。オサムのいう通りだよ」

ヤスコがすかさず加勢すると、ほかの会員たちからも口々に賛同の言葉が聞かれた。

ひとり沈黙を続けていたのは郭正義だったが、やがて納得したように、

「そうだな。たしかに、そんな台湾人はいないよな」

と自分にも言い聞かせるような口調でいった。

これが実質の承認だった。

このあと、募金活動の計画は一気に走りだした。

実施する期間と場所が話し合われたほか、募金箱やポスターをすぐに作らなければならないとか、どうせやるならノボリや揃いのユニフォームも作ろうという話まで、次から次へと意見が出た。結局、打ち合わせは二時間以上も続いた。


募金活動は翌日から始まった。

一部に準備不足を懸念する声もあったが、だれかが「善は急げ」と日本語のことわざを持ち出すと、そちらの意見を支持するものが圧倒的多数となったのだ。

それでもできるだけの準備はしようということで、一年生の会員が中心となって募金箱とポスターを作った。ポスターにはインターネットで探してプリントアウトした被災地の写真を張り付け、「HELP JAPAN」という文字を赤いマジックペンで大きく書いた。

実施する場所は学生会館の一階にある広場に決まった。ここには学生食堂があって、毎日昼食時

には何百人という学生が食事にやって来る。それに喫茶店やファストフード店、コンビニ、コピー専門店などキャンパスライフに必要な店舗も一通りそろっていて、人通りが絶えることはない。さらに地下一階には四人掛けのテーブルが百ほど設置されていて、授業のない学生が友達と話をしたり、自習したりしている。サークルの部員勧誘、モバイル商品やスポーツシューズの即売会などが行われる際にファーストチョイスとなる場所だった。

実施期間は二日間。学校に通告する台湾人はいないとみんな信じてはいたが、いざやるとなると、まったく不安がないわけでもなかった。ただ、二日だけなら、たとえだれかに通告されたとしても、学校側が動き出す前に終了できる。それほど大きな問題にはならないだろうし、その間にできるだけたくさんのお金を集めてしまえばいいのだ。

昼食時の学生会館広場は大勢の人でにぎわっていた。

目の前を次々と学生たちが通り過ぎる。一塊になった集団もひとりだけの学生もいる。先生の姿も見かける。

その一角で日本語学科学生会の会員たちが十人ほどで固まっていた。

「ねえ、はじめようよ」

「うん」

ヤスコとレイが確認し合ったあと、ヤスコが広場の中央に向かって第一声を発した。

「日本の被災地に募金の協力をお願いします」

いきなり叫び出したにもかかわらず、ほかの会員たちはあらかじめ打ち合わせておいたかのように、それに続いて「お願いします」と声を上げた。全体的にばらばらな感じは否めなかったが、何度か続けて叫んでいるうちに一体感が生まれ、それらしく様になってきた。

その場に居合わせた学生たちは何が始まったのかというような顔で見ていたが、やがて数人の女子学生が財布から二百元、三百元と取り出して募金箱の中に入れてくれた。

「ご協力、ありがとうございました」

「ありがとうございました」

全員、大きな声で合唱するようにいった。

これを皮切りに次々と募金に協力しようという学生が集まり、列ができはじめた。

それを察した数人の一年生が「すみません。みなさん、こちらに並んでください。お願いします」と誘導をはじめる。

あっという間に列は十数人から二十人ほどになった。

郭正義も、ほかの会員に混じって「日本の被災地に募金の協力をお願いします」と声を張り上げている。もう募金活動に反対していた素振りは欠片も見られない。

オサムはその様子を少し後ろのほうから眺めていた。

学生会館広場には次から次へと人が来て、にぎわいを増している。

その中に、アキラの姿を見つけた。

アキラはオサムと同じ日本語学科の二年生で、本名は陳明峰《チェンミンフォン》。クラス一の長身で、てっぺんだけを残して刈り上げた頭とバカでかいブランドもののスポーツシューズを自分のトレードマークにしている。

オサムが声をかけると、アキラは大股でやって来た。

「へえ、募金やってんだ」

「ああ、アキラも頼むよ。いくらでもかまわないからさ」

「ノープロブレム」

二人が話す横で募金のための列はかなり長くなっていた。

「それよりさ、『黒子のバスケ』の日本語版。新しいの買ったから、読みたきゃ貸すぞ」

一転して嬉しそうな顔でアキラがいった。

アキラは何よりも日本のマンガが好きだった。本人がいうには、自分が日本語学科に入ったのは「日本のマンガを原語で読めるようになるため」で、学校で勉強することはすべてそれを達成するための手段だそうだ。そんな中でも「黒子のバスケ」は最近一番のお気に入りだった。

アキラに限らず、日本語学科の学生はほとんど例外なく日本のマンガやアニメが好きだ。物心ついた頃にはそれらが自然に身の回りにあふれていたし、男も女も関係なく、みんな「ワンピース」や「NARUTO～ナルト」に熱中して育った。それに「千と千尋の神隠し」が上映されたときには、まだ小学生だったが、学校中で大きな話題になった。

面白いことに、みんなこれらが日本のものだと知っていながら、同時にほとんど日本を意識していなかった。いってみれば、日本から流入したサブカルチャーは、起源こそ日本だとわかっていながら、自分たちの文化でもあると思っていたのだ。このことはあまりにも当然すぎて、何故そうなんだと聞かれても、説明できなかった。

「サンキュー」

「じゃ、あした持って来るからよ」

そういい残して、アキラは列の最後尾についた。

午後の授業がはじまると、列に並ぶ人の数は潮が引くように少なくなり、最後は列そのものもなくなった。

それでも、そのあともぱらぱらと何人かやって来ては募金箱にお金を入れてくれる。二百元を入れるものもいれば、百元だけのものもいる。中には気前よく五百元や千元を放り込むものもいた。

「台湾人って親切だね」

オサムが何気なくいうとレイが「そうだね」と笑う。

すると、そこに今度は数人の男子学生のグループがやって来た。

「ありがとう」

そのうちの一人がオサムに向かって、とてもきれいな日本語でいった。

オサムの大学には、日本語学科の交換留学生として半年間だけ在学する短期留学生のほかに、台湾で試験を受けて入学する外国籍留学生もいた。

彼らは日本人の外国籍留学生らしい。オサムが知らない顔なので、日本語学科以外の学生だ。

「いいえ。今、日本は困ってるんだから、これは当然のことです」

オサムは少し緊張しながら、日本語で答えた。日本語学科の学生とはいっても、実際に日本人と日本語で話をする機会は多くない。自分の日本語に自信はなかったし、うまく通じるかどうかも不安だった。

ところが彼らはそんなことを気にする素振りもなく、それぞれに「ホントにありがとう」、「すごく感激」、「台湾は本当の友達だよ」と感謝の言葉が口をついて出てきた。握手を求めるものもいて、オサムがそれに応じると、ほかの日本人も次々と右手を差し出した。そして、飛びきりフレンドリーな笑顔を残して、つむじ風のように去って行った。

それにしても日本人の金銭感覚は面白い。あんなに嬉しそうに「ありがとう」と感謝していたわりには、彼らが募金した金額はひとり十元とか二十元だった。

たしかに大切なのは気持ちであってお金の額ではない。それはわかるのだが、言葉と金額のギャップがいかにも不自然で、これがオサムには単純に理解しがたかった。

以前、授業中に聞いた話では、日本人はお寺で願い事をするとき、多くの人が賽銭《さいせん》は日本円で五円だけだという。台湾元にして一元ちょっとだ。「ご縁（五円）がありますように」ということらしいが、台湾人だったら絶対にそんなふうには思わない。五円で願い事をかなえてくれる神様なんているはずないからだ。

翌日の昼休み、オサムは再び学生会のメンバーと学生会館広場に立った。

きのう一日やったことで、声を出すことも普通にできるようになったし、行き交う人たちの視線も気にならなくなっていた。自分たちが風景の一部として、うまく溶け込んでいる感覚があった。

この日は一限目がはじまる前の朝いちばんで郭正義がいくつかのクラスを回って募金に協力してほしいと頼んだ効果もあってか、スタートからたくさんの日本語学科の学生がやって来た。

知っている顔が協力してくれると、何だか応援されているみたいで素直に嬉しい。彼らは次々に募金箱の中にお金を入れていった。

「先生、お願いします！」

声のほうを見ると、劉美珍が日本語学科の学生数人に引っ張られながら、こちらに向かっていた。

「先生、日本の被災地に送る募金です」

募金箱を持ったヤスコが二、三歩、劉美珍のほうに駆け寄りながらいった。

「いくら入れればいいの」

「先生だったら五百元」

「えっ、そんなに？」

「だって、先生だもん」

値段交渉を楽しむように二人とも顔は笑っている。

その様子を眺めながら、劉美珍はどんな気持ちで募金するんだろうかとオサムは思った。いつだったか、彼女が授業中に自分の学生時代のことを話してくれたことがある。

もう三十年も昔のことだ。

当時の台湾は戒厳令下にあって、日本語はさまざまな制限を受けていた。台湾大学や政治大学といった国立大学に日本語学科を設けることはできなかったし、そればかりかテレビやラジオで日本語を話したり、映画館で日本の映画を上映したりすることも禁止されていた。

そんな中、日本語学科の学生たちはみんな、毎年秋に西門町《シーメンディン》で行われる日本映画フェスティバルを楽しみにしていた。

わずか一週間ほどのフェスティバルだったが、期間中は朝から晩まで日本映画が上映された。その中から見たい映画の前売り券を買うために、みんな何時間も列に並んだ。インターネットで簡単にチケットが購入できる今からすると、想像もできない不便な時代だ。

「あの頃はね、日本映画を大きなスクリーンで見られると思うと、切符を買うために並ぶなんてぜんぜんたいへんじゃなかったんだよ。それどころか、並んでる時間だって胸が躍るほど楽しかったんだから」

劉美珍はそのときを振り返っていった。

こうやって見たのが「遥かなる山の呼び声」という映画だ。北海道を舞台とした心温まる酪農一家の物語で、主演は高倉健《たかくらけん》だった。

「はじめ、この人の名前を見たとき、中国人かと思ったのを覚えてる」

高倉健が中国人。いわれてみて、オサムも「そういえばそうも見える」と思ったものだ。

この話のほかにもう一つ、オサムが覚えているのは日本語が解禁となったときの話だ。

劉美珍が晩のニュースを見ていると、いきなり野球の王貞治《ワンジェンジー》が画面に登場して日本語を話し出した。そのとき彼女はテレビから日本語が聞こえてきたことが信じられず、自分の目と耳を同時に疑った。そして翌日には学校でそれが大きな話題となり、「王さんが日本語を話した」と男子学生が興奮覚めやらぬ口調で連呼していたという。

「いってもわかんないかもしれないけどね、あんたたちは本当に恵まれてるんだからね」

これが授業中に昔話をしたあとの、劉美珍の口癖だった。

たしかに、今は街中どこにでも日本語があふれているし、インターネットを見れば日本の情報がほぼリアルタイムで入手できる。留学だってお金さえ出せばすぐにでも行ける。日本語を勉強するには、劉美珍の時代とは比べ物にならないほど環境が整っている。

それに今は戒厳令もない。

中国からの攻撃を危惧する必要もないし、戦後になって中国から渡って来た外省人とその前から台湾に住んでいた本省人がアイデンティティの確執で反発し合うこともない。

それに何よりも民主主義というものが存在している。普通に選挙が行われ、何をいっても罰せられることはない。自由はいつも空気のように、すぐそばにある。

劉美珍が「恵まれてる」というのもわからないではなかったが、オサムたちの世代は生まれながらにしてこうだったのだ。それが当たり前で、そうでない社会なんて想像しろといっても無理なことだ。だから、「恵まれてる」といわれても実感は湧かなかった。

劉美珍は五百元を募金箱の中に入れた。

劉美珍の日本に対する思い。それは想像してみたところで、絶対にわからない特別なものだろう。何といっても彼女は、オサムの人生の倍以上の時間を日本とともに歩んできたのだから。

「先生、ありがとうございました」

会員たちの大合唱に見送られて、劉美珍は去って行った。

夕方になって募金も終わりに近づいたころ、髪を明るい茶色に染め、大きな黒ぶちの眼鏡をかけた女の学生がやって来た。

「久しぶり」

声をかけられても、オサムはだれだかわからなかった。イメージがあまりに変わっていたからだ。

「もしかして、小蜜桃《シアオミータオ》?」

本名は知らなかったが、彼女のことは知っていた。

オサムが小蜜桃と知り合ったのは、去年の十二月、マンガ同好会に所属するクラスメートに誘われて行った台湾同人誌販売会の会場だった。このイベントはアマチュア作家が自分たちで作ったマンガ本を販売するもので、年に二回、定期的に大型会場を借り切って行われるものだ。

「クオリティ、めちゃくちゃ高いから、驚くな」

オサムはそんなクラスメートの言葉に期待して行ったのだが、驚いたのは作品のクオリティの高さではなくて、出品者のつけた値段の高さだった。たしかにどれもきれいな表紙で綴《と》じられて、それなりに工夫はしているようだったが、それにしてもシロウトの作ったものが書店と変わらないか、それ以上の値段で売られているのが信じられなかった。

会場には何百というブースが並んでいた。そして若者たちであふれかえっていた。大学生だけじゃなく、見た目に高校生とわかるグループもいる。

「どうだ。プロ並みのクオリティだろ」

陳列された商品をパラパラめくっていたオサムにクラスメートがいった。

「うん。絵は上手に描けてると思う。でも、みんなどっかで見たことあるようなのばっかりって感じだな」

「何いってんだ。これは二次創作。ベースは日本のマンガで、それを自分なりに考えてストーリーを作るんだよ」

彼の話によると、出品作品のうち八割から九割が日本のアニメの二次創作。そうしないと売れないということだった。

オサムには、読んでみたいと思うようなものは一つもなかった。

そんな中にひとつだけ、ほかの作品とまったく異なるテイストのものを見つけた。

タイトルは「わたしの生活」。作者は小蜜桃と書いてあった。

「わたしの生活」はほとんど売れていなかった。が、それを手に取って読んでみると、これがとても面白かった。

「わたしの生活」は単に自分の生活を描いた日記のようなものではなく、自分という主人公の目から見た現在の台湾を描いた作品で、作者なりのさまざまな思いや問いかけ、さらには風刺までも盛り込まれていた。共感するところもたくさんあった。

「この作者に会いたい」

　オサムがそういうと、クラスメートは小蜜桃を紹介してくれた。

　そのときの小蜜桃は短く刈り上げた頭に野球帽をかぶっていた。華奢《きゃしゃ》な体にジージャンが鎧《よろい》のように重たそうに見えた。

「これ、すごく面白いよ」

「ありがと」

「でも、どうして君は二次創作しないの？」

「わたしが描きたいのはこれだから」

　これ以上ない明確な答えだった。

　そのあとしばらく、オサムは小蜜桃とマンガについて話した。

　彼女も子供のころからマンガが好きで、いつもマンガとともに過ごしていたという。ところが、成長するにつれて疑問を抱くようになった。

　どうしてみんな台湾のマンガを読まないのか。それ以前に、どうして台湾のマンガがほとんどないのか。

　そう思ったとき、自分で描いてみようと思ったそうだ。みんなが読むような台湾のマンガを。

「台湾人が台湾を離れて外国で暮らしたとして、食べたくなるのって蚵仔麵線《ウアミソア》（カキ入りのそうめん）だよね」

　唐突な話にオサムは少し戸惑った。

「いや、オレとしては猪血糕《ジューシエガオ》（豚の血を入れてもち米を固めたもの）のほうが食べたいかな」

「ま、猪血糕でもいいんだけど」

「それって台湾人なら、やっぱり台湾小吃《シアオチー》が好きだってこと？」

台湾小吃というのは台湾の庶民の間に伝わる簡単な料理のことだ。

「台湾にもいいものがたくさんあるってことかな」

「そりゃそうだよ」

「だから、わたしはそういう台湾のいいものをもっと大事にしたいなって思うんだ」

オサムには小蜜桃のいうことがよくわかった。いくら日本のものがよくても、自分たちは台湾人なのだ。文化はひとつのところに留まることを知らない。流れ、重なり、淘汰《とうた》されていくものがあり、新しく生まれるものがある。でも、いいものはそこに残って、さらに伝わっていく。小蜜桃のようにそれを伝えようとする人がいる限り。

小蜜桃は財布から五百元札を取り出して募金箱の中に入れた。

それを見ながらオサムは、将来小蜜桃の作品が日本でも読まれる日が来るといいなと思った。ひとりの台湾人として。


小蜜桃が去ったころから、募金する人は目に見えて減っていった。もう三十分ほど、だれも来ていない。オサムたちは声を上げて呼びかけることはやめ、最後の時間が過ぎるのを静かに待っていた。

募金箱にはお札がぎっしり詰まっていた。

きょう一日、数え切れない人たちが協力してくれたおかげだ。この間、だれも学校に通告するものはいなかった。もしかしたら、ちゃんと許可を取っていると思われていたのかもしれないし、そんなことさえだれも気にしなかったのかもしれない。

募金箱にお金を入れるときは、みんな真面目な顔をしていた。だからというわけではないが、彼らの心はきっと日本の被災地へ届くに違いないとオサムは思った。

「実はさ、オレ、地震のあった日の晩、ネットで面白いもの見たんだ」

「何？」

オサムがいうとレイが聞き返した。

「たくさんの人が青いボールペンで自分の掌に『日本のために平安を祈ります』って日本語で書いて写真をアップしてたんだ。それだけなんだけどね」

「あっ、それ知ってる。何ってたっけ。えっと、そう、たしか『台湾は日本国民に捧げます』だよ」

「何、それ。変なタイトル」

オサムは思わず噴き出した。

「日本国民」といういい方は、作った本人が少しでも正式な気分を出したかったからだろうか。それとも台湾を代表しているという自負からそう思ったのか。それに「捧げます」って、何を捧げるのだろう。

地震の晩、オサムはあの画像を見たとき、青いペンで掌に文字を書くことがどれだけの希望と勇気を与えられるのか、正直疑問に思った。それでも、そのあまりにもバカバカしい行動が生み出す力が画面越しに伝わって来た。

何かしたい。

日本のために。

何ができるわけじゃないけれど。

今思うと、青いペンで掌に書いた祈りの言葉は、そんなことを思った人たちの気持ちが行き着いた先のような気がする。そして、いくつもの気持ちが集まって、やがては大きな力になったんだと。

「最近『集気《ジーチー》』って言葉が流行ってるの、知ってる？」

レイが聞いた。

「そういえば、ネットとかでもよく見かけるけど、あれって……」

「『ドラゴンボール』から来てるって話もあるんだ」

「『ドラゴンボール』ってアニメの？」

「うん、『ドラゴンボール』の中に出て来る『元気玉』ってあるでしょ。人間だけじゃなくて、動物とか植物とか、それに大気や太陽まで、いろんなエネルギーを少しずつ集めて、それを攻撃エネルギーに変えて放つエネルギー弾」

「わかった。だから、たくさんの人の気持ちを集めて、それを巨大な祈りのエネルギーに変えようってこと？」

「一人ひとりのエネルギーは小さくても、たくさん集まれば大きな力になるもんね」

「集気かぁ」

オサムはそうつぶやきながら、自分自身が今、大きなエネルギーの中にいるのを感じた。

ブックバンドで縛った教科書を手に早足で歩いて行く女子学生。

友達数人とにぎやかにはしゃぎながら通り過ぎるグループ。

オサムの目の前にはいつもと変わらない風景があった。
義援金合計七万三千五百二十元。
日本円にして二十万円あまり。

藍天白雲《ランティエンバイユン》

林素好《リンスーハオ》にとって金曜日はボランティアの日だった。

台湾をはじめ世界各地から訪れる見学者のために慈愛堂を案内するのだ。

慈愛堂というのは台湾最大を誇る仏教系の慈善団体・慈愛《ツーアイ》の本部で、台湾東部の町、緑の山に囲まれた花蓮《ホワリエン》の郊外に位置する。

この日の見学者はふたりの日本人女性だった。ひとりは林素好とほぼ同じ、六十過ぎの年配者。もうひとりは三十そこそこ。見た目には親子のように思えた。

林素好の日本語はとても流暢だった。かつて三十年にわたって日本で生活した経験があるからだ。花蓮に移り住んだのは三年前のことで、今は台北に所有する不動産の家賃収入で生活費を賄いながら、火曜日にリサイクルセンターでゴミの分類、金曜日に慈愛堂で館内解説員をしている。

「慈愛は世界六十ヵ国に約八万人の委員がいます。そのうち台湾の委員は四万人から五万人。その委員の下に約五百万人の会員がいます」

「五百万人ってすごいですね」

「ええ。台湾の全人口がだいたい二千三百万人ですから、五人にひとりは慈愛の会員ということになりますね」

「五人にひとりですか」

「でも、寄付をしてくれた世帯の構成員は会員という計算ですから、五百万人がいつもボランティアをやってるというわけじゃありませんけどね」

林素好は慈愛の組織についてまとめたパネルを指しながら説明した。

「今度はこちらをご覧ください。これまでに慈愛が行った海外ボランティア活動の記録です」

その一画にはチリの地震、パキスタンの水害、中国四川省の地震などの写真がパネルになって展示されていた。

「これまでに援助したことのある国は八十ヵ国以上です」

「それにしても、皆さん、どうしてそんなにボランティアができるんですか」

若いほうの女性が興味深そうに尋ねた。

「中国語の『見苦知福《ジェンクージーフー》』という考え方を持っているからです。つまり、困っている人を見ることで自分が恵まれていることを認識するというものです。それがわかると、愛の心で彼らを助けることができます。それに災難は人を選びません。いつ我が身に降りかかってきてもおかしくないわけですから、みんな自分を助けるつもりで困っている人を助けるのです」

「それって仏教の教えですか？」

「そうですね。慈愛はもともと仏教の教えからはじまっています。でも、宗教団体ではありませんよ。わたしたちの中にはいろいろな宗教の人がいます。プロテスタントの人もカトリックの人も、もちろん仏教の人も」

このあと環境保護のためのリサイクル活動や医療研究などの展示エリアを回り、約一時間の見学コースが終了した。

「きょうはどうもありがとうございました。感恩《ガンエン》」

林素好はふたりの日本人にそういって軽く頭を下げた。

「感恩」というのは「感謝します」に近い意味だが、ニュアンス的にはもっと心の奥底からの深い気持ちを表現したもので、慈愛の精神を象徴する言葉になっている。

林素好が「感恩」といったのは、きょう、こうして自分に慈愛堂を紹介する機会を与えてくれたあなたたちに感謝の意を込めて、という思いからだった。

林素好はふたりの見学客を見送ると、業務の完了を告げるために受付カウンターへと向かった。

「終わったよ」

しかし、返事はなかった。

カウンターの中のボランティア職員の女性は林素好のことなど気付いていないかのようにパソコンの画面を覗いている。

「何見てるの？」

「何だかすごいことになってるよ」

「だから、どうしたのよ」

「日本で地震があったみたい」

「えっ、どこで」

「宮城ってところ。知ってる？　東京なの？」

「いや、宮城は東京じゃなくて東北だけど、どんな感じなの？」

「うーん、インターネットの情報だけじゃまだよくわかんないんだけどね。かなりひどいみたいだよ。本部もさっき緊急対策本部を設置したみたいだし」

林素好は嫌な予感がした。

本部が緊急対策本部を設置したということは、間違いなく大型災害だ。被害規模はどのくらいなのだろう。

そう思った次の瞬間、林素好は無意識のうちにカウンターに入ってパソコンの画面を覗き込んでいた。

「マグニチュード八・九」という大きな文字が飛び込んできた。

それが実際にどのくらいの規模で、どれほどの被害をもたらすのか。想像はできなかったが、もしかしたら一瞬にして街を壊滅状態に陥《おとしい》れるぐらいの規模なのかもしれないと勝手に思ったりもした。

青い慈愛の制服を着た女性が見学者を連れて目の前のロビーを横切って行く。

その姿をぼんやりと眺めながら、林素好は自分のまわりの静けさが異様に感じられたのだった。


慈愛本部に緊急対策本部が設置されたのは午後の三時半を回ったころだった。

通常、慈愛では災害が発生した場合、現地のボランティア活動に対して本部が指示を与えることはない。現地に住む委員の判断と責任によって、彼らが自主的にボランティア団体を組織して支援活動を行うからだ。そのため対応のスピードは極めて速く、災害発生とほぼ同時に活動がスタートする。これが慈愛のボランティア活動の大きな特徴だ。

ところが、今回のケースは少し特殊だった。

日本には慈愛の委員が少なかったこと。そして被害が巨大で活動に莫大な資金が必要だったこと。このふたつの理由から現地の委員だけではどうにも対応できなかったのだ。

結果、一連の活動に対しては本部が指揮を取ることになった。

本部はすぐにインターネット会議を開いて新宿《しんじゅく》にある東京本部と連絡を取り合い、現地の詳しい情報収集をはじめた。

そこでは現地のメディアで報道された被災地のニュースのほかに、停電の状況や交通機関の麻痺など東京の混乱についての報告があった。

状況がわかると、それにともなった対策が話し合われた。

まず新宿にある東京本部の事務所を一般の人たちに開放することが決まった。

交通機関が停止すると、多くの人が帰宅できなくなる。歩き疲れて行き倒れになりそうな人たちに自主的に事務所を開放し、休憩所として利用してもらうほか、トイレの貸し出しや熱いお茶を振る舞ったりもする。

当面、こうした緊急活動を中心に行ったあと、状況が一段落したら、その次は被災地に援助物資と義援金を届ける準備に入ることになった。

援助物資と義援金の配給については、莫大な費用がかかるため、慈愛本部が管理する災害準備金が用いられることになる。

災害準備金というのは簡単にいってしまえば、慈愛の会員が毎月定期的に行う寄付を蓄えたものだ。

慈愛のシステムでは、会員は毎月最低百元、日本円にして約二百八十円から寄付をする。寄付の金額に上限はなく、何千元、何万元と寄付する人もいれば、利益の一割を寄付する企業家もかなりの数に上る。こうした会員は世界全体で一千万人以上に及ぶ。

彼らは自分が寄付するお金を慈善事業、医療、教育、人文、国際震災のどの分野に使用してほしいか、指定することができた。これは寄付する側にとっては、お金が自分の希望する内容で使われるため、大きな満足感が得られるという効果があった。

さらにもうひとつ、寄付する側の気持ちを高めるシステムがある。それは必要経費の自己負担だ。どういうことか、わかりやすくいうと、慈愛の委員がボランティアで被災地を訪れる際に発生する交通費や宿泊費、食事代など一切の費用は災害準備金から支給されず、すべて彼らの自己負担となるのだ。もちろん、委員に対する報酬も一切ない。この点が世界のどの慈善団体のシステムとも異なっていた。

このシステムによると、たしかに委員一人ひとりの負担は増えるが、寄付をする側はお金が百パーセント純粋に義援金として利用されるという一種の安心感を得られることになり、そのため多くの寄付金が集まるという一面もあった。

今回はこの災害準備金にくわえて、世界各国に散らばる慈愛の委員が行う街頭募金のお金も本部を経由して被災地に届けられることになった。

三月十四日午前九時十五分、慈愛本部から最初の救援物資としてブランケット五千枚と即席ごはん四百個、ナッツ百袋が台湾籍航空会社の飛行機に積まれて台北松山《ソンシャン》空港から羽田空港へと向かった。これらの物資は前日の晩、台北にある外交部の物資集荷倉庫に集められ、朝いちばんで空港に届いたものだ。輸送料金は運送会社と航空会社の協力を得て無料となっていた。

この飛行機には林素好も搭乗していた。

青い慈愛の礼服に身を包み、手荷物のかばんひとつだけ持っての渡航だった。

フライトの間中、林素好の頭の中では、さまざまな思いが渦巻いていた。

自分と日本との最初のつながり。それはもう三十年以上も昔のことで、亡き夫との結婚だった。

東京の西武池袋《いけぶくろ》線練馬《ねりま》駅近くに住居を構え、子供にも恵まれた。夫は小さな貿易会社を営み、そここに利益も出していた。

日本に住みはじめてしばらくすると、林素好は香港の映画やテレビドラマの、日本でのビデオテープ販売権を取得して、レンタルビデオのチェーン店をはじめた。当時はインターネットどころかDVDもない時代で、店にはVHSのテープが山のように置かれていた。主な客は日本に来て工場で働く労働者、シェフやウエイトレスといったブルーカラーの中国人や香港人だ。彼らは日本語があまりわからず、日本の生活に馴染むのに苦労していた。そんな彼らのささやかな楽しみが母国の映画やテレビドラマを見ることだったのだ。

店の噂は瞬《また》く間に口コミで広がり、商売は繁盛を極めた。

林素好は稼いだお金を元手に中華料理のレストランとナイトクラブの経営に手を広げた。シェフもホステスもレンタルビデオの客の中から探した。

商売はどれもうまく回り、貯金通帳の金額が毎月驚くほどの速さで増えていった。それとともに何万円もするスーツや毛皮のコートが次々とクローゼットを埋めていき、ダイヤやルビーの宝石コレクションも充実していった。林素好自身も毎晩自分の店に行っては客の金で高級ウイスキーを開けて酔い潰れ、休みの日は客といっしょにゴルフに出かけた。夫はいつしか貿易会社をたたんで林素好の事業全般の顧問の席に落ち着いた。高給取りの役員がひとり増えたようなものだったが、それでも林素好は一向に気にならなかった。放っておいても、お金は向こうからやって来るのだ。それをどう使うか、考えるだけで精いっぱいだった。

そんなある日、東京に台湾の慈善団体があるということを聞いた。

名前は慈愛というらしい。

しかし、そのころの林素好にとって、それはとても興味の対象になるものではなかった。

林素好には慈善事業というものが理解できなかったし、その胡散臭《うさん》い響き、自分勝手な正義感と自己満足にあふれた世界には嫌悪感さえ覚えたからだ。だからそれはいつの間にか頭の中から自然と姿を消していった。

それから数年経ったある日、再び忘れかけていた慈愛の名前を聞く機会があった。そして会員だという台湾人から是非いっしょにボランティア活動に参加しようと強く誘われたのだ。

林素好はその誘いに応じた。あとになって考えてみると、あのとき何故誘いに応じたのか不思議だった。おそらく縁というものを感じたのだろう。それ以外の理由は思いつかない。

林素好が参加したのは隅田川《すみだがわ》沿いの段ボールハウスに暮らすホームレスにおにぎりを配るというものだった。

はじめて参加する林素好には彼らの活動がどういうものなのかまったくわかっていなかった。会員たちは皆、白い襟《えり》のついた青い服を着て白いズボンに白い運動靴を履《は》いていた。藍天白雲と呼ばれるこの服装は彼らがボランティア活動をするときの制服のようなものだった。

そんな中、林素好はひとりだけブランド物のワンピースにハイヒール、毛皮のコートを羽織《はお》っていた。髪はロングヘアにきちんとパーマをかけ、ダイヤの指輪も嵌《は》めていた。

おにぎりを配る会員とそれをもらうホームレスたち。ホームレスはちゃんと列を作って並んでいる。

忙しく声をかけながら、おにぎりを手渡す会員の姿を、林素好はただ呆然《ぼうぜん》と見ていた。

見苦知福。困っている人を見ることで自分が恵まれていることを認識する。

はじめてこの言葉を聞いたのはこのときだった。会員のひとりが教えてくれたのだ。

目の前のホームレスの姿を見ていると、自分はあまりにも恵まれ過ぎている。まるで幸せの無駄遣いをしているようにさえ思えた。

このとき、林素好はホームレスの列の中にふと見覚えのある顔を見つけた。たしか川辺《かわべ》という名前の、中小企業の社長で、以前は毎晩のように林素好のクラブに来ては散財していたのを覚えている。見かけなくなって久しかったが、まさかこんなところで会うとは思ってもみなかった。

「川辺さん？」

林素好は無意識のうちに声をかけていた。

相手は驚いたような表情を見せたが、それは一瞬のことで、すぐにこちらを睨《にら》みつけるように一瞥《いちべつ》すると、何もいわずに目をそらした。

林素好にとって大きなショックだった。

あれは川辺に違いない。今でもそう思っている。

ボランティア活動からの帰り道、林素好はまるで自分が川辺をホームレスにしてしまったかのような罪悪感を覚えた。そうでないことはわかっている。それでも店ではしゃいでいた川辺とおにぎりをもらうために並んでいたホームレスの姿がクロスオーバーして頭から離れない。

重くて辛い気分になった。

これがきっかけだった。

林素好は自分の持っている毛皮や宝石をすべて売り払い、それで得たお金は慈善団体に寄付した。酒も止めた。毎日何軒もハシゴしての深酒。二日酔い。ただあてもなくそれを繰り返す自分の習慣が急に無味乾燥なものに感じられたからだ。

その後は機会あるたびに慈愛のボランティア活動に参加するようになった。

新潟《にいがた》で地震が起きたときは、五日間現地に出向いて炊き出しを行った。そして、こうした活動をする中で、それまでに感じたことのない爽《さわ》やかな気持ち、充実感というものを感じるようになっていった。

時代はインターネットの発達で、ビデオを借りて映画やテレビドラマを見る客はほとんどいなくなった。林素好はレンタルビデオのチェーン店のビジネスを止め、ナイトクラブも閉鎖した。ナイトクラブの商売はそれなりに筋のいい常連客もついて繁盛していたが、林素好自身、このビジネスに魅力を感じなくなっていた。残った中華料理レストランだけでも食べていくには十分だったし、もうブランド物の服も宝石も買う必要はないのだ。

体が軽く感じた。こんな気持ちは何年も味わったことがなかった。

それから数年が経って、夫が心不全で急死した。

夫の死は林素好にとってひとつの区切りとなった。これを機に台湾に帰り、残りの人生を送ることを決めたのだ。葬儀のため嫁ぎ先のバンクーバーから戻って来た一人娘も母の決断を快く受け入れてくれた。

これからは精神的な幸福を求めて生きていこう。林素好は自宅とレストランを処分すると、体ひとつで台湾に帰り、慈愛の本部がある花蓮に移り住んでボランティア活動に従事するようになったのだ。

あれから三年。

長いような、短いような時間だった。

台湾に引き揚げてから、林素好は一度も日本へ戻ったことはない。

しかし、日本はいつも心の中にあった。

その証拠に地震のニュースを聞いたときは、体中に大きなうねりを感じ、今すぐにでも飛んで行きたい衝動に駆られた。

自分にとって日本は第二の故郷。

人生の半分を過ごした地。

今、日本のために自分でもできることが、きっと何かあるに違いない。

飛行機は着陸態勢に入っていた。

窓の外には高速道路とビル群が見える。かつて自分が生活した東京が眼下に広がっている。戻って来たのだ。林素好はふとそんなふうに感じたのだった。


林素好が慈愛の東京本部に到着したとき、集会所の中は人でごったがえしており、自分の知っている場所とはまったく違うように思えた。

「素好師姐《シージエ》、いつこちらに」

林素好の姿を見つけた、かつての仲間が声をかけてきた。

「さっき着いたばかり。もう居ても立ってもいられなくなってね」

その言葉が終わらないうちに大きな揺れに襲われた。

林素好は心臓が止まるほど驚いたが、ほかの委員たちはみんな何事もなかったかのような顔をしている。

そのあとさらに数人の、顔馴染みの委員が林素好のところに来ては再会を喜んだ。

「地震の日、知ってる？　電車が止まっちゃって、東京で働いてる人たちはみんな歩いて家に帰ったんだよ。夜中までかかって」

「そうなのよ。それで集会所は歩いてる人たちが休憩できるようにしたの。熱いお茶を出したりトイレも使えるようにしてね」

「次の日もたいへんだったよ。わたしなんか中央線が八時半から動くって聞いたもんだから、それに合わせて出てきたら、駅で一時間半待ち。結局着いたのはお昼だったわ」

「わたしもです。その日は車で来たんですけど、普段だったら一時間で着くのが三時間。途中、歩いてる人がいたから乗せてあげたら、『気持ちだけだけど、乗車賃だと思って取っといてください』って千円くれました。そのお金は義援金にするということでありがたくいただきましたけど」

彼らは口々にここ数日の様子を、興奮気味にまくし立てた。きっとだれかに話したくて仕方なかったのだろう。林素好は彼らの話を聞きながら、徐々にではあるが、自分がたしかに日本に戻って来たことを感じていた。

翌日の夜遅くになって台湾からの物資が届いた。

十トントラックが道路に横付けされ、側面のコンテナが開くと中からはぎっしりと積み上げられた段ボール箱が現れた。それを見たとき、林素好は大きな感動を覚えた。これらの段ボール箱に詰まった物資は台湾から自分と同じ飛行機に乗ってここまでやって来たのだ。そして、これからそれぞれの任務を担うべく被災地へと向かう。

——頑張れ。

林素好は心の中で段ボール箱のことを応援した。何となくおかしいと思いながら。

台湾からの物資が届いたのと同じ日に、茨城県大洗町《おおあらいまち》で炊き出しを行ってもよいという日本政府の許可が下りた。まだ被災地に物資を届けることはできなかったが、とりあえず行動が起こせる。集会所の委員たちは胸に熱いものを感じて一気に色めき立った。

さっそく翌日の朝いちばんで十八人の委員が現地に向かうことになった。林素好ももちろんこれに参加した。

この日のためにチャーターした大型トラックには千人分のカレーライスと味噌汁の材料のほかガスボンベと大鍋も積み込まれた。

ガスボンベと大鍋を用意したのは新潟中越《ちゅうえつ》地震で炊き出しを行ったときの経験を生かしてのことだ。そのときは日本製のコンロを使ったのだが、必要な量のお湯を沸かすだけで二時間。千人単位の調理をしなければならない状況ではほとんど役に立たなかった。

そこで知恵を絞った結果、思いついたのがガスボンベと大鍋だ。

これは台湾の夜市で炒め物をするときなどに使う道具だが、もともと野外で使っても大丈夫なように作られているから、少々手荒な扱いでも問題ない。それに一度に何十人分もの料理を作ることができる。まさに炊き出しに打ってつけの心強い武器だ。

この日の現地気温は五度だった。

「寒いね」

林素好は自分の前を歩く仲間の委員にいったが、返事はなかった。

強い風にかき消されて、話す声が聞こえないらしい。

大洗町の被災状況は岩手県や宮城県ほど深刻ではなかったが、それでも、多くの家が浸水して住民は避難所生活を余儀なくされていた。

電力は復旧していたが、ガスも水道もまだで、当日調理に使う水も自衛隊から特別に回してもらったものだった。

委員たちはすぐに準備に取りかかった。

林素好はごはんを炊く仕事を担当した。目盛り板と針のついた昔ながらの秤に大きなアルミのボールを載せ、そこに米を入れて分量を量る。一度に五キロずつ、これの繰り返しだ。量り終わった米はほかの委員が洗いに行く。そしてその横ではガスボンベと大鍋を使ってジャガイモやニンジンなどの材料を煮ている。これらの材料は、被災者を待たせないためにあらかじめ集会所で下ゆでして皮を剥いておくなどの準備は済ませてあったが、それでも千人分を作るとなるとたいへんな作業だった。

配給のスタートは十二時半だったが、被災者たちは寒風の中、会場となる大洗町漁村センターの前で一時間も前から列を作っていた。

ようやく料理が出来上がって、これから配給をはじめようというときに、今回のボランティア責任者の陳 光志《チェングアンジー》がそこにいたすべての人に向かっていった。

「みなさん、おなかが空いて、すぐにでも食べたいのはわかるんですが、その前にわたしたち慈愛のメンバーの歌を聞いてください。『祈り』という歌です。日本の一日も早い復興を願う気持ちを込めて歌いたいと思います」

陳光志がいい終わると、委員はみんな一ヵ所に集まって歌いはじめた。

わたしの心は静けさの中で祈る
わたしの心は敬虔で誠実な気持ちにあふれている
みんないっしょに祈ろう
さまざまなところから
この世の平和を願って

きれいなメロディがゆっくりと静かに、被災地を覆った。

中国語の歌詞なので被災者に意味はわからない。それでも彼らはいつしか両手を合わせ、頭を下げて祈りはじめた。そして何人かは頬に熱い涙が流れていた。

歌が終わると配給がはじまり、被災者たちはみんな湯気が立つカレーライスを手に喜びの笑顔を見せた。


台湾から輸送した大量の物資は被災地に送られることなく数日の間、新宿の集会所に一時保管されたままになっていた。一刻も早く届けたいというのは委員のだれもが同じ思いだったが、いざ実際に東北の被災地へ届けるとなると解決しなければならない問題が山ほど残っていた。

その中でもっとも困難だと思われたのが通行証の取得だった。

「こちらで入手した情報が正しければ、通行証がないとガソリンの配給も二十リッターに制限されるし、検問が通れないから被災地にも入れません」

会議の席上で陳光志が委員たちに向かって説明した。

「じゃ、どうしたら通行証がもらえるの」

「地方自治体が、こちらの活動がちゃんとしたものだと認めてくれなければだめでしょう」

「冗談じゃない。わたしたちの活動がちゃんとしてないっていうの?」

「これだけの物資を用意してるんだよ」

「そうよ。それにこれまでにも世界のいろんなところで活動してるのよ」

「まあ、まあ、みなさん。わたしたちの活動がちゃんとしてないなんてひと言もいってません。でも、そのことを日本の地方自治体が知らないのです。慈愛は日本では知られていないし、だから信用もないのです」

そういわれると、もうだれも言葉を発するものはいなくなった。

それでも不思議なことにその場の空気は重くはなかった。

林素好も物資を届けることができないとは微塵《みじん》も思わなかった。それよりも、こうしている間も被災地ではたくさんの人たちが飢えと寒さに襲われていることを心配する気持ちのほうが強かった。

この問題はこのあと思ってもみなかったところから突破口が見つかることになる。

三月二十二日朝、集会所にひとりの訪問客があった。

三島洋子《みしまようこ》。岩手県の議員で、夜行バスに乗ってけさ東京に着いたという。

「被災者のために台湾から救援物資を送ってくださったと聞きました。心からお礼申し上げます。その物資なんですが、どうかありがたく頂戴することはできないでしょうか」

驚きの言葉だった。物資を届けるために頭を痛めているところに、先方のほうから援助を求めて来たのだ。こんなことがあるのだろうかと半信半疑のうちに、委員たちの顔は喜びの表情に変わっていった。

「三島議員、遥々《はるばる》遠いところからおいでくださって、本当に恐縮です。わたしたちとしても物資をお受け取りいただけるということで心から嬉しく思います。ですが、ひとつだけお願いがあります」

陳光志がいった。

「何でしょう」

「わたしたちの援助にはひとつの原則があります。それは『親手発放《チンショウファーファン》』というんですが、物資は必ず自分たちの手で直接被災者に届けたいのです。わたしたちは寄付を募るとき、お金を寄付してくれる会員に対してこのことをはっきりと伝えています。もし、これを守らないようだと、彼らに嘘をついたことになります。だからこの点だけはどうしてもお願いしたいのです」

慈愛が「親手発放」にこだわるのは、これが援助物資を被災者に間違いなく届けられる唯一の方法だと考えているからだ。

発展途上国への支援などで援助物資を送ったものの、すべて権力者の懐に入ってしまい、それを必要とする人たちには届かないといったことをよく耳にする。慈愛はそういったことが起きないように、一貫して「親手発放」にこだわっているのだ。

三島はしばらく考えていたが、陳光志の説明する「親手発放」の意味を理解したようだった。

「わかりました。皆さんの要望にお応えできるよう、最大限の努力をいたします」

そういったあと、さらに通行証の発行についても関連機関に掛け合うことを約束してくれた。これによっていちばんの難問だった検問通過と給油、このふたつが同時に、解決に向けて大きく前進した。

そのあとは具体的に物資を届けるスケジュールを打ち合わせた。

そこで決まったのは、物資を届ける期間が三月二十五日から二十七日までの三日間、届け先は大船渡《おおふなと》市と陸前高田《りくぜんたかた》市のあわせて十三の避難所ということだった。

委員たちの宿泊場所としては、三島議員があちこちのツテを頼って探してくれた結果、陸前高田市の養老院が利用できることになった。地震発生後、入居者がほかの場所に移って、ちょうど空になっているのにくわえて、配給物資もここの地下室に保管できる。願ってもない条件だった。

翌日には被災地に赴く委員、十数名が決まった。

男の委員は責任者の陳光志ら僅かに四人。ほかはすべて女で、そのほとんどが五十歳以上の年配者だった。林素好もその中に含まれていた。

この日、委員たちは大型トラックに物資を積むのを手伝った。彼らが運んだ段ボール箱は重さ十トンに達していた。


三月二十四日の早朝、慈愛の委員たちは九人乗りワゴン車三台に分乗して、大型トラックとともに東北の被災地を目指した。

福島を通過したとき、手元の放射線測定機の数値が跳ね上がった。

「ねえ、大丈夫かな」

林素好は隣に座った許美香《シューメイシアン》にいった。許美香は林素好より三つ年上、年配の委員だ。

「大丈夫も何も、今さらどうにもならないでしょ」

「そうね」

許美香のいう通りだ。それが怖ければ、はじめから来なければいいのだ。

「これ、使って」

助手席に座っていた陳光志が取り出したのはN95という医療用マスクだった。十年ほど前、台湾で重症急性呼吸器症候群（ＳＡＲＳ）が流行したときに大活躍したものだ。

このマスクが果たして放射能に対して効果があるのかはわからなかったが、少なくともこのときの林素好にとって、精神的に心強い味方になったことは間違いなかった。

車が被災地に近づくにつれて、地図の上では通れるはずの道が倒壊建築物や瓦礫の山で通れなくなっていたが、一行は徐行しながら前進を続けていった。

しかし、あるところでアスファルトの道路が完全に分断されていた。ワゴン車は通行できたものの、大型トラックは先に進むことができなくなった。目標の養老院はここからそう遠くないというのに。

「この先は無理ですね」

運転手が前方の道路を眺めながらいった。

「あとどのくらいですか」

「それほどはないと思います。せいぜい五キロくらいでは」

ワゴン車の窓から委員たちが顔を出して、ふたりのやり取りを不安そうに見守っている。

一体どうするのだろう。そんな気配が流れる中、陳光志がいった。

「じゃ、荷物をワゴン車に積み替えて行きましょう」

「でも、相当な量ですよ」

「ほかに何かいい方法がありますか」

陳光志の言葉に迷いはなかった。力強い響きに、運転手は「わかりました」と答えると、コンテナの扉を開けた。中にはきのう積んだばかりの段ボール箱がぎっしり詰まっていた。これを全部ワゴン車に積み替えて運ぶのは気の遠くなるような話だ。

「さあ、早くやりましょう」

すでに数人の委員がワゴン車を降りていた。年寄りの女性ばかりだったが、表情だけはやる気に満ちていた。

十トンの物資を人海戦術で三台のワゴンに積み替えて、保管場所の養老院まで何度も往復して運んだ。何時間もかかったが、物資はすべて目的地に到着した。

養老院の設備は思ったよりずっとよかった。ベッドもちゃんとあったし、窓から見える太平洋の景色が素晴らしく、リゾートにでも来たような気分になった。

唯一、シャワーが使えなかったが、贅沢をいうものはひとりもいなかった。それどころか、みんなこの恵まれた環境に心から感謝していた。

今晩はしっかり休んで、あしたから三日間頑張ろう。そう思いながら、林素好は眠りに就いた。


一刻も早く物資を届けたい。

林素好は強い思いを抱いてここまで来たが、いざ被災者のところに行くとなると、多少の緊張もあった。はたして喜んでもらえるだろうか。だれも口には出さなかったが、みんな同じ思いがあったに違いない。

一行が東北で最初に訪れた避難所は大船渡市の、ある小学校だった。

委員たちと物資を載せたワゴンを待たせて、陳光志がひとりで避難所に入って行った。訪問の意図を告げるためだ。

しばらくして陳光志が戻って来た。どことなく表情は冴《さ》えない。そしてがっかりした口調でいった。

「いらないそうだ」

慈愛の委員たちも予期していなかった。

日本人は気安く他人の援助を受けない。ましてや知らない人からの援助となるとなおさらのことだ。

ワゴンの中に重苦しい空気が流れた。

もしまた断られたらどうしよう。そんな気持ちからか次の目的地の赤崎《あかさき》漁村センターに向かう途中、だれも話をしなかった。

赤松漁村センターに避難している人はみんな漁によって生活を営んできた漁師たちだ。

ワゴン車が入口に着くと、中から人が出て来た。全部で八人。七、八十歳の老人たちだった。

「待って。わたしが行ってくる」

車を降りようとした陳光志を許美香が制した。

「わたしも行く」

無意識のうちに林素好も叫んでいた。そして段ボール箱を開けてブランケットを一枚取り出した。

玄関の前に立ち塞がる老人たちに向かってふたりは歩いて行った。

向こうは無言のまま、じっとこちらを見つめている。

「こんにちは」

許美香と林素好はゆっくり頭を下げた。

「みなさんにブランケットと毛布を届けるためにやって来ました。受け取ってもらえますか」

林素好はいいながら、目の前の白髪頭の老人を見た。

老人は震えていた。

外は驚くほど寒かったのだ。

「ありがとう」

老人のくぐもった声は聞き取りにくかったが、林素好にはたしかにそう聞こえた。「ありがとう」。彼は間違いなくそういったのだ。

手に持っていたブランケットをその老人の肩に掛けると、林素好も「ありがとう」と答えていた。

それを機に、ワゴン車の扉が開き、物資の詰まった段ボール箱が委員たちによって避難所に運び込まれた。

避難所は思ったよりも寒く、彼らはずっとその寒さに耐えていたのだ。

「これでもう寒い思いをしなくてもすみますからね」

委員は老人たちの肩にブランケットを掛けて回った。

突然の来訪者にもかかわらず、戸惑うものはひとりもいなかった。それどころか、堪えきれずに涙を流すものもいた。

自信を取り戻した委員たちは次の避難所、蛸《たこ》ノ浦《うら》地区公民館へと向かった。赤崎漁村センターでも受け取ってもらったことを話すと、彼らも安心したのか、委員たちの申し入れを快く受け入れてくれた。

避難所では大部屋に畳《たたみ》が敷かれ、たくさんの人が避難生活を送っていた。きちんと畳んだ布団《ふとん》が置いてある。部屋の隅のほうには座布団も堆《うずたか》く積まれている。被災者たちは室内だというのにみなコートやダウンジャケットを着ていた。

「こんにちは」

委員たちが大きな声で一斉にあいさつすると、それを見た被災者たちは姿勢を正して座り直した。

委員たちの手で被災者一人ひとりの肩にブランケットが掛けられると、胸の中の熱い思いに堪えきれず、何人もが涙を流した。

このあとも慈愛の一行は行く先々の避難所で熱烈な歓迎を受けた。彼らが避難所を訪れるよりも早く情報が伝わっていたのだ。

こうして三日間の物資配給は無事終了し、六千人を超える被災者に慈愛からブランケットや毛布が届けられた。

東京に戻る途中、委員たちは被災の状況を視察した。

遠洋漁業の港として知られる気仙沼はほぼ壊滅状態だった。町中を襲った大規模火災の傷跡が生々しく残り、二週間以上が経っても物が焦《こ》げる臭いが充満している。津波がめちゃくちゃにしていった家屋の残骸《ざんがい》が一面を埋め尽くし、大型漁船が陸に打ち上げられていた。どうして漁船がここにあるのか。みんな目の前の信じられない光景にただ唖然《あぜん》とするばかりだった。

陸前高田市でも宮城県の南三陸町《みなみさんりくちょう》でも目を開けてまともに見られない光景が青空の下に静かに広がっていた。

地震発生から約一ヵ月が経ち、花蓮の緊急対策本部には世界各国の慈愛委員から続々と街頭募金についての報告が入っていた。

これは世界に散らばった慈愛の委員たちが人種や宗教、貧富の差を問わず、日本の被災地のために力を結集した結果である。

彼らはどこにいても白い襟の青い服、白いズボンと帽子、運動靴の藍天白雲の出で立ちで街頭募金を呼びかけた。

ロンドンでは「JAPAN EARTHQUAKE & TSUNAMI（日本の地震と津波）」、ニューヨークでは「Let us HELP JAPAN with Love（愛で日本を救おう）」、マニラでは「Uniting Prayer & Love（祈りと

愛をいっしょに)」、東京では「被災地に愛を送りましょう」と、募金箱にはそれぞれに日本の被災地を援助しようという内容が書かれていた。

花蓮本部に入った世界各国の街頭募金の状況は次の通りだ。

三月十三日　南アフリカ(ダーバン)
三月十六日　アメリカ(サンフランシスコ)
三月十七日　オーストラリア(シドニー)
三月十八日　日本(東京・大田区)
　　　　　　スリランカ
三月十九日　マレーシア(クアラルンプール)
　　　　　　イギリス(ロンドン、マンチェスター)
　　　　　　南アフリカ(ケープタウン、ヨハネスブルク)
　　　　　　アメリカ(サンディエゴ、ニューヨーク、シカゴ、シンシナティ)
　　　　　　カナダ(サリー)
　　　　　　タイ(バンコク)
　　　　　　フィリピン(マニラ)
三月二十日　アルゼンチン(ブエノスアイレス)
三月二十三日　オランダ領アンティル
三月二十六日　インドネシア
　　　　　　アメリカ(ハワイ・ホノルル)

三月二十七日　チリ（サンチアゴ）
三月三十一日　デンマーク（コペンハーゲン）
四月四日　シンガポール
四月九日　ハイチ
四月十二日　日本（東京・渋谷区）
四月十七日　ニュージーランド
　　　　　　ドミニカ共和国
　　　　　　ミャンマー（ヤンゴン）

このほかにもフランス、オランダ、ドイツ、オーストリア、スウェーデン、レソト、ブラジル、パラグアイ、グアテマラ、オランダ領セント・マーティン島、中国、ベトナム、ブルネイ、トルコ、韓国、カンボジアなど多くの国で慈愛の募金が行われた。

台湾でも三月十四日の台北慈愛病院を皮切りに大手スーパーや学校、観光地など人の多く集まるところで街頭募金が行われた。また三月二十四日に慈愛の台北集会所で募金を受け付けたところ、多くの委員や会員が駆けつけて長蛇《ちょうだ》の列ができた。

こうしてわずかひと月足らずで何千万元という義援金が集まった。

しかし、このとき大きな問題が存在していた。

集めた義援金の配布である。

慈愛では集めた義援金も救援物資と同様に必ず自分たちの手で被災者一人ひとりに直接渡す「親手発放」が原則だった。

この原則を変えれば、慈愛が慈愛でなくなってしまう。

ところが、これに対して日本政府からの承認は得られなかった。実際にはこのようなケース、つまり民間の一慈善団体が被災者に義援金を送るなどということはこれまでにもなかったし、どうやって処理したらよいのか結論を出すことができなかったのかもしれない。

したがって、地方自治体は慈愛からの要求に対して義援金配布に必要な被災者名簿（家屋の全壊と半壊を記録したもの。対象は住宅のみで商店や企業は含まない）を渡すことを拒否したのだ。

これが台湾であれば、被災者はもちろんのこと、地方自治体も喜んでその援助を受けたに違いない。しかし、日本では慈愛に対する知名度はほとんどなかった。地方自治体としても聞いたことのない外国の慈善団体の申し入れ、出どころのわからないお金を容易に受け取ることはできなかったのだろう。

お金はあるのに被災者に届けられない。

大きな問題が未解決のまま、世界各国から続々と義援金が集まっていた。

この問題が解決に向かって動き出したのはそれからさらに一週間ほどしてからのことだった。慈愛の代表として陳光志が東北に赴き、大船渡市、陸前高田市、釜石《かまいし》市の議員を訪問。義援金の直接配布に関する直談判を行った。東北新幹線が運行を停止していたため、東京から現地まで行くのに夜行バスで八時間もかかった。

さらに話し合いが終わったあと、その晩の夜行バスで東京へとんぼ返り。東京に戻ったときにはすでに空が白んでいた。

翌日、陳光志はほとんど寝ていない状態で関係組織の大臣や、活動に賛成の議員を訪問。慈愛のこれまでの世界各国における活動実績と東北の被災地で行った物資配給の状況を説明して、義援金直接配布の許可がもらえるよう頼み込んだ。

この時点で「親手発放」の可否は日本政府の判断に委ねられたのだ。

そして、それから約二週間後、東京本部に「許可が下りた」という報告が入った。

委員たちはみんな飛び上がって喜んだ。林素好もこのニュースには心の底から興奮を覚えた。もう一度あの被災地へ行って彼らに勇気を与えるのだ。林素好の頭の中ではブランケットを肩に掛けたときの、彼らが見せた喜びの涙が思い浮かんだ。

一方で、義援金の配布は前回行った物資の配給とは比べ物にならないほどたいへんな作業になることも予想できた。

受け取りに来る人は何十万人にもなるだろうし、現地で混乱することなく彼らに喜んで義援金を受け取ってもらうためには、自分たちも周到な準備と相当な覚悟で臨まなければならない。

慈愛はじまって以来の総力を挙げた活動になることだけは間違いなかった。

この情報は花蓮の本部にもすぐに伝えられた。

本部では配布に必要な義援金の金額とボランティアの人数が計算された。それによると今回必要な金額は約二十億元。日本円にして五十億円あまり。ボランティアの数は二百人だった。ボランティアについては日本の委員を総動員しても百人だったので、あと百人ほど足りない。この不足分は台湾からボランティアを募って派遣しなければならなかった。

義援金配布の具体的なスケジュールが決まったのは、さらに数日後のことだ。

数ある被災地の中から最初に選ばれたのは釜石市と陸前高田市のあわせて八千世帯だった。

配布の日時は六月九日から十二日までの四日間。

これを目標にすべての準備が整えられる。

五月十四日には東京本部から委員数名が釜石市と陸前高田市に赴いて具体的な活動の内容と方法について念入りに打ち合わせをしたほか、五月三十一日からは三日間をかけて実際に配布を行う会場を視察。現地での動線チェックをしながら当日のイメージを膨らませた。

義援金配布まで一週間を切っていた。

委員のだれもが日々緊張が増してくるのを感じていた。

義援金配布を二日後に控えて、慈愛東京本部の集会所では義援金を封筒に詰める作業が行われていた。

長いテーブルを三つ繋げたシマを作り、そこに十二人。これを三ヵ所作って、合計三十人あまりが作業に当たっていた。

テーブルの上にはお札の山と配布のために特注した封筒。封筒は表紙部分に「災害見舞金」と書かれ、中には折り畳み式のカードが入っている。カードの表側には「信じる心、意志の力、勇気。この三つがあれば、この世にできないことはない」という意味の中国語、裏側には慈愛最高責任者のお見舞いの言葉。端のところに菩提樹の葉の形をした切り取りが施してあって、その中に現金を入れる。

配布する世帯の家族人数にあわせて三種類。一人なら三万円、二人か三人なら五万円、四人以上は七万円のものを作った。

部屋の空気はぴんと張り詰めていた。だれひとり話をするものはなく、みんなひたすら手を動かしていた。

ちょうどそのころ、台北の松山空港では百人の慈愛の委員たちが一階の出国ロビーで搭乗手続きが終わるのを待っていた。全員青い礼服を着て、手には慈愛のロゴが入った青いボストンバッグを提げている。手続きが完了すると彼らはきちんと二列に整列し、団長を先頭に搭乗ゲートへと向かった。

全員胸を張り、前を見つめる姿は緊張感にあふれ、一種の異様な空気さえ発している。そんな彼らのことを、空港に居合わせた台湾人は熱いまなざしで見守った。服装を見れば、彼らが慈愛の会員であることはいわずともわかっている。何のために国外へ飛び立っていくのかも予想できた。

台湾を代表して頑張って来い。

そんなメッセージを受けながら、百人の委員は今まさに日本へ飛び立とうとしていた。

台湾から到着した百人をくわえた慈愛の委員二百人は義援金配布前日の早朝、大型バス三台と九人乗りワゴン二台に分乗して被災地へと向かった。このほか必要物資を運ぶために六トントラック二台も随行した。

一行は途中、陸前高田市の被災地を訪れ、その被害状況を視察した。

地震発生から三ヵ月が経っていたが、状況は悲惨なままだった。

瓦礫の山、散乱する流木、水を含んでふやけた畳、ねじ曲げられてほとんど原形を留めない赤い小型トラック。つい三ヵ月前までここに人が暮らしていたとは思えない光景だった。

辺り一面には異臭が漂っていた。それは言葉ではうまく形容することはできなかったが、あえていうなら、魚が腐敗したような臭いだ。

青空の中を舞っているのは、よく見ると親指の先ほどもある金バエで、それが委員の持っていた牛乳瓶の中に飛び込んだ。一匹が飛び込むと、立て続けに数匹が飛び込み、太陽の陽射しの中で、黄金色の輝きを放つ塊《かたまり》となった。

委員たちの宿泊先は被災地周辺のあちこちに散らばっていた。どれも車で一時間ほどの距離がある。被災地に近いホテルは政府関係者、警察、他の地方自治体から派遣されてきた職員、自衛隊などが長期にわたって滞在していたため確保することができなかったからだ。

それぞれのホテルに分かれたあと、その晩、委員たちは翌日の活動に備えて早めに床についた。

林素好がボランティアとして配置されたのは釜石駅前にあるシープラザ釜石だった。

ここは本来、物産センターなのだが、釜石市役所が津波被害によって機能停止に陥《おちい》ったため、三月十四日から約三ヵ月にわたって災害対策本部となっていた。

義援金配布は午前九時からだったが、委員たちは七時前にはすでに現地に入っていた。

全員白い襟の青い服に白いズボンと運動靴。二百人の委員が藍天白雲の出で立ちで勢揃いした姿は壮観だった。

義援金配布まであと二時間。あらかじめ決められた動線にしたがって、それぞれのエリアを作っていくには、やらなければならないことが山ほどあった。

建物の外では行列を整理するためのロープを張る作業が進められていた。義援金を受け取りに来る被災者は何千人にも達するのだ。その場合、到着順にここに並んでもらうことになる。

室内ではエリアを三つに分けた。

一つは入ってすぐのところで、ここが受付の役割を果たす。

義援金の受け取りはすべて市役所から提出された被災者名簿をもとに行われるが、ここでは間違いなく義援金を受け取る資格があるかどうか、一人ずつ名簿と照らし合わせてチェックするのだ。そして住民票の住所によってあらかじめ用意した番号が告げられる。

受付で身元照会を済ませたあとは、奥の義援金配布エリアに進む。

壁には「台湾仏教慈愛基金会　東日本大震災見舞金配布」と書かれ横断幕が掲げられ、その前にテーブルが全部で十卓置かれている。

それぞれ一番から十番までの番号が書かれており、被災者は受付で告げられた番号のテーブルに行って義援金を受け取る。

どのテーブルにも三人の委員が配置されていた。義援金を渡すもの、受け取り欄に受領の印鑑を求めるもの、全体をチェックするものとそれぞれの役割も明確に分かれていた。

そしてもうひとつ、林素好が提案してできたエリアがあった。

それは義援金を受け取った被災者がお茶を飲みながら、委員たちと交流するための社交エリアだ。

林素好はこのエリアの責任者になっていた。

「被災者は話がしたいものよ」

それは新潟中越地震のときに林素好が心底感じたことだった。

だから、義援金配布のスケジュールが決まったとき、台湾の本部に連絡して苗栗県《ミアオリー》三義《サンイー》の有機栽培による烏龍茶《ウーロン》と蜂蜜風味の緑茶を送ってくれるよう頼んだのだった。台湾の小学生が作った千羽鶴やお見舞いの言葉を書いたカードもいっしょに頼んだ。これら台湾から運んだもののほかに、東京ではプラスチックの簡易テーブル十五卓と椅子八十脚も調達した。

「テーブルの配置はこんな感じでいいですか」

「そうね。椅子は全部使ってよ」

「カードはどうします？」

「そっちの壁に貼って」

できるだけ快適に過ごせる空間にするように林素好は社交エリア担当の委員たちに指示を出した。

七時過ぎに一度かなり大きな揺れがあり、会場全体がざわついたが、そのあとは準備作業に追われ、気がつけば配布時間が迫っていた。

建物の外にはすでに数え切れないほど多くの人が集まっている。

いよいよ義援金配布のはじまりだ。

受付で名簿のチェックをするもの。義援金の配布をするもの。社交エリアで被災者の来場に備えて待機するもの。建物の外で人員整理に当たるもの。一列に整列して来場者にあいさつするもの。会場で被災者が迷った場合を想定して誘導係を務めるもの。

みんなそれぞれに緊張の瞬間だった。

入口のドアが開き、一斉に何十人もの人が受付に殺到した。

あとは流れに任せて、みんな義援金を受け取っていくだけだ。

ただ、あまりに大勢の人だったことにくわえて、はじめての義援金配布だったので、最初作業は思ったほどスムーズには進まなかった。そのため受付でかなりの人が待たされて渋滞が発生、外で列に並んでいる人たちの中にはなかなか前に進まないことからいらいら立ちの空気も流れた。

社交エリアにも人が来なかった。

みんな遠慮してのことかもしれない。

「みなさん、こちらでお茶を飲んで行ってください」

林素好は率先して声をかけたが、みんな遠くからその様子を眺めているだけだった。

そんなとき、ひとりの若い委員が林素好にいった。

「素好師姐、音楽を流してみたらどうでしょう」

「そんなことできるの？」

「ええ。ちょっと待ってください。パソコンに入ってますから」

彼女はそういいながらテーブルの上のパソコンを操作した。

美しい「祈り」のメロディが社交エリアに流れた。

それは場の雰囲気を優しく静めるとともに、委員たちの心にも落ち着きを与える旋律だった。

やがてぽつぽつと義援金を受け取った人たちが来るようになった。

数人の委員がお茶を淹れて振る舞った。

「どうもありがとうね」

お茶を出すと、被災者はみんなそういって頭を下げた。

「本当にたいへんでしたね」

林素好が六十を過ぎたぐらいの男性にいった。

「今思い出しても恐ろしいね。地震のあと、一目散で高台を目指したんだけどね。津波は六メートルぐらいって聞いたんだけど、ありゃ絶対に違うと思ったね。海の向こうのほうから真黒な蒸気が空に昇っていく。今まで長く生きてきたけど、あんなのは見たことなかったよ」

男は多少興奮気味に話しはじめた。

「そんでもって、あとで戻ったら家がないんだよね。でも、家があった場所はわかってる。庭石はそのまんまだったから」

林素好はただ頷きながら聞いていた。

社交エリアには様々な人がやって来た。

目の前で家族が波にさらわれていったと涙をこらえる人。

畳に摑まって何時間も渦の周りを流されたという人。

毎週のようにいくつもの告別式に出ているという人。

四十年間勤め上げて手にした財産が何もなくなってしまったと苦笑いを浮かべる人。

彼らはみんな、はじめは口を閉ざして多くを話そうとはしなかった。

しかし、ひと言、ふた言と話すうちに、心の奥から湧き上がる叫びを止められなくなっていく。

そして、涙が堰《せき》を切ったようにあふれ出し、慈愛の委員たちの肩に頭を預けるのだった。

彼らは三ヵ月の間、行き場のなくなっていた思いを吐き出すことによって、まるで心が軽くなったかのように、晴れやかな表情になっていった。

そんな目の前の光景を、林素好はしっかりと心に焼き付けていた。


義援金の配布はこのあと岩手、宮城、福島の各県二十六の市町村で二〇一二年三月まで行われた。

配布された義援金は合計二十億四千四百四十八万四千六百九元。日本円にして五十億円を超えた。これとは別に約六千万元、日本円にして約一億七千万円分の物資も配給されている。

恩返し

「申し訳ないんだが」

王忠雄《ワンジョンシオン》がそう切り出したとき、ソファのテーブルを挟んで、反対側に座る王怡君《ワンイージュン》は父がどんな話をするのかと息を呑んだ。

というのも、まったく心当たりがなかったからだ。

心の準備のひまも与えず、王忠雄は話を続けた。

「うちは日本のおかげでここまでやって来れたと思ってる。だから、この機会に恩返しがしたいんだ」

「恩返し？」

「ああ、店の三日分の売り上げを全部、日本の被災地に寄付してくれないか」

父の口から「売り上げ」という言葉を聞くのは何年ぶりだろうか。八十歳で宝全《バオチュエン》食品の三代目社長を退いてから、会長という職についてはいたものの、父が店のことに口を出したことは一度もなかった。

「店主というのはだれからの指図も受けるべきじゃない。自分の思った通りにやって、それでだめなら店はつぶれるだけのことだ」。父はそういって経営のすべてを四代目社長である、長女の王怡君に任せてきた。

それは父の信念でもあった。

だからこそ「申し訳ないんだが」に続く言葉は父にとって、血を吐くのと同じぐらいに辛いものだったと思う。

しかし、父にはそれでも何とかしたいという思いがあったのだろう。

「お父さん、わかったよ。日本に恩返しをするためだったら、うちで働く者はだれも文句いわないっていうか、みんな喜ぶと思うから」

そういいながら、王怡君は、現金ではなくて売り上げを寄付したいというのが父らしいと思った。

宝全食品は七十人ほどの従業員が全員家族のようなアットホームな会社だ。その家族が家の恩人のために力を合わせてひとつになる。父は日本にその気持ちを届けたいのだと思った。

これには王怡君も迷わず賛同した。気がつけば父の思いはいつの間にか王怡君の思いとなっていた。

宝全食品の創業は、日本が台湾を統治していた一九〇八年。今から百年以上昔のことだ。

当時は店の名前さえなく、創始者の王武雄《ワンウーシオン》が自分で作った中華菓子を自転車の後ろに載せて近隣の東勢《ドンシー》や卓蘭《ジュオラン》へ売りに回っていた。店というより行商だった。

王武雄の行商に売れ残りはなかった。それは商売が繁盛していたからではなく、売れ残った菓子は全部その日のうちに現地の貧しい人たちにただであげてしまうからだ。

「菓子は鮮度が命。おいしいときに食べてもらわないと菓子に申し訳ないからな」

そういって王武雄は笑ったが、このようなやり方で妻と五人の息子を養っていくことはむずかしく、家族は年中極貧の生活を強いられていた。

やがて子供たちは成人し、それぞれに家庭を持つようになった。しかし一家の生活は一向に好転しなかった。そこで一九四〇年、長男の王金全《ワンジンチュエン》は妻や子供を台湾に残したまま単身で日本に渡ることを決意した。このままではみんな行き詰まってしまう。そう思って海外に活路を求めたのである。このとき、王金全は日本に知り合いはなし。当時のお金で三十一元と砂糖一袋だけ持って船に乗り込んだ。

日本に渡ったあと、王金全にとって大きな出会いがあった。大福餅である。

柔らかくて少し弾力のある皮に包まれた小豆餡《あずきあん》。はじめて食べたとき、王金全は自分が日本でやるべきことはこれだと決めた。そして大福餅を作る和菓子店の門を叩いたのだ。

王金全はその店で和菓子職人の弟子となって修業をはじめた。

「金全、手、貸してみな」

先輩職人にいわれて王金全が右手を差し出すと、先輩職人は掌に生卵をひとつ置いた。

「いいか。これを手の中で回してみろ。柔らかく回せ。割るなよ」

大福餅の皮で小豆餡を包む練習だった。

王金全は手の中の卵を一生懸命回そうとしたが、なかなか思うように回せない。手の動きが固くて動作がぎこちない。

「ほら、見てろよ。こうやってだな」

先輩職人が卵を取り上げて見本を見せた。

卵が手にくっついているみたいだった。軽快なリズムとともに手の中でくるくると気持ちよさそうに回っている。

それからというもの、王金全は卵を手放したことはなかった。親指から小指にかけて流れるように押し出す動作を身につけるために日夜練習に没頭した。

三年後、王金全が和菓子職人としてやっと様になってきたころ、店は戦時中という厳しい時代の煽りを受けて閉店へと追い込まれた。

しかしこれを機に、王金全はそれまでに貯めたお金を全部つぎ込んで、東京立川《たちかわ》に自分の和菓子店を開業した。

店の名は宝全製菓本舗。大福餅の専門店だった。

ところが、宝全製菓本舗の商売はなかなか軌道に乗らなかった。終戦を迎えたあとも店はいつ潰れてもおかしくない状態が続いた。考えてみればもっともなことだ。当時の日本は食べるのさえ精いっぱいで、大福餅を買える客などほとんどいなかったのだ。

やがて戦後の復興がはじまり、人々の生活が向上すると、宝全製菓本舗の商売は一転して繁盛を極める。宝全製菓本舗の大福餅を知っていても買えなかった人たちが、時代が変わって一挙に押し寄せたのだ。

王金全は儲かった金で土地を購入して製菓工場を建設するとともに、店舗数を増やしながら駅ビル展開も行っていった。

この頃、王金全の手元には大金が貯まっていた。

一九七三年、王金全は残して来た家族に会うために台湾へ戻った。単身故郷を離れてから、実に三十三年ぶりの帰郷だった。

長男の王忠雄は台湾中部の町、台中《タイジョン》から車で三十分ほどの豊原《フォンユエン》に家を借りて一家六人で暮らしていた。代々商売人の血を引いてか勤め人はせず、貸店舗で薬局を営んでいたが、収入は一家が何とか食べていける程度しかなかった。

「お前、和菓子屋やらんか」

王金全は息子にいった。

「でも、今どき菓子なんかで食べていけるんかね」

王忠雄は自分の祖父が一生貧しい行商暮らしを送ったことを母親から何度も聞かされていたので、そんな思いが真っ先に浮かんだのだ。

「これから和菓子はいいぞ。大福餅って知ってるか。うまい。それに何たって台湾じゃほかに作れるところはない」

はじめは王忠雄も半信半疑だったが、父が住居のほかに工場で使う設備機械も一式買いそろえ、日本から職人も連れてくるといったときには、すっかりその気になっていた。

それから二年後、王金全は言葉通り、王忠雄に五階建ての家を買い与え、和菓子と中華菓子、パンの製造販売を行う宝全食品公司を設立した。

一階は工場と店舗、上階には家族が住むスペースを作ったほか、職人や店員ら従業員が住める部屋も作った。日本からやって来たふたりの若い菓子職人、河村《かわむら》と佐々木《ささき》の部屋もあった。

日本人の職人が作る和菓子の評判はあっという間に台湾中部一帯に広まった。

店は連日客で押すな押すなのにぎわいとなり、宝全食品で和菓子修業をしたいという台湾の若者が何人も店を訪れた。彼らは入社が許されると、毎日掌に生卵を載せて菓子作りの基礎を練習した。

二年後、宝全食品は台中の自由路《ズーヨウルー》にはじめての支店をオープン。さらに五年後には大墩路《ダードゥンルー》に二軒目の支店をオープンした。

このころには和菓子だけではなく、中華菓子も定評を得ており、毎年中秋節が近づくと、月餅《げっぺい》のギフトセットを求める客が店内に入りきれず、店の外に百メートル近くの列を作った。また企業の贈答用月餅の注文も殺到し、各店舗の工場だけでは対応できなくなったため、隣町の潭子《タンズー》にセントラルキッチンを建設した。

二〇〇八年、三代目の社長王忠雄が年齢的な理由から引退を表明した。数えで八十歳を迎えようとしていた。

彼が四代目に選んだのは一人息子の王忠傑《ワンジョンジエ》ではなく、長女の王怡君だった。台湾の慣習からすると、とても異例なことだった。多くの経営者が家業を継ぐのは長男の仕事と欠片も疑わなかったし、長男自身も、周囲のだれもがそうなることをごく自然に受け入れていたからだ。

「慣習を気にしてたら、会社がつぶれてしまう」

王忠雄は迷わず王怡君に跡を継がせた。

それは王忠雄の直感だったのかもしれない。父の王金全から継いだ家業をさらに発展させた商売人としての直感だ。

一方、王怡君も父が見込んだだけあって、就任間もなくから商売センスを遺憾なく発揮した。三軒あった店舗を三年間で一気に八軒にまで増やした。その中には台北の大型デパート内の出店、高速道路のサービスセンターの売店、空港の免税品店などもあった。さらにインターネットによるオンラインショップや海外輸出向けなど、先代が思いもつかなかった、新しい時代の販売ルートも開発した。

曾祖父の王武雄が東勢や卓蘭で中華菓子の行商をはじめて以来、実に一〇三年が経っていた。宝全食品は文字通りの「百年老店《バイニエンラオディエン》（百年の歴史を持つ老舗）」となったのである。

午前十時になろうとしていた。

日曜日。静かにゆっくりと時間が流れている。その速度は台湾中部の小さな町、豊原では大都会台北よりもさらに遅く感じる。

休日特有の空気が漂う商店街。宝全食品の本店はその中の一画に位置していた。

この日、二階の会議室には社長の王怡君をはじめ、経理部長の王怡文《ワンイーウェン》とセントラルキッチン工場長の王忠傑、ほかには三つの店舗の店長たち。宝全食品の主要幹部が勢揃いしていた。

芳香を放つ有機栽培の烏龍茶と自慢の自社製中華菓子が全員に行き渡ったあと、会議の進行役を務める王怡君が出席者に向かって切り出した。

「お早うございます。みなさん、きょうは休みなのに、こんなに朝早くから集まってくれてありがとう。実はきのうの晩、会長のほうから話があって、宝全食品として日本の被災地に寄付をしようということになったので、みなさんにも伝えておきます」

「いいじゃない。で、いくらするつもりなの？」

経理部長で王怡君よりふたつ年下の妹、王怡文が聞いた。

「これも会長からの指示なんだけど、いくらっていう決まった金額じゃなくて、三日間の売り上げを全部ということに」

「支店の分もですか」

自由路店の白《バイ》店長が聞いた。

「そう。自由路店も大墩路店も、もちろん本店も。とにかく三日間で売れた分は全部そのまま寄付するってことです」

「何か、キャンペーンみたいだね」

王怡文が楽しそうにいう。

「そう思ってもらってもかまわないけど、とにかく、うちは日本のおかげでここまでやって来れたんだから、この機会に恩返しがしたいっていうのが会長の考えなんで」

「その気持ち、よくわかります」

そういったのは本店の林《リン》店長だった。彼は設立間もないころ、菓子職人になりたいとやって来て以来、勤続四十年近くになる宝全食品きっての古株だ。

「で、いつからやるの？」

王怡文が聞くと、王怡君はいった。

「次の金、土、日の三日間。今は日本の震災に対する注目度も高いし、あまり日にちが経ちすぎないうちにやろうと思って。きょうすぐに横断幕を作るから、出来上がったのを受け取ったら、各店とも店頭に掛けてほしいんだ。店員には常連客に口頭でこのことを伝えるようにしてもらって。とにかく、みんなやるからにはできるだけたくさん売り上げてほしいと思ってる。それがご先祖様への供養にもなるし、宝全食品の将来の発展にもつながると思うから。以上、よろしくお願いします」

王怡君の話が終わると、何人かの幹部からは「頑張ろう」という声が聞こえた。全体に雰囲気は悪くない。王怡君は次の週末が楽しみだった。

豊原の宝全食品本店では開店時間の八時を前に、すでに二、三人の客が店の前で待っていた。入口上の壁には数日前から赤地に白文字で「日本の三一一地震　愛の募金活動　三月十八日〜二十日」と書いた横断幕が掛けられている。

店員の女性が自動ドアのロックを外し、「歓迎光臨《ホワンイングアンリン》　WELCOME」と書いた赤くて大きな玄関マットを運び出して店の前に敷いた。

宝全食品本店の開店だ。

それとともに客は店の中へ入って行った。

「歓迎光臨（いらっしゃいませ）」

女性店員の声が響く。

本店ではこの日のために通常より二人多い五人の店員を配置して臨んでいた。小さな店内に店員を増やすのは窮屈で、かえって作業の効率が悪くなるのではないかという意見も出たが、最終的には一人をカウンターの中のサポート、もう一人を店全体のサポートとして忙しくなったときでも対応できるように備えておくという林店長の判断で決まった。もちろんそこには忙しくなってほしいという希望も入っている。

これを早番と遅番の二交代制でやると全部で十人。これは本店で働く店員を全員動員することを意味する。こうしたのも林店長の、この活動に本店すべての従業員を参加させたいという思いがあった。

時間が経つにつれて客の数が増えてきた。

小さな子供を連れた主婦らしき女性が小豆入りの食パンとネギ入りパンが載った白いトレイを持って、陳列棚の商品を物色している。そのすぐ横では白い制服を着た職人が焼き上がったばかりのウインナー入りピザパンを並べている。

「ねえ、ねえ。あれって新商品？」

常連客が店内サポートの店員に尋ねている。

「どれ？」

「あのチョコレートのかかったやつ」

「よくわかったわね。きのうからだよ。中は生クリームと桃。いるの？」

「おいしい？」

「そんなの自分で食べてみてよ」

「そうよね」

そういいながら、彼女はピーチ入りエクレアをふたつトレイに載せた。

九時を回ったころ、上階の住居から王怡君が店の状況を見に下りて来た。

「かなり入ってるね」

「ええ。予想以上の盛況です。それに、みんないつもよりたくさん買ってくれてます」

林店長が満足そうな表情で答えた。

レジでは二人の店員がカウンターに置いたトレイのパンをひとつずつ透明のビニール袋に詰めている。

「じゃ、わたしは自由路店と大墩路店のほうも見て来るから。たいへんだろうけど、よろしく頼んだよ」

王怡君がそういって立ち去ろうとしたとき、奥の階段を下りてくる母の姿が目に入った。

母は今年数えで七十七歳。王怡君がまだ小さかったころは店に出て接客を手伝っていたが、もう何年も前に引退していた。

母はきれいな花柄のワンピースを着て、しっかり化粧もしていた。

どこに行く気だろう。そう思いながら王怡君が見ていると、レジカウンターの横に立って、客にお礼をいいはじめた。カウンターに並んでいたのはみな母より遥かに若い年代の客で、母が知っている顔はいないはずだ。それでも彼らのひとりひとりに向かって「ありがとう」と声をかけていた。

「うちは昔から日本にはお世話になってるからね。こんなときにでもお返ししなかったら、罰《ばち》が当たるってご先祖様から叱られそうですわ」

母は冗談っぽくいいながら笑った。

すると、見た目に四十代の女性の客がいった。

「お返しっていうなら、みんなそうだよ。九二一のときはどれだけ日本のお世話になったことか。そうでしょ」

「九二一」というのは一九九九年九月二十一日深夜に台湾中部で発生したマグニチュード七・六の大地震だ。震源地は南投《ナントウ》県集集《ジージー》で、死者約二千四百名、負傷者約一万一千名。震源地から近い豊原も大型ビルが倒壊したり道路が分断したりするなど大きな被害に襲われた。

そのとき日本は地震発生当日、他国に先駆けて百四十五名の救助隊員が現地入り、救助活動に当たったほか、四十億円近い義援金や約千戸の仮設住宅を送っている。台湾人、特にこの辺りの中部に住む人たちにとって、そのときの日本の活動はまさに「雪中送炭《シュエジョンソンダン》（雪の中で炭を送る。困っている人に援助の手を差し伸べるという意味）」という言葉を想起させるものだった。

そのときのことは、みんな今でも忘れていなかった。

「あのときはやっぱり日本だって思ったもんね」

「そうだね。日本はほんとに困ってるときにいちばん信頼できる国だから」

レジカウンターに並ぶ人の列は途切れることはなかった。

カウンターの中の店員は、ひとりが次々とパンやお菓子をビニール袋に詰め、もうひとりがレジを打っていた。

その光景を眺めながら、王怡君はふと九二一地震のことを思い出した。もう十年以上も前のことだった。


数日後に中秋節が迫っていた。

宝全食品のセントラルキッチンでは、一年でもっとも忙しいこの時期の作業をこなすのに通常の人員ではとても人手が足りず、臨時作業員を百人ほど雇って最後の追い込みに入っていた。

夜中の十二時に夜食の麺が振る舞われた。これはそのあともまだ長い作業が待っているということだ。残業という言葉はすでに意味を持たなかった。とにかく中秋節までに注文を受けた商品はすべて作り終えて発送してしまわなければならない。みんな体力の続く限り、目の前の作業に没頭するだけだった。

王怡君も現場に入っていた。特に何かの持ち場が与えられているわけではなかったが、役員自らが現場に立つことで、従業員の士気はいやでも盛り上がった。

時計の針は一時四十五分を回っていた。

セントラルキッチンの中は深夜だというのに昼間のような活気で、工場の外では町が眠りについていることなど想像できなかった。

王怡君はきょうもきっと徹夜だなと思ったが、そんなことよりも中秋節の前にすべての商品を無事出荷できるかのほうが気になって仕方なかった。

もうここ数日間、ろくに睡眠をとっていない。にもかかわらず、眠気は感じなかった。体も疲れていなかった。宝全食品が月餅を作っている限り、そして自分が宝全食品にいる限り、この季節は毎年こうやって過ぎていくのだ。

ちょうどそのとき、工場内の電気が一斉に消えた。

目の前が真っ暗になった。

あちこちで「どうしたんだ」という声が響き、不安な空気が漂った。真っ暗な時間はしばらく続き、「ヒューズが飛んだんだろ。ブレーカーはどこにあるんだ」というだれかの声が聞こえた。

次の瞬間だった。ガクッ、ガクッと地の底から響くような振動が何度か体を襲ったかと思うと、それはすぐにガガガガと連続した地響きに変わった。

女性の悲鳴。調理台が暴れ出し、月餅が床に飛び散る。「地震だ!」という大きな叫び声。

闇の中、揺れは収まることなく、さらに大きくなっていった。大きな音がした。何かの機械が倒れたのだろう。このまま工場が屋根から崩壊して、みんなその下敷きになってしまうのではないか。暗くて見えない分、想像の中の恐怖は何倍にも膨れ上がって襲ってきた。

王怡君は必死に冷静さを保とうとしたが、だめだった。腰から崩れるように床に倒れ込み、ひと言も発することができなかった。

どのくらい続いただろうか。揺れは徐々に収まり、世界が元に戻った。

王怡君は近くの調理台をつかみながら渾身の力で立ち上がると、「早く外へ」と叫んだ。

セントラルキッチンの前は空き地になっていた。

ここなら建物が倒れてくることもないだろう。次々と作業員が飛び出してくる。

「みんな、大丈夫?」

ひとりひとりの顔を確かめるように王怡君は声をかけた。心の中ですべての作業員の無事を祈りながら。

町は闇の中。周りを見ても、どこにも明かりが灯っていなかった。町自体が眠っているというより死んでしまったような気がした。

「まだ中に人はいるの？」

「昼番のやつらはまだいるんじゃないでしょうか」

セントラルキッチンで働く作業員の中には工場の上の階にある宿舎に住んでいる者も多く、彼らのうち昼番の者は寝ている時間だった。

「だれか、危ないから、外に出るようにいって来て」

そういいながらも、王怡君の足はすでに工場のほうに向かっていた。

そのとき再び大きな揺れに襲われた。地球が引き裂かれるような大きな揺れだった。

王怡君は工場に戻るのをあきらめた。

やがて工場から寝間着《ねまぎ》姿の作業員が何人も出てきた。

工場が損壊した気配はなかった。最悪の事態だけは免《まぬが》れた。しかし精神的なショックは相当なもので、みんな呆然としたまま朝まで空き地に座り込んでいた。

王怡君は翌朝のニュースで被害が予想以上に大きかったことを知った。

家族の安否が気になったが、電話は繋がらなかった。そこでしかたなく、車で豊原まで戻ることにした。

途中、高層住宅ビルが何軒も倒壊していた。中でもピロティ（一階部分が柱を残して通路となっている建物）形式のビルはほぼ全滅状態だった。柱がビル全体の重さを支え切れずペチャンコに潰れ、その下に駐車してあった車は押しつぶされて一枚の薄い鉄板となっていた。

目の前の高層ビルがピサの斜塔のようにかなりの角度で傾いている。それは風が吹いても倒れるのではないかと思えた。もし今余震が起きてあれが倒れてきたら、ひとたまりもない。自分も確実にその下敷きになるだろう。王怡君は怯えながら滑るようにゆっくりと車を走らせた。

幸い豊原の本店に被害はなかった。両親と妹、それに数人の住み込み従業員に怪我もなかった。ただ、状況が状況だけに店の営業はできなかった。

一方、可哀そうだったのはセントラルキッチンで働く臨時作業員たちだ。

臨時作業員の多くは東勢から来た東勢工と呼ばれる人たちだったが、彼らは地震のあと家族とまったく連絡が取れなくなっていた。電話が通じないのにくわえて、道路が寸断されて復旧がいつになるのかわからなかったからだ。テレビのニュースは東勢大橋の片側車線の橋桁が脱落して通行不能だと報じていた。残ったもう一方の車線の橋桁も十分な強度が確保できているかわからず、余震の恐れから通行止めの措置がとられていた。

東勢鎮内の被害状況については、高層ビルの比較的少ない地域だったが、多くの家屋が全壊または半壊で、住民たちは避難先の川沿いにある公園でテント生活を余儀なくされていた。

東勢工たちは、お互いに「きっと大丈夫」と励まし合っていたが、不安な気持ちは時間の経過とともに強くなっていった。夜になると闇の世界が待っている。闇は彼らの不安を限りなく増長させた。にもかかわらず、彼らはそれをただ心の中に抑え込むよりほかなかった。

三日目になったとき、ついに数人が耐えきれず、50 ccのバイクで橋を渡って家に帰るといい出した。とても危険な試みだったが、王怡君には止めることはできなかった。

自分たちはこれからどうなっていくんだろう。そんな絶望の中で知ったのが外国からの援助だった。特に日本の救援隊は地震当日の夕方に現地入りして救助活動に当たっているという。

王怡君は日本が来てくれたことが嬉しかった。

何故だかわからなかったが、大きな安心を得たような気になった。もう心配することはない。ほんの少しだけだが、希望と勇気が湧き上がってくるのを感じた。


売上金寄付の活動は、三日間、三店舗の売り上げ合計三十万元を目標にしていたが、その目標は二日目ですでにクリアしていた。常連客がみんな普段より二、三個多くのパンやお菓子を買ってくれたし、それにこれまで一度も来店したことのなかった人たちも店頭に掲げた赤い横断幕を見て、買いに来てくれたからだ。

店内奥のパンの製造工場では通常より多めに焼き上げたつもりだったが、二日間とも陳列棚のパンは夕方にはほとんどなくなっていた。そこで最終日は三店舗の店長が相談の上で、何度でも可能な限り焼き続けることにした。

宝全食品の寄付活動の情報は、インターネットのフェイスブック上でも瞬く間に拡散された。

『台中の自由路店。宝全食品ではあしたまで売り上げの全部を日本の被災地に寄付するんだって』

『自由路店だけじゃないよ。本店と大墩路店もだよ』

『買いに行かなきゃ』

『オレも』

『わたしも』

最終日、宝全食品本店では開店を前に多くの人たちが集まっていた。

中秋節の前を除いて、こんなにたくさんの人が集まったことは、少なくとも王怡君の記憶にない。

それを見ながら王怡君はふと、この店が創業間もないころはこんなだったのだろうかと遠い過去に思いを馳せた。二人の日本人和菓子職人が作る大福餅が食べたくて店の前に長蛇の列ができたと聞いたあの頃は……。

パン職人たちは昼食も取らずにフル稼働でパンを焼き続けた。

それでも、陳列棚に並ぶ端から客の手が伸びて、陳列トレイの上の商品はあっという間になくなっていく。

宝全食品本店の営業時間は朝八時から夜十一時までだ。通常は、夜の八時を回ったころからは翌日の朝食用に買って行く客がいることはいたが、その数は少なかった。ところが、この日は夜の八時を回っても客は絶えなかった。中には遠く東勢や石岡《シーガン》、新社《シンショー》から一時間近く車を飛ばして買いに来る人もいた。

彼らはどういう思いで来るのだろう。

日本の被災者をかつての自分たちに重ね合わせているのだろうか。

あのとき、日本が来てくれたことで感じた大きな安心感。それは十年以上経った今も忘れることはない。みんなきっと同じ思いなのだ。

だからこそ何とかしたい。日本のために。

閉店間際になり、商品はほとんどなくなっていた。

壁一面に備え付けてある陳列棚の商品はところどころにぽつんぽつんと残っているだけだ。

「すごいわね。もうほとんど残ってないじゃない」

「ごめんね。寄付の活動もきょうが最後だし、みんないつもよりたくさん買ってくれたもんだから」

王怡君が申し訳なさそうに答えた。しかし、どことなく笑顔だ。客のほうも満足そうな表情で微笑んだ。

「じゃ、これ。気持ちってことで寄付に足しといて」

そういって王怡君に渡したのは一枚の百元札だった。

「ありがとう」

何故こんな言葉が口をついて出たのかはわからない。それはあまりにも自然で、気が付いたらその百元を受け取っていた。

慌ただしい三日間はあっという間に過ぎた。

——本当にやってよかった。

連日ほぼ満員の店内、完売の陳列棚を思い返しながら、王怡君は改めてそう思った。


義援金合計六十四万九千八百五十元。

日本円にして百八十万円あまり。


翌日朝一番で王怡君は銀行に行き、三日間の売上金に少しばかり上乗せして端数を揃えた六十五万元を、募金活動を行う慈善団体の口座に振り込んだ。

そして振り込み用紙の拡大コピーをお礼の言葉とともに三店舗のレジ後方の壁に貼った。

お客様の皆様へ

このたびは売上金を三一一日本大地震の被災地に寄付する活動に多大なるご協力をいただきまして誠にありがとうございました。

今回集まった金額は約六十五万元。すべて三月二十一日付けで台中銀行豊原支店から慈善団体の救済募金口座に振り込みましたので、そのときの振り込み用紙のコピーをご確認ください。

皆様のご協力に心からお礼申し上げます。

買い物客はそれに気付く者もいれば、気付かない者もいた。

ただ、取り立てて口にする者はほとんどいなかった。みんなちらりと振り込み用紙のコピーを見るだけで、買ったパンの包みを持ってさっさとレジを後にした。

そして時間の経過とともに、それは壁の一部となっていった。

ある日、日本人の男がふたり、客として本店にやって来た。ふたりとも白髪で、年は六十歳を少し超えているように見えた。

彼らは目ざとくレジ後方に貼られた振り込み用紙のコピーを見つけると、カウンターの中の店員に日本語で話しかけた。

「おたくの店から日本の被災地に義援金を送ってくれたと聞いたんですが」

店員は彼の話の意味がわからず、一瞬戸惑ったような表情でその場に固まったが、すぐにカタコトの日本語で「チョットマッテ」というと、階段を上がって二階へ行き、多少日本語のできる社長の母親を呼んできた。

「どうしたの」

「おたくの店から日本の被災地に義援金を送ってくれたんですか」

男はもう一度同じように聞いた。

「ええ。全部で六十五万元。お客さんがパンを買った金よ」

それを聞き終えるやいなや、男は社長の母親に向かってさっと頭を下げた。

九十度のお辞儀だった。それは台湾ではほとんど見ることはないものだった。

もうひとりの男もその横でいっしょになってお辞儀をした。

「あれあれ、そんなことは……」

社長の母親はいいかけたが、ふたりは頭を上げようとしない。ずっとそうやってお辞儀を続けたままだった。

それを見て彼女も、彼らに向かってお辞儀をするしかなかった。

三人はしばらくの間、向かい合ったままお辞儀を続けていた。

第二章

謝謝台湾計画

風が草花のにおいを運んでくる。

目の前に流れる小川。水が岩に当たって、そこだけ白い波ができている。

ザアザアとチョロチョロ、二種類の異なる音が一体となって奏《かな》でるハーモニー。単調だけど、ずっと聞いていても飽きない。永遠に続く、心地よい響き。

対岸は桜が満開だ。土手に沿って薄いピンクの帯が続いている。土手は上のほうが新緑、下のほうは茶色く枯れたススキ。二色のコントラストが油絵のような美しい世界を描き出している。

下校時刻なのか、土手の上の小道を中学生がいくつもの塊になって、何か話しながらゆっくり歩いている。

その風景を眺めながら、佐久間愛子《さくまあいこ》は二十年も前のことを思い出していた。

当時着ていたセーラー服さえ今でははっきり思い出せなかったが、自分もああやって歩いていたのだ。

あの日は暖かかった。三月半ばだというのに初夏を思わせる陽気だった。

中学生としての最後の瞬間。担任の先生から卒業証書がクラスのひとりひとりに手渡された。

離れ離れになる現実と新しい世界へと旅立っていく興奮。これまでに味わったことのない複雑な気分で愛子は卒業証書を受け取った。

「先生、ありがとうございました」

「うん」

そういって微笑んだ先生の表情は、在学時代には見たこともないほど爽やかだった。

もう遥か昔の出来事だ。

それから数年後、同窓会の席で先生からこんなことをいわれた。

「あのとき、お礼をいってくれたのは、佐久間、お前ひとりだったぞ」

とても意外な言葉だった。そして、それ以上に先生がずっとそんなことを覚えているのが不思議だった。

思い返してみると、愛子はたしかに声に出して「ありがとう」といった。その場面は記憶の一片を切り取ったように、何年か過ぎたあとでもくっきりと覚えていた。

あのときの「ありがとう」。それは何というか、無意識のうちに口をついて出た言葉だった。

そうだ。「ありがとう」という言葉は、考えていうものではない。心が自然と発する声なのだ。

クラスメートたちが大声ではしゃぐ同窓会の片隅で、愛子はひとりそんなことを思った。

さらに数年が経ち、愛子が社会人になったころ、クラスメートのひとりから先生が亡くなったと聞かされた。癌《がん》だった。

愛子はひとりで墓参りに行った。

新緑の中、桜が狂ったように咲いていた。

「お礼をいってくれたのは、佐久間、お前ひとりだったぞ」

同窓会での言葉が蘇《よみがえ》り、やがて卒業式の日の「先生、ありがとうございました」、「うん」という短い会話にたどりついた。

そして最後は「ありがとうございました」という一言だけが残り、延々とリフレインする。

ありがとうございました……。

とても忙しい日になりそうな気配が、代表処台北事務所に漂《ただよ》っていた。

四月十一日。東日本大震災の発生からちょうど一ヵ月。

未だに一万四千人以上が行方不明で、約十五万人が避難生活を送っている状況だったが、一ヵ月という区切りの日にあわせて、日本政府は世界各国に向けてお礼をするためのさまざまな準備を進めていた。

真奈は、東京から送られてきた「内閣総理大臣のお礼の言葉」をホームページにアップする前に、最後にもう一度だけ読み返した。

「絆《きずな》」と題されたその文章には、一ヵ月前に日本で起こった惨事と、各国の支援に対するお礼、そして日本が今後復興のために全力を尽くしていくという強い意志の表明が述べられていた。文章の終わりには総理直筆の署名とともに「まさかの友は真の友」というひと言もくわえられていた。

各国の支援とは別に台湾に宛てた内容もあった。

地震発生直後から二十八名の救援隊の派遣、四百トンの支援物資の提供、多額の義援金、多くの励ましのメッセージ。これらについて、お礼の言葉が述べられていた。

真奈はこの一ヵ月、毎日、地元の新聞やインターネットの記事を調べて東京に配信してきたことがちゃんと伝わっているようでうれしかった。

その一方で、あれだけ多くの人たちが参加した募金活動が「多額の義援金」というたった六文字で表されていることがあまりにもあっけなく、少し納得のいかないような気もした。

全文を読み終えると、キーボードを叩いて記事をアップした。

ホームページの更新は真奈にとって、日課のようなものだったが、総理大臣の原稿を扱うのははじめてのことだ。原稿に重さなどないのはわかっているが、それでもこの原稿は重たく感じた。そのためか、ちゃんと更新できたことを確認したときには安堵のため息が漏れたほどだ。

事務所はがらんとしていた。さっきまで忙しそうに電話に出ていた小笠原と柳田も今は出払っていない。午後から代表処で記者会見を開き、代表の迫田がお礼の言葉を述べることになっているが、おそらくその関係だろう。

広田は研究の取材があるといって、朝から事務所に来ていない。こういうバタバタする日に、広田はいつもいない印象がある。

――一ヵ月か。

真奈は今さっきホームページにアップした「内閣総理大臣のお礼の言葉」をひとり眺めながら、あっという間に消え去った時間を振り返ろうとしたが、ほとんど思い出すことはできなかった。

ここ数日は震災関連のニュースも潮が引くように少なくなっている。もうすぐ終わるかもしれない。震災以来、はじめてそんなことを感じたのだった。

愛子がその記事に出会ったのは、ほんの偶然からだった。徒然《つれづれ》なるままに、ネットをサーフィンしているとき見つけたのだ。

『首相が世界の紙面に感謝広告』

愛子はこの見出しに敏感に反応した。

それは愛子がフリーランスのグラフィックデザイナーだったからかもしれない。愛子の仕事は広告代理店からの依頼にあわせてビジュアル原稿を制作することだ。それだけに「感謝広告」という文字には自然と目が留まった。しかも、クライアントは日本の首相である。

見出しに釣られるように、愛子は記事にも目を通した。


『東日本大震災の発生から一ヵ月が経過した四月十一日、日本政府は世界各国から受けた支援に対して、世界の主要紙に首相からの感謝のメッセージを伝える広告を掲載した。

広告を掲載したのは、国際英字紙「インターナショナル・ヘラルド・トリビューン」、米紙「ウォール・ストリート・ジャーナル」、英紙「フィナンシャル・タイムズ」、中国「人民日報」、韓国「朝鮮日報」、ロシア「コメルサント」、フランス「フィガロ」の六ヵ国七紙。サイズは紙面の四分の三』

これに続いてメッセージの内容が簡単に説明されていた。

震災の悲惨な状況と世界各国からの温かい支援。それに対する感謝の言葉。そして「私は、復興に向けて全力を尽くして参ります」という意思表明がくわわり、結びには「まさかの友は真の友(A friend in need is a friend indeed)」という言葉とともに首相の直筆サインが添えられていた。

いい話だと思った。

被災地ではまだ多くの人たちが避難生活を強いられているけれど、一ヵ月という節目のタイミングで支援を受けた国に対して政府がきちんとお礼をいうことは、やらなければならないことだと思ったからだ。

ところが、このあとネットサーフィンを続けていくうちに、気になる記事を見つけた。そこでは、こんなことをいっている人がいた。


『なんで台湾が入ってないの?』


どういうことなのか、初めはよくわからなかったが、読み進めていくうちに釈然としない気分になってきた。

四月八日までに台湾の民間団体が集めた日本への義援金は百億円以上。現在もまだものすごいスピードで増え続けているという。他の国からの義援金は、三月末の時点でアメリカが約九十億円、韓国は約十六億円、中国は約三億四千万円。

お金だけで計れないものはあると思うが、これだけの支援を受けている台湾に対して、知らんぷりのような態度。それがどうにも理解しがたかったのだ。

いい話だと思っていた日本政府の感謝広告が急に冷めたものに感じられ、愛子の中ではさまざまな疑問が湧いて出た。

どうして台湾に感謝広告を出さなかったのか。

台湾はどうしてそんなにたくさんの義援金を日本のために送ってくれたのか。

そもそも台湾って、どんなところなんだ?

台湾についてあれこれ想像を巡らせてみたが、これといったイメージは湧かなかった。ひとつだけ思いついたのが台湾バナナだ。それにバナナの国だから、たぶん暑いに違いないということも。

そういえば、学生時代に台湾の留学生がいた。彼らのイメージは……。どちらかというとおっとりしていたような気がするが、それほど特別な印象があるわけでもない。

――台湾

愛子には台湾というところが急に気になる存在となっていた。

代表処台北事務所の地下ホールは、政府関係者や経済界の重鎮、地元のメディアであふれかえっていた。ステージ前に並んだ椅子には空きがなく、その後ろに立っている人の姿も見られた。

受付には真奈と総務部派遣員の島崎咲《しまざきさき》がいた。

ふたりはついさっきまで会場作りに駆り出されて、忙しく走り回っていた。椅子を並べ、レクチャー台に花を置く。そしてステージ右手にある展示エリア、普段は日台交流に関係がある芸術作品の展示を定期的に行っている場所には、一面にカードを貼った。

カードは台湾の小学生から八十歳を超す年配者まで、多くの人たちから送られてきたもので、イラストや励ましの言葉がぎっしりと書き込まれていた。「頑張れ日本」や「日本のことを応援します」など、多くが日本語で書かれたものだった。

真奈はそれら一枚一枚を読みながら丁寧に貼っていった。

そんな中、ふと一枚が目に留まった。

「日本が好きです」。力強い文字でそう書いてあった。ひらがなの「き」や「す」が歪《いびつ》な形をしている。書いた本人は日本語ができないのに、だれかに教えてもらって見様見真似で書いたのだろう。真奈は鼻がツンと刺激され、胸にぐっと迫るものを感じた。

「台湾の皆様は日本の震災発生後、ただちに、さまざまな方法で支援を行ってくださいました。馬英九総統も自ら慈善の募金活動に参加されるとともに、緊急救難救助隊および義援金や支援物資を提供してくださいました。これらの行動に対して、台湾にいる日本人は深く心を打たれました」

ステージからは集まった関係者にお礼を述べる迫田の声が聞こえてくる。声には力強さが感じられ、感謝の気持ちが十分に伝わっていると思う。

そうはいいながらも、真奈には何かが違うような気がした。何が違うのかはわからないが、微妙な違和感があった。

「わたしたちはこの感激を心に銘記しておかなければなりません。日本は現在厳しい試練に直面していますが、かつて災難に遭った際も、ひとつひとつ克服してまいりました。今回も各界の大きな励ましのもとで、この難関を乗り越えていけるものと信じています」

お礼の言葉はまだ続いている。

しばらくしたあとで一斉に大きな拍手が起こった。

午後六時の居酒屋はお客の入りも疎《まば》らで、店内の空間も幾分広く感じられた。それはともあれ、この時間に生ビールで乾杯していることが、愛子はどことなくしっくりこなかった。

普通飲みに行くなら、もっと遅い時間まで仕事をしたあとのことだ。「とりあえず、きょうのところはこの辺で」と切り上げてから出かけるパターンが理想であって、それなら心置きなく飲めるのだが、まだ明るいこの時間では悪いことをしているようで、座り心地も悪かった。

それにビールの味も何だか素っ気ない。だいたいビールというのは不思議なもので、仕事を終えたあとの充実感によっておいしさが変わってくる。自分へのご褒美。自他ともに認める権利の行使。そういったものによって何倍もおいしく感じるものだ。

きょうのビールは最初の一口も、のどの奥まで浸み込むような快感はなかった。惰性で「おいしい」といってはみても、口の中で満足感が泡といっしょにすぐ消えてしまう。

「それにしても、こう連敗続きじゃ嫌になりますね」

コピーライターの柴崎《しばざき》徹《とおる》がその場の空気を代弁するようにいった。

「五連敗でしたっけ」

「六連敗」

愛子がすかさず訂正を入れる。柴崎自身、知らないはずはないのだが、正確に覚えていること自体が憂鬱な気持ちに輪をかけると思ったのかもしれない。間違いはわざとのようにも感じた。

「まあ、この業界、長くやってるとこういうこともあるさ」

クリエイティブディレクターの角松《かどまつ》潔《きよし》がそういいながらグラスのビールを一気に飲み干した。ほかのふたりよりも若干年上の角松は、このメンバーのまとめ役でもある。

彼らは三人でチームを組んで約五ヵ月。全部で六つのプロジェクトに関わったが、ことごとく受注に失敗していた。中でもいちばん長く時間をかけて準備した化粧品メーカーの案件が昨年末にコケてからは、そのショックを引きずるように立て続けに二つの案件を落とした。さらにきのう、心機一転で勝負を賭けたスポーツウェアメーカーの案件でこれまた失敗。

今回のは一般ウケしそうなデザインではなかったものの、愛子自身は内心イケるんじゃないかと密かな期待を抱いていただけに、結果を聞いたときには「これもダメなら、じゃ一体何ならいいのか」、本当にわけがわからなくなっていた。

三人は、受注に失敗するたびに角松の誘いで残念会と称した飲み会を行ってきた。しかし、それもこれだけ続くと、残念会なんていう言葉自体が空《むな》しい。

「もう、こうなったらお祓《はら》いだね」

角松はいうが、飲んで「祓える」くらいならいくらでも飲みたい、みんなそう思っているに違いない。

開始から約三十分。場は一向に盛り上がらなかった。

これまでの残念会とは違って、デザインやコピーについての意見も、プレゼンに対する感想も、クライアントのリクエストを満足させることができなかった理由についても討論さえなかった。

三つの抜け殻《がら》が意味もなく酒盛りの儀式を続けている感じだった。そして、みんながこの場にタイムリーな話題を何とか切り出そうとしているのだが、何も見つからない。

愛子がふと、つぶやくようにいった。

「コンペの話とは関係ないんだけどさ」

この前置きは湿った雰囲気を破るのに、意外なほど効果があったようだ。角松も柴崎も少し身を乗り出して愛子の話を待った。

「ネットのニュースで見たんだけど、日本政府が首相の名前で、東日本大震災で支援してくれた国の新聞にお礼の広告を出したんだって」

「ウチもそういうの、取れるとありがたいよな」

「だから、そういう話じゃないんだってば。わたしがいいたいのは」

柴崎の突っ込みで逸れかけた話を、愛子は強引に引き戻し、昼間見たネットの記事について、かいつまんで話した。

「おかしいと思わない？」

愛子は少し真顔で柴崎のほうを見た。

「いわれてみりゃ、たしかにそんな気もするな」

「そうでしょ。だって、台湾の人口がどのくらいかは知らないけど、そんなに多くないと思うんだ。それがだよ、百億円。これってすごいことだよね。彼らにしてみれば、すっごい努力だよ」

「努力っていうのかわかんないけど、まあ簡単なことじゃないよな」

「どうしてちゃんとお礼の言葉がいえないんだろう」

アルコールの力も手伝って、愛子の言葉はかなり熱っぽくなっていた。

「そんなら、意見広告出したら？　台湾のメジャー紙に」

ずっと黙って聞いていた角松が口を挟んだ。

愛子は一瞬、耳を疑った。

「広告出すって、だれが出すんですか」

「お前だよ、佐久間。佐久間が自分で出せばいいじゃん」

「冗談はやめてくださいよ。そんなお金あるわけないじゃないですか。それに仮にお金があったとしてもですよ、わたしなんか、どこの馬の骨かもわからない者が広告載せたいっていったって、新聞社が『はいそうですか』って載せてくれるわけないでしょ。それ以前に台湾にどんな新聞があるかだって知らないんですよ」

「そりゃそうだよな」

角松もいいながら笑った。

「でもぉ、もしそんな話があるんだったら、紙面のデザインとかなら、やってみてもいいかな。はは、もちろんノーギャラですよ」

「はい、はい。そんなひまあったら、次の仕事ね、次の仕事。仕事は続くよ、どこまでも～♪」

柴崎が「線路は続くよどこまでも」の替え歌で歌いはじめた。「野を越え、山越え、谷越えて～♪」。歌っているうちに楽しくなってきたらしく、最後まで歌ったあとで、もう一度最初から繰り返して歌った。

それを聞きながら愛子は、仕事がひとり勝手に野を越え、山越え、谷越えるところを想像したら、わけもなくおかしくなってきた。

残念会は九時前にお開きとなった。せっかく調子が出てきてこれからというところだったが、三人の今置かれた状況では、時間を忘れて延々と飲み続けるのも気が引けた。結局、角松の「今度は祝勝会にしたいね」の一言が打ち止め宣言となって、三人はそれぞれ帰路に就いた。


帰りの電車はいつもより混んでいる気がしたが、ひと駅目で自分の前に座ったサラリーマン風の男が降りたため、愛子は座ることができた。ほんのたまにだが、こんな幸運もある。

ビールをジョッキで二杯ほど飲んでいたが、酔いはまったく感じなかった。感謝広告の話で盛り上がった興奮が、まだどこか体の中で消えていない。

「意見広告出したら？　台湾のメジャー紙に」

居酒屋で角松にいわれたときには、そんなことできるわけないととっさに答えたが、本当にできないのだろうか。頭の中の片隅にまだちょっとだけ引っ掛かっていた。

自分ひとりでは無理だと思うが、たくさんの人が集まればどうだろう。愛子がネットの記事を見ておかしいと思ったように、ほかにも愛子と同じ感想を持った人がきっといるはずだ。そうした人たちが集まって、みんなで少しずつでもお金を出し合えば、できない話じゃないかもしれない。考えれば考えるほど、感謝広告は出せるような気になってきた。そのときは本当に自分も、無償でデザインをやりたい、何か力になりたいと思う。

電車が都心を離れるにつれて、乗客の数も少しずつ減っていく。

愛子はバッグからスマートフォンを取り出すと、ツイッターで何気なくつぶやいた。

『台湾のメジャー紙に有志で意見広告が出せませんかね』

愛子のフォロワーは六百人にも満たない。これだけの人につぶやいたところで、何か動きがあるとは思えなかったが、それでもつぶやくことで、自分自身は飛び跳ねるように一歩を踏み出した気分だった。

数分後に『いいねえ』という返信が来た。

その数秒後には『是非是非。オレもやりたい』。さらには、『こんないいアイデア。やらないわけない』、『で、いつやるの？』と続いた。

つぶやいてからまだ十分も経っていない。

予想外の反応に愛子の胸は高鳴った。頭がすっきりしていく。そしてごく自然にスマートフォンのキーを叩いていた。

『台湾の新聞、十五段抜き広告料金。いくらぐらいかな』

このひと言をつぶやいたことによって、構想はその殻を破って計画へと姿を変えようとしていた。

『帰宅中なう。あとで調べてみるけど、詳しい人いたら教えて』

話がどんどん前に向かって歩きはじめている。愛子自身も止められそうにない。その間にも何人かのフォロワーから計画に賛同する返信が入っていた。

家に着くと、愛子は作業用のパソコンで台湾の新聞について検索した。

その結果、台湾には自由日報、中国日報、連合報、蘋果時報の四紙が四大新聞となっていることがわかった。

さらに検索を進めていくと、台湾の新聞は日本と比べてかなり政治色が強いこともわかった。親中国のスタンスを取るのが中国日報と連合報。台湾の地元色が強いのが、発行部数がいちばん多い自由日報。蘋果時報になると、日本のスポーツ新聞のようにゴシップ記事の比率がぐっと上がる。

ここまでは簡単にわかったが、もう一歩踏み込んで広告料金がどのくらいなのか、それを聞くために先方と連絡を取るにはどうすればいいのかはわからなかった。四紙とも英語のサイトが見つからなかったからだ。

何かいい方法はないものか。そんなことを考えているうちに、あることが脳裏をかすめた。

小学校の同級生で台湾からの帰国子女がいたはずだ。

彼女とは頻繁に連絡を取っているわけではなかったが、連絡先ならわかる。二、三年ほど前に家の近くのファミリーレストランでばったり会って、メールアドレスを交換したからだ。

そのあと一度も連絡したことはなかったが、こんなところで役に立つとは思わなかった。もちろん、彼女が台湾帰りだからといって、すぐに台湾の新聞社と繫がるとは思わない。彼女が台湾に住んでいたのは遥か昔のことだし、もしかしたら、台湾にはもうだれも知り合いはいないかもしれない。いたとしても、そこから新聞社に到達するのは簡単なことではないだろう。

ただ、今の愛子にとって、彼女の存在が台湾の新聞社に繫がる唯一の道であるように思えた。ダメもとでも期待せざるを得ない。

――とにかく、あした一度連絡してみよう。

愛子はそう思いながらベッドに入ったが、興奮からなかなか眠くならず、眠りについたのは外が白んできてからのことだった。

翌日、愛子は仕事がなかったので、平日にもかかわらず昼近くまで寝ていた。

台湾の新聞に感謝広告を出そうなんていったことが、ひと晩経ってみると夢の中の出来事のような気がした。

それでも目が覚めるにつれて、台湾からの帰国子女、渡邊《わたなべ》ひかりに連絡しなければいけないということが頭の奥から湧いてきた。

小学校三年生のときだった。

担任の先生が「台湾から来た友達ですよ」といって、ひかりのことをクラスのみんなに紹介した。ロングヘアのきれいな、ほっそりした子だった。

愛子はすぐにひかりと仲良くなった。

「日本語ちゃんと話せるんだね」

「だって、日本人学校に通ってたから。授業だって日本語だよ」

「台湾の言葉もできるの？」

「少しはね。『ありがとう』は『謝謝《シエシエ》』で、『友達』は『朋友《ポンヨウ》』」

ひかりはそうやっていくつかの中国語を教えてくれた。そしてクラスメートはまるで流行り言葉のようにそれを真似した。

あるとき、ひかりからこういわれたことがあった。

「愛ちゃんの中国語がクラスでいちばん上手だね」

それを聞いて、愛子は素直にうれしかった。

愛子はほかのだれよりも、ひかりのいい方を注意して真似ていたからだ。

たとえば、「朋友」の「朋」はよく聞くと、「ポン」ではなく「ポン」と「パン」の中間のような音だ。それを高い音に引っ張るような感じでいったあと、口はぽっかり開けたままにする。そのあとで低い音で「ヨウ」というと、ひかりの話す「朋友」に似てくる。

「我們是朋友《ウォーメンシーポンヨウ》」

ひかりが愛子に向かっていった。

「何、何。それってどういう意味なの？」

「わたしたちは友達っていう意味。我們是朋友。我們是真正的朋友《ウォーメンシーチェンチェンダポンヨウ》」

「チェンチェンダは何？」

「本当のっていう意味」

「我們是真正的朋友」

愛子はひかりの教えてくれた中国語を真似てみた。

自分が遠く離れた国の言葉を話している。それはとても不思議な感じだった。

古い記憶を懐かしみながら、愛子はスマートフォンのアドレス帳から「渡邊ひかり」という名前を探した。そして台湾の新聞に感謝広告を出すことを計画中なのだが、台湾の新聞社につながる方法はないかとメールを送った。

ところが、一時間待っても二時間待っても、ひかりからの返事はなかった。

いきなりこんなメールをもらって、相手も迷惑に思っているかもしれない。それとも対応に困っているのか。いや、まだメールを見ていないかもしれないし、もしかしたら愛子がもらったメールアドレスは、今はもう使っていない可能性だってある。

あれこれ思いを巡らせながら、せめてメールを受け取ったことを知らせる返事だけでも来たらなあと思った。そしてツイッターには『台湾からの返事待ちなう』とだけつぶやいた。


「日本人がうちの新聞に広告出したいんだって」

台湾四大紙のひとつ、連合報セールスマネージャーの陳仁浩《チェンレンハオ》が同僚の林淑貞《リンシュージェン》からそんな話を聞いたのは、外回りを終えて事務所に戻ったあと、夕方近くのことだった。

「どういうこと?」

何のことだかよくわからなかったが、それでも「広告を出したい」と聞くと自然に心が躍ってしまうのは長年の習慣だ。

「わたしもよくわからないんだけど、旅行グルメ組のチーフエディターの頼本文《ライベンウェン》、知ってるでしよ。彼からの話」

セールス部門は編集部と直接仕事のつながりがあるわけではなかったが、旅行グルメ組とは広告と報道を合わせた企画でジョイントすることもあり、頼本文のことは知っていた。

「でも、日本人っていったって、どこの会社なの？」

「それが会社じゃないみたい」

「会社じゃない？」

「うん、先月の日本の地震で台湾からたくさんの義援金を送ったじゃない？　それで、そのお礼の広告を出したいんだって」

そういいながら、林淑貞はスマートフォンを取り出すと、頼本文からのＬＩＮＥメッセージを陳仁浩に見せた。


『友達に聞かれたんだけど、うちの新聞に広告出したいっていう日本人がいて、料金とか詳しいことが知りたいらしい。内容は先月の地震で台湾がたくさん義援金を送ったことに対するお礼だって。大まかなところ、教えてほしい』


「詳しいことはよくわかんないけど、これって、すごい話じゃないか。日本人が台湾にお礼をいいたいってことだろう」

「そう。わたしもそう思ったんだ」

陳仁浩と林淑貞はお互いに顔を見合わせた。

陳仁浩は何かとてもいいことが起きそうな予感がした。それは広告の契約が決まりそうなときとも違った感覚。これまでに感じたことのないものだった。

「もしこれが本当なら、広告の見積もりはできるだけ安くできるように頑張ってみるよ。それから、できれば先方とは一度話をしてみたいな」

これは陳仁浩が日頃から心がけていることだった。どんな状況であれ、クライアントとは直接話をして、相手とのつながりを大切にする。これがセールスの基本だと考えていたからだ。今回はクライアントが外国人だが、陳仁浩はアメリカ留学の経験があり英語なら不自由なく会話できた。それに台湾にお礼をいいたいという日本人がどんな人物なのかについても興味があった。

「わかったわ。頼本文にはマネージャーの電話番号も教えとく。でも、日本語でかかってきたらどうするの」

「ダイジョブ」

陳仁浩は少しおどけたように日本語でいった。

林淑貞には何が「ダイジョブ」なのかわからなかったが、海外の新聞に広告を出そうというぐらいの相手なので、陳仁浩は英語でコミュニケーションが取れると思っているのだろう。そう思うと、急に悪戯心《いたずら》が湧いてきた。頼本文へのメールには「日本語大丈夫」とひと言くわえた。


夜の九時を過ぎたころ、愛子のもとにひかりからの返信があった。

『返事遅れてごめんなさい。

台湾日本人学校卒業生の会を通じて現地在住の人と連絡を取りました。連合報に知り合いがいる人がいて、感謝広告の件、聞いてもらいました。

連合報に広告を載せる場合の料金ですが、二分の一ページでだいたい三十五万元。日本円にして百万円くらいとのことです。この料金は新聞社の厚意でかなりのディスカウントが含まれています。最終的な金額ではないけれど、これを目安にしてもらえたらと思います。正確な金額は連合報のチーフエディター（陳仁浩、０１０８８６９０１０××××）と直接話してください。彼は日本語ができるそうです。

それにしても、台湾の新聞に感謝広告を載せる計画、素晴らしいと思います。そのときは微力ながら、ぜひわたしも参加させてくださいね。では』

つながった。

返事が来ないかもしれないと、少し弱気になっていたところだけに、このメールは愛子に大きな勇気を与えた。しかも、広告料金は百万円。日本だったら気が遠くなるような金額を請求されることを知っているだけに、これは何かの間違いではないかと思ったほどだ。

この朗報をすぐに「同志」たちと分かち合うために、愛子はすぐにツイッターでつぶやいた。

『連合報、二分の一ページで百万円。キタ――――。千人ならひとり千円、二千人なら五百円！』

このつぶやきは台湾の新聞に感謝広告を載せる計画を実行するという愛子の宣言でもあった。これまではやりたいという思いはあったものの、それは希望にすぎなかった。しかし、台湾の新聞社と連絡が取れて、先方から広告の掲載に対して拒否されることもなく、大まかではあるものの料金まで知らせてきた今、愛子の中で希望は確実に決意へと変わっていった。

真奈にとってこの一ヵ月は、ずっとメディア情報収集の仕事に振り回されていたという印象しかなかった。とはいえ、それだけをやっていればいいというわけではなく、通常の業務も待ったなしで処理しなければならない。何が何だかわからない中で、非常時の緊張感だけを原動力に、ひたすらもがき続けてきた。

そんな中、きのうの迫田の記者会見はひとつの区切りとなった。

無意識のうちに蓄積していたプレッシャーとストレスが一気に解き放たれたようで、体も幾分軽く感じる。戒厳令が解除された。少し大げさにいえば、そんな感じなのかもしれない。

その日の晩、真奈は広田と代表処事務所の近くにあるタイ料理のレストランへ行った。お酒がメインの店で、メニューには鶏肉のグリルやシーフードのサラダといっしょに聞いたこともない外国ブランドのビールがずらりと並んでいる。

忙しさで忘れていたが、お酒を飲むのも一ヵ月ぶり。小笠原室長と広田と三人で行った事務所近くの居酒屋以来だ。

店内は割と広く、地元の若者であふれている。

ふたりは小さなグラスで六種類のビールが飲めるコースとオードブルの盛り合わせを注文した。

「首相のメッセージ、見ました？」

乾杯のあと真奈は真っ先に切り出した。

「きのうホームページに載せたやつでしょ」

「ええ。ちょっと感激したっていうか、何だかおかしないい方だけど、報われたって思っちゃいました。特に台湾の支援のところについては、ただ単にありがとうっていうだけじゃなくて、具体的な数字とかも入れてくれてたし。まあ、あえていうなら、義援金のところが『多額の義援金』のひと言で終わってたのが残念だったけど」

「でも、新聞にはお礼の広告出さなかったでしょ」

「何ですか。その、お礼の広告って」

「きのうは震災からちょうど一ヵ月だったでしょ。それで日本政府は支援してくれた国に向けて一斉にお礼をいったわけ。首相のメッセージもそのひとつだけど。でも、いちばん大きなアクションはそれじゃなくて、世界七つの新聞に載せた感謝広告だったんだ。国際英字新聞のほかにアメリカ、イギリス、フランス、ロシア、中国、韓国の新聞にこの感謝広告を載せたんだけど、この中に台湾の新聞は入ってなかったの」

「それって、きのうわたしがホームページにアップしたのとは違うんですか」

「内容的にはそれほど変わらないんだけどね。でも新聞に載せるってことは、感謝の気持ちがその国の一般の人たちにダイレクトに届くわけで、それは代表処のホームページにアクセスしてくれた人にしか伝わらないメッセージとでは、効果がぜんぜん違うんだよね」

真奈はふと、きのうの記者会見で抱いた違和感の原因がわかったような気がした。

たしかに迫田のスピーチは素晴らしかった。でも、それは会場に集まった政府関係者や経済界の重鎮、地元メディアにしか届かないメッセージなのだ。あんなにたくさんの義援金が集まったのは、もちろん彼らの功績もあるだろう。しかし、それ以上に名前も知らない無数の人たちの存在がある。それなのに迫田のお礼は、その無数の人たちには届いていない。

「どうして日本政府は台湾の新聞に感謝広告を出さなかったんですか」

「中国への配慮、でしょ」

「何ですか、その中国への配慮って」

「だから、その、何ていうか、日本政府が直接台湾の新聞にお礼の広告を出したりすると、中国の機嫌が悪くなるからよ」

「じゃあ、要は中国の顔色を窺ったってことですか」

「まあ、たぶんね」

「そんなのアリなんですか？　だって、台湾の人たちがどういう思いで募金したか。わたしたち、この一ヵ月、ずっと見てきたじゃないですか。日本政府はそれを完全に無視したってことですか」

「無視かどうかはわからないけど、扱いについてはちょっと納得いかないところもあるかなあ。台湾の義援金百億円以上。それに比べて中国の義援金は三億円ちょっとだし」

真奈の頭に中国語の「没有道理《メイヨウダオリー》（筋が通らない）」という言葉が浮かんだ。それを流し込むように、目の前の六種類のビールが入ったグラスを一杯ずつ、一気に飲み干した。

「まあ、政府には政府の事情ってやつがあるのよ。真奈もいつもそんなことで疑問を抱いてないで、早く慣れたほうが楽かもよ」

「楽ってどういうことですか」

「だから楽ってことよ」

「いいえ、やっぱりそれとこれとは違うと思います」

それとこれ。何がそれで何がこれなのか、うまく説明するのはむずかしかったが、それでも広田の話は感覚的に納得できるものではなかった。

真奈の頭の中に、この一ヵ月の新聞やインターネットで見つけた記事が走馬灯のように流れた。毎日、新聞の紙面をにぎわした数え切れない無名の人たち。彼らのことを思うと、とてもやるせない気持ちになってきた。

——それにしても政府の事情。

いつだったか、小笠原が「わたしたちで勝手に決められないことがたくさんある」といっていたが、真奈は今ほどそれを実感したことはなかった。得体の知れない、しかし圧倒的な怪物が鋭い眼光で睨みを利かせながら、こちらを見ている姿が浮かんだ。

それでも真奈は「仕方ない」とは思わなかった。

これは政治の問題じゃない。もっと大きな問題だと思ったからだ。

日本時間で午前十時。台湾は一時間の時差があるのでまだ午前九時だ。

０１０８８６９１０……。

愛子はひかりに教えてもらった電話番号をひとつずつ丁寧に押した。

しばらく間がある。かなり長い間だ。

やがてトゥルルルという呼び出し音がしたかと思うと、「ウェイ」という男の高い声が聞こえた。

「あの……、すみません。佐久間愛子というものですが、陳《チェン》さんでいらっしゃいますか」

愛子はロンドンに留学経験があり、英語も流暢に話したが、連合報のチーフエディターは日本語がわかると聞いていたので、あえて日本語で話した。

ところが、相手は「はい」と答えたあと、「えー」とか「うー」とか言葉にならない声を発している。明らかに戸惑《とまど》っている様子だった。

「チーフエディターの陳さんですか。佐久間愛子といいます」

今度は英語で聞いてみた。

すると、先方もそれを待っていたかのように「すみません。日本語はよくわからないもので」と、ネイティブに近い英語が返ってきた。

「実はきのう、友達を経由して、貴紙に感謝広告を出したいということを伝えてもらいました」

「震災の支援に対するお礼の広告ですね」

「そうです。まだ、詳しい内容は何も決まっていないんですが、もし貴紙に掲載していただけるということなら、二分の一の紙面で正式な料金がいくらぐらいか知りたいと思いまして。それから、掲載日時も指定できるのか、それについても知りたくて」

「そうですか。じゃあ、こちらから正式な見積もりを送りますので、メールアドレスを教えてもらえませんか」

お互いにメールアドレスを交換した。愛子は間違えないように一つひとつのアルファベットをゆっくりと告げ、そのあとで先方の復唱する声を注意しながら聞いた。

「わかりました。できるだけ早くご連絡しますので、しばらくお待ちください」

「はい」

「それから、わたしはチーフエディターじゃなくて、セールスマネージャーです」

「えっ」

ひかりからのメールにはチーフエディターと書いてあったはずだ。たぶん、伝言ゲームのように間に何人も人を介しているうちに、どこかで変わってしまったのだろう。

愛子はお詫びをいい、電話を切った。

話しているときは気付かなかったが、思った以上に緊張していたらしい。体の力ががくっと抜けた感じがした。脇の下に汗もかいている。

しばらくぼうっとしていると、キッチンのほうからおいしそうなにおいが漂ってきた。

それに釣られて自分の部屋から出て行くと、母がベーコンエッグを焼いていた。

「あんた、食べるでしょ」

「うん。それよりさ、今、台湾に電話してたんだ」

「へえ、台湾。また、どうして台湾なんかに？」

焼き上がったベーコンエッグが皿の上に盛られた。

「台湾の新聞に感謝広告載せようと思って。震災ですごくたくさんの義援金をもらったのに、日本政府がちゃんとお礼をいわないから」

注ぎ口の細いコーヒー用ポットでドリップコーヒーを淹れながら、愛子は答えた。毎朝こうやってコーヒーを淹れるのは愛子のこだわりだ。

「何であんたがそんなことしなきゃいけないの？」

「別にわたしじゃなくてもいいんだけどさ。でも、だれかがやらなきゃいけないの」

「あんたじゃなくてもいいのに、あんたがやってるの？　変なことというのね」

ねぎらいの言葉を期待したわけではなかったが、こうもはっきりといわれてしまうと、あとの言葉が続かない。愛子はブラックコーヒーを一口飲むと、チンと鳴ったオーブントースターから小さく切ったフランスパンを取り出してバターを塗りはじめた。これ以上、母と話しても埒《らち》があかない。家族はいつも冷たい。少なくともうちの家族に限ってはそうだと思ったら、自然と笑いがこぼれ出た。

愛子は午後から会社に出ることになった。

クレジットカード会社から広告制作の引き合いがあったと、角松がメールで知らせてきたからだ。また柴崎を含めた三人でやるという。こうなったら受注できるまでとことんこのメンバーでやるという角松の意地のようなものさえ感じる。

きょうはゆっくり、台湾の新聞に載せるための感謝広告のデザイン原案でも考えようと思っていた思惑《おもわく》は変更せざるをえなくなった。名前で仕事が取れるほどの大物でもない限り、フリーランスという立場は呼ばれたらすぐに飛んで行かなければならないのだ。

会社の打ち合わせ室にはいくつかのテーブルが置いてあり、数人が固まって討論を繰り広げていた。

愛子たちもその中のひとつに陣取った。

隣のテーブルから流れて来るたばこのにおいが鼻をくすぐる。

「今度こそ取れるように頑張りましょう」

ここ数回の仕事は、角松のこの一言からスタートしている。

今回はクレジットカードのキャンペーンに関する企画で、愛子の仕事はその中に登場するオリジナルキャラクターをデザインすることだった。

「ちなみに、クライアントからの希望とかはあるんですか」

愛子が聞く。これも新しいプロジェクトがスタートするときの、いつものパターンだ。

「うん、今回のキャンペーンにぴったりのものにしてくれって」

真面目な顔で話す角松に、柴崎が「そういうの、希望っていうんですかね」と突っ込んだ。さらに続けて「まあ、聞くだけ無駄だと思いますけど、コピーの希望とかは」と聞く。

「今回のキャンペーンにぴったりのもの」

「やっぱりそうですよね。それしかないですよね」

柴崎はうっすらと笑いを浮かべながら、「よくわかりました」というように何度か頷いた。

二時間ほど、最初の方向性を確認して打ち合わせは終了した。

「ところでさ、順調に進んでるみたいじゃん」

わけもなく嬉しそうな笑みを見せ、柴崎が愛子にいった。

「何のこと」

「だから、この前のあれ。新聞広告の話」

柴崎も愛子のツイッターのフォロワーだ。愛子のつぶやきをまめにチェックしているようだった。

「何となく流れでそうなりつつあるんだよね」

「いいじゃん。何だか一人広告代理店みたいでさ。オレ、応援するよ」

「けさも台湾まで電話して、セールスマネージャーって人と話したんだけど、広告の正式な見積もりをくれるって」

「へえ。何だか本格的になってきたね」

「うん、それはそうなんだけど。でも、そうなると、今度はいろいろと準備しなきゃいけないこととかも出て来るんだよね。集金のための口座を開くとか」

「口座かぁ。で、その口座って佐久間名義で開くの？」

「とりあえずはそうしようと思ってるんだけど」

「でもさ。佐久間、有名人でもないし、正直いって、お金、集まる？　だっていくら計画の趣旨は立派でもさ、知らない人の口座にお金振り込むか？」

「……振り込まない」

「普通は振り込まないよな。詐欺だと思うよな」

冷静に考えてみれば、柴崎のいっていることは当然なことだった。きのう、ひかりからのメールで広告料金が百万円と知って有頂天になっていたが、まだ問題は山ほどある。それどころか一歩目をどうやって踏み出すか。その時点でつまずいていることに気付いた。

きのうは楽勝だと思った百万円が、急にとてつもなく大きな目標に思えてきた。

「まあ、問題はいろいろあるとは思うけどさ、頑張れよ。一人広告代理店。オレは応援してるから」

激励の言葉にも愛子は上の空だった。それでも「ありがと」と答えるしかなかった。ふらふらでも、今さら止めるなんてことはできなかった。


夕方近くになって連合報からメールが届いた。

スペースは日本の新聞と同じタブロイド版、二分の一ページ。料金は三十六万台湾元となっていた。さっそくインターネットで為替レートを調べてみると、日本円にしてだいたい百三万円だった。

安い。信じられないぐらい安い。おそらく先方も最大限の値引きをしてくれたのだろう。そう思うと、何とか掲載できるように頑張りたい。愛子の中で萎《な》えかけていた気持ちが再び元気を取り戻してきた。

掲載日については、指定はできないが、希望があるのなら努力はしてみるので、だいたいの時期を教えてほしいとのことだった。

『連合報から正式な広告料金が届く。日本円約１０３万円』

愛子は連合報からの返事をまとめてツイッターでつぶやいた。反応は上々で、ぜひとも計画を成功させようという返信が殺到した。

それとともに新たな意見の提起もあった。感謝広告を掲載する新聞社の選定についての意見だ。

『連合報はどちらかというと中国寄りの新聞です。どうして自由日報に出さないんですか？』

『どうして中国統一派の新聞？』

『絶対に発行部数最大の自由日報にも出すべき』

こうした意見がひとつふたつと出だすと、堰を切ったように、それぞれがいいたいことをいう。そのこと自体はかまわないのだが、これによって意見がまとまらなくなり、計画の進行に支障が出ることが心配だった。

意見はやがて新聞社の選定に留まらず、「そもそも感謝広告を出すお金があるのなら、どうして被災地に寄付しないんだ」という内容にまで飛び火した。

愛子はどうにかしてこの流れを止めないといけないと思った。

しかし、台湾の新聞についてはまったく知識がない。他の人の返信から状況だけは想像できたが、それに対して自分なりの意見をいうには、あまりにもいろいろなことを知らなすぎる。それでも何かいわなければならない。みんな、発起人である愛子の意見を待っている。

愛子はこれまでの経過を正直に、もう一度告げることにした。

『新聞社の選定に政治的な理由はありません。なぜ連合報なのかについては最初に連合報とコンタクトが取れたからです。発行部数が台湾最大ではないという方もいますが、四大紙のひとつなので、それなりに読者数もあり、一般の人の目に触れる機会は少なくないはずです』

『それに先方はこちらの意図を汲み取って料金も最大限に値引きしてくれました。その厚意を無視するわけにもいきません。ですから、わたしは今の時点で連合報を第一候補として考えます。ただ、集まった金額次第で複数の新聞に広告が出せるのなら、それは前向きに考えたいと思います』

さらに集まったお金を被災地に寄付しろという意見に対しても回答した。

『感謝広告を出すぐらいなら、そのお金を義援金として被災地に回せという意見もありますが、わからないでもありません。しかし、寄付をすることとお礼をいうことはまったく別のことです』

『今回の計画はあくまでも大きな支援をくれた台湾の人たちにちゃんとお礼をいいたいというところからスタートしています。それにどんな状況であっても、お礼は怠ってはいけないと、わたしは考えています』

こちらのほうは、愛子には自分がこれから進もうとする道がはっきり見えていた。だから言葉は少なかったが、自分の意志をはっきりと伝えることができた。

ツイッター上では、次第に愛子の考えに賛同する返信が増えていき、違った方向に逸《そ》れようとしていた計画は大きく舵《かじ》を切って、もとの軌道に戻っていった。

そしてこの日、計画の将来を大きく左右しそうな返信がふたつあった。


『百万円。足りなかったら、その分出すよ』


作家の西野総一郎《にしのそういちろう》だった。西野はエンタテイメント小説の有名作家で、若い世代に絶大な人気を誇る。

愛子は以前、一度だけ西野の本の表紙をデザインしたことがあった。それがひょんなことから、ある雑誌の「著者と表紙デザイナーの対談」という企画に呼ばれ、それを機にお互いのツイッターのフォロワーとなったのだ。

愛子のほうはフォロワー数六百人にも満たないが、西野には十四万人のフォロワーがいる。西野は目ざとく今回の話を見つけて返信してくれたのだ。

西野が足りない分を出すといってくれたおかげで、広告料金がショートすることはなくなった。つまり金銭面においては確約を得たということだ。

愛子は、もしお金が集まらなかったら、そのときは広告の掲載はあきらめて、集まった分だけ被災地に寄付しようと考えていたので、これは大きな申し入れだった。

さらにもうひとつ、西野の賛同はこの計画自体の公正さを証明するのに大きな力となることが期待できた。

柴崎からいわれたように、愛子の名前で募金をやってもだれがその口座にお金を振り込むだろうか。西野が計画をバックアップしてくれるなら、彼の名前による信用から多くの人がお金を振り込んでくれるだろう。それに彼が自分のツイッターでひと言つぶやいてくれれば、計画の認知度は一気に上がる。

もうひとつの返信は「ケンシロウ」という、知らない人からのものだった。

『当方会計士。会計業務、お金の流れの透明性を含めてタダでやります』

これを見た愛子は、「お金の透明性」という部分に敏感に反応した。

それまで自分では、常に途中経過をガラス張りにツイッターで伝えていけば、協力してくれる人は納得してくれるだろうと思っていた。しかし「お金の透明性」とはそんな簡単なことで完結するのだろうかという疑問が、この返信を見て湧いてきたのだ。知らず知らずのうちに思ってもみなかった大きなミスをやらかすことだってあるかもしれない。自分はその分野のプロではないのだ。

愛子はすぐにケンシロウ宛てに返信を打った。

『心強いお言葉、ありがとうございます。ぜひご相談したいのですが、ダイレクトメッセージでご連絡したいので、わたしをフォローしてもらえませんか。お願いします』

ツイッターのダイレクトメッセージは必ず先方にフォローされていないと送ることができない。

ケンシロウが愛子の申し出に応じた場合、会計業務を無償で引き受けるという彼の言葉は真面目なものと受け取ってもかまわないだろう。

しばらくしてケンシロウは愛子のフォロワーになった。同時に愛子もケンシロウのフォロワーになった。これで本人同士だけでメッセージを交換することができる。

ケンシロウは本名を滝本健二《たきもとけんじ》という、まだ三十代の公認会計士だった。

ツイッターに返信したように、愛子の計画に賛同したので会計業務を無報酬で手伝いたいということだった。滝本自身、コンサルティング会社を経営していたが、この件については会社の業務ではなく、個人として行いたいという。

滝本に対しては、実際に計画を進めていくに当たって、愛子のほうからも聞きたいことがあった。勢いだけでここまで突っ走って来たが、立ち止まって考えてみるとわからないことだらけなのだ。

ふたりはさっそく、翌日会って相談することを約束した。

ぼんやりとしか見えていなかったものが、少しずつその輪郭《りんかく》がはっきりしてきたような気がする。

おととい、はじめてツイッターでつぶやいた一言は『台湾のメジャー紙に有志で意見広告が出せませんかね』だった。

実現すればいいとは思ったものの、この話がまさかそれ以上進展するとは考えていなかった。だれか気概のある有志が登場したら、自分は広告デザインという得意分野を無償で提供できればそれでいいと思っただけだ。

渡邊ひかりが台湾の新聞社とつなげてくれて、新聞社が格安の広告料金を提示してくれて、きょうは西野と滝本という強力な味方がついた。

目に見えない大きな力が流れていて、自分はそれに乗って前に進んでいる。そんなふうに感じていた。その流れの中で、ふとあることを思いついた。

――そうだ。自由日報についても調べてみよう。

愛子はツイッターで多くの人が自由日報について書き込んでいるのを見たときから、この新聞社のことがずっと気になっていた。口座を開いて、そこにたくさんのお金が集まったなら、そのときは連合報のほかにもう一紙、自由日報にも広告を出せるかもしれない。

自由日報については、この計画を思い立ったとき、インターネットで一度検索したことがあるが、こちらから先方と連絡が取れるような情報は得られなかった。

ただ、そのあとでひとつのアイデアが浮かんでいた。

だめかもしれないけど、やるだけやってみよう。

今はもうひとりではない。たくさんの人たちといっしょに進んでいるのだ。そんな気持ちに押されて、愛子はアクションを起こそうとしていた。


真奈がそのメールを見つけたのは、事務所がにわかに動きはじめた、朝いちばんのことだった。

代表処のメールアドレスには、問い合わせや意見、苦情といった類のものまで、さまざまなメールが届く。ところが、けさ届いたものはこれまでに真奈が見たメールとはどこか違った空気を感じた。

真奈はもう一度、それを初めからゆっくり読み返した。

『突然のメールで失礼いたします。

今、日本人の有志で台湾の新聞に、義援金支援に対するお礼の広告を出そうと計画しています。内容は単純にお礼の気持ちを伝えるもので、政治的な思想等は一切ありません。

ところが、わたしどものほうには台湾の新聞社とのコネクションがありません。そこでお手数とは存じますが、窓口の連絡先（日本語または英語が通じるもの。電話でもメールでもかまいません）を教えていただけないでしょうか。

新聞社につきましては、自由日報の連絡先を教えていただけるとありがたく存じます。

どうかよろしくお願いいたします。

佐久間愛子』

これは昨夜《ゆうべ》、広田がいっていた感謝広告のことだ。真奈は瞬時にそう思った。

——感謝広告を載せたんだけど、この中に台湾の新聞は入ってなかった。

——新聞に載せるということは、感謝の気持ちがその国の一般の人たちにダイレクトに届くので、代表処のホームページに載せるのと効果がぜんぜん違う。

——中国への配慮。

——政府の事情。

真奈の頭の中に広田の言葉が次々と蘇った。

メールの差出人の佐久間愛子も、真奈が感じたのと同じ違和感から行動を起こそうとしているに違いない。

真奈は何とか彼女の力になりたいと思った。

メールを読む限り、彼女が望んでいるのは自由日報の連絡先だけだ。これを調べて返事することはさほどむずかしいことではない。

しかし、それをするに当たって少し引っかかることがある。

代表処がやってもいいのだろうか。

台湾の新聞に感謝広告を載せないと決めたのは日本政府である。その日本政府と一心同体の代表処が、たとえ民間の一般人からの依頼であったとしても、台湾の新聞に感謝広告を出すのを手伝うということはどうなのだろう。日本政府の決定に反する行為と取られはしないだろうか。

考えれば考えるほど微妙な状況だった。

とにかく、この件は自分の独断で対応するのは危険だ。

「小笠原室長、ちょっとよろしいですか」

真奈は書類に目を通していた小笠原に声をかけた。

「けさ、こんなメールが来てたんですけど、どうしましょう」

その部分だけプリントアウトした佐久間愛子からのメールを渡すと、小笠原は一読していった。

「わざわざ調べなくてもいいんじゃないかな」

語尾に「じゃないかな」とついているあたりが、小笠原にとってもむずかしい判断なのだろうということを窺わせる。

「安易に対応して、あとで面倒なことになっては収拾がつかなくなるかもしれないし、それにこのメールの微妙なニュアンスも、これだけでは何が目的なのか、摑みようがないからね」

「目的は自由日報の連絡先が知りたい、ということじゃないかと思うんですけど」

「メールの文字だけを見ればそうかもしれないけど、それはあくまでも表面的なものであって、あとになってもしかしたら代表処が裏で協力したとか、訳のわからないことをいわれないとも限らないし」

「何の協力ですか」

「だから、台湾の新聞に感謝広告を出すことに」

聞かなくてもわかっていることを、何故か真奈は聞いていた。それだけならよかったのだが、いわなくてもいいことまでいってしまった。

「台湾の新聞に感謝広告を出しちゃいけないんですか」

だれもが予期しなかった言葉だった。しかし、同時にだれもが思っていた言葉でもあった。

一瞬時間が止まったような気がした。

隣のデスクで柳田が、パソコンに向かいながらもふたりの会話を聞いているのがわかる。もしかしたら、その隣の広田まで。

真奈はあせった。しかし、あせりながらも頭の中は冷静だった。いってしまったことに対するわずかばかりの後悔。何故そんなことをいってしまったのか。そういったことを客観的に考えるだけの余裕があった。

小笠原は結局いい言葉が見つからなかったようだ。

「代表処ではそういう業務は受け付けておりません、と返事するのがいいでしょう」

そこに落とし所を決めたようだ。今度は「じゃないかな」はなかった。

そうなると真奈はそれに従うしかない。「わかりました」と返事したあと、自分のデスクに戻って、佐久間愛子には体のよい断りのメールを返した。

滝本の事務所は六本木《ろっぽんぎ》ヒルズ森《もり》タワーの中にあった。

窓の外の空は青い。しかもすぐ近くに感じる。ここでは空は見上げるものではなく、手を伸ばせばすぐに触れることのできる存在に思える。眼下には東京の街が広がる。無数のビルが乱雑に集まっていた。

最初ツイッターで「当方会計士」という滝本からの返信を見たとき、愛子は町の小さな事務所の会計士を想像した。

ところが、メールで送られてきた事務所の所在地を見たとき、目を疑った。六本木ヒルズ森タワーと書いてあったからだ。

六本木ヒルズ森タワーといえば、いくつものＩＴベンチャーや投資ファンドが入居する、起業家たちにとっての聖地ともいえる場所だ。多くは若くしてビジネスで成功した青年実業家たちで、マスコミからも注目される存在だ。そんな青年実業家がこの計画に手を差し伸べてくれるなんて信じられないことだった。しかも無償である。

滝本の会社は会計事務所というよりはビジネス全般のサポートを行うコンサルティング会社だった。社内には公認会計士が二名いるほか、滝本自身も公認会計士の資格を持っていた。会計業務のプロという点では立派すぎる条件だった。

「このたびは、お忙しいのに、わざわざお手伝いくださるということで、本当にありがとうございます」

会議室に通された愛子は、自己紹介を終えたあとでいった。

「いいえ、とんでもない。佐久間さんのほうこそ、たいへんなプロジェクトを立ち上げられて、とても素晴らしいことだと感心しています」

「わたしはただ助けてもらって知らんぷりするのはどこかおかしいんじゃないかと思っただけです」

「おっしゃる通りだと思います」

滝本の受け答えは終始丁寧で、その言葉からは愛子の計画に対する賛同の気持ちが感じられた。ここに来る前に、どうしてヒルズ族がこの計画に手を差し伸べてくれたのか疑問を抱いていたが、こうして言葉を交わしてみると、それも忘れてしまうほど自然な雰囲気だった。

「それで、さっそく会計関連の話に入りたいんですが、まず口座です。これから募金活動をされるに当たって銀行口座が必要になると思いますが、佐久間さんは口座についてどうお考えですか」

「いや、特に考えなんてありません。わたし名義の新しい口座を開いて、それを募金の専用口座にしようと思ってるんですが、それではいけませんか」

「あまりうまくありませんね。個人名義の口座だといろいろ誤解を招きやすくなります」

「誤解といいますと」

「まあ一番最初に浮かぶのが詐欺ですね」

「でも、毎日入金報告をちゃんとやって、その都度お金を振り込んでくれた人に確認してもらおうと思ってるんですけど」

「佐久間さんはそう考えてても、振り込む側にはそれがわかりません。それに考えてみてください。聞いたこともない人の口座にお金を振り込もうと思いますか」

「それは……」

「なかなか振り込めないですよね。たとえ振り込んだとしても、心配かもしれません。お金がちゃんと有効利用されるのかって。だから今回は任意団体口座を開設したらどうかと思うんです」

「任意……口座ですか」

「ええ、任意団体口座です。法人格のない団体が開く口座で、わかりやすくいうと、同窓会や何かのサークルなどの目的のために開く口座です。これだとイメージ的にも透明性が強調されますから、お金を振り込む側も安心すると思います。ただ、この口座の開設には銀行の審査が必要になります」

「何を審査するんですか」

「口座を開設する理由や口座利用の目的などです。犯罪による収益の移転などに利用されるケースだってあり得るわけですから。このほかに代表者の社会的信用度も審査の対象になるかもしれませんね」

「わたし、社会的信用ゼロです」

そういいながら、愛子は思わず噴き出してしまった。

滝本も釣られて笑った。

「あと、ある銀行で万一審査に通らなかった場合、ほかの銀行に持って行っても受け付けてくれないんで、申請は必ず一発で通す必要があります」

「プレッシャー、かかりますね」

「ええ。申請のときにはできるだけ担当の人に佐久間さんの意思を伝えてください。ぼくはきっと通じると思います」

「わかりました。頑張ります」

「それから、あとひとつ。注意してほしいことがあるんですけど」

「何でしょう」

「もし、うまく口座が開設できたとして、お金が振り込まれてきたとき、あとでだれかが返金を要求してきても、これには絶対に応じないでください。振り込んだ人と返金する人の本人確認はとても複雑で収拾がつかなくなりますから」

それまで終始フレンドリーな笑顔を浮かべていた滝本が、はじめて真剣な表情を見せた。

会議室を出ると事務所の中を動き回る従業員たちの姿があった。みんな生き生きしている。同じ東京にあっても、愛子がこれまでに接したことのない空気だ。

グラフィックデザイナーという職業を、同じ業界でない人に話すと、いつもおしゃれなバーで高級ワインを飲みながらおしゃれな会話を楽しんでいると思われがちだが、実際にはそんなことはない。夜はさっさと家に帰るし、残業のときは会社に籠《こも》って弁当をかき込みながら締め切りとの闘い。至って地味な仕事だった。しかし、ここには本当におしゃれなバーでおしゃれな会話を楽しんでいる人たちがいるような気がした。

滝本に見送られて、強固なセキュリティシステムに守られた高速エレベーターに乗った。

「それでは」。滝本が軽く頭を下げながらそういうと、エレベーターのドアが閉まった。地上に降りて外に出た途端、愛子は自分の生活圏に戻ったような気がした。


その日の晩、愛子は計画を進行するのに使っていたツールを、これまでのツイッターからブログに変更した。

変更の理由は、募金をはじめるに当たって多くの人に活動内容を知ってもらうにはツイッターよりもブログのほうが効果的だからだ。

ブログのタイトルは「謝謝台湾計画」とした。

「謝謝台湾計画」

何度読み返してみても、愛子はこれほどしっくり来るタイトルはないと思った。

最初に、活動の趣旨について記述した。

『謝謝台湾計画は今回の震災で多大な義援金を用意してくれた台湾に新聞広告を出して日本の有志でお礼をいおうというものです』

続いて現在計画中の募金の要綱とこれまでのツイッターにおける経過をくわえた。

するとさっそくそれに対するコメントがいくつか入った。どれも概《おおむ》ね好意的な意見だった。

ブログのスタートによって、愛子は自分のツイッターのフォロワーだけでなく不特定多数の人たちとともに計画を進めていくことになった。すべてを取り仕切るつもりはなかったが、計画がまとまるようにある程度の方向付けだけはしていかなければならない。これがどれほどたいへんな仕事なのか、まだ何もはじまっていなかったが、それでも何となく予想はできた。

そんなことを考えていると、作家の西野からツイッターにダイレクトメッセージが入った。

『自由日報、東京特派員の知り合いがいるので聞いてみた。百三十万円ぐらい。こっちも募金で足りなかったら援助してもいいよ。とりあえずご報告』

けさ代表処台北事務所からサポートできないというメールを受け取っていたので、この話は思いがけない朗報だった。さっそくお礼のメールを返すとともに、今後の窓口となる自由日報の特派員の連絡先を教えてほしいとメッセージを送った。

一気に行けるかもしれない、愛子はそんな気がした。そうなると問題は口座だ。「任意、何とか口座」を何が何でも開設しなければいけない。審査に通らなかった場合、ほかの銀行に持って行っても受け付けてくれないという滝本の話が急に大きなプレッシャーとなって愛子にのしかかってきた。

一日中考えてもまだ迷っているということは、答えは決まっているということだ。

真奈はどこかで決断しなければいけないと思った。

日本政府が台湾の新聞に感謝広告を出さないなら、民間の有志でお金を集めて出す。台湾に対してちゃんとお礼をいう。

今、日本ではたしかにそんな計画が進んでいる。

けさメールを受け取ったときに感じた胸の高鳴り。真奈と同じ気持ちを感じた人が日本にもたくさんいるという事実。素晴らしいことだと思った。

手元には総務部の派遣員、島崎咲から聞いた自由日報の営業担当者の連絡先があった。

自宅の部屋は静かだった。

真奈はノート型パソコンを開いて電源を入れると、佐久間愛子宛てにメールを書いた。

『佐久間愛子様
はじめまして。山崎真奈と申します。
けさ代表処台北事務所宛てにいただいたメールについて、ご協力できない旨の回答をいたしましたが、これは代表処が公的機関の性質を有するという立場上、このように回答せざるをえなかったということで、ご理解くださいませ。わたくし個人といたしましては、佐久間様の趣旨に賛同しております。そればかりか、勇気ある行動に対して感銘を受けております。したがって、個人の立場としてメールを差し上げました』

続いて、真奈は自由日報の広告に関する営業窓口の連絡先を書いた。メールの最後には『今後、現地で何かお手伝いできることがあれば、どうか遠慮なく、このメールアドレスを使ってわたしのほうまで直接ご連絡ください』という一文もくわえた。

送信キーを押すと、メールは瞬時に画面から消えた。


カウンターの前に並んだ椅子のひとつに座って、愛子は自分の番を待っていた。電光掲示板の番号からすると自分の前にはまだ三人。それに対して業務を受け付けているカウンターの窓口は全部で五ヵ所。

すぐ目の前の窓口では、初老の女性がさかんに質問を繰り返していた。声が多少大きくなっているのは、それだけ不安なのかもしれない。対応する係員の女性は根気強く話を聞いている。親切そうな雰囲気が伝わってくる。愛子は自分の担当があの女性だったらいいと心の中で願った。

ピンポンという通知音とともに電光掲示板の番号が一つ増えて、自分の番がまた一歩近づいた。対応してくれる窓口の係員はだれになるのか。愛子はカウンターの作業の進行状況を自分なりに見積もりながら、そんなことを考えていた。

また番号が一気に二つ進んで、次が愛子の番になった。目の前の窓口、初老の女性のところが終わりそうだ。早く。そう思ったとき、ピンポンという音とともに数字が変わった。

一番隅の窓口の女性が待合席のほうを眺めていた。

愛子は目の前の窓口の女性を横目に、そちらに向かった。

カウンターの中では髪を薄く茶色に染めた、目の大きな女性が愛子のことを見ていた。ほかの窓口の女性と比べて若くて可愛《かわい》い顔をしていたが、その反面、どことなく経験不足のような印象もあった。

愛子は、彼女が自分のようなケースに対応してくれるかどうか不安に思いながら、尋ねた。

「すみません。任意団体口座を開設したいのですが」

「はい。任意団体口座ですね。では、必要書類をお願いします」

滝本会計士から聞いた話では、口座を開設するのに必要なものは任意団体の規約や会則、届出印として使用する印鑑、代表者を確認するための名簿と代表者の本人確認書類、そして入金のための現金だった。

このうち問題がありそうなのが規約や会則、それから名簿だ。

「謝謝台湾計画」は不特定多数の人間がインターネット上で集まってできた団体で、これを世間一般にいう任意団体として扱ってもらえるかどうかわからないからだ。

規則や会則らしいものとしては、かろうじて愛子がブログに載せた「活動の趣旨」があるが、これもブログ上で愛子が一方的に発表しただけの内容であって、団体の構成員から正式に認可を得たものではない。こういうものがはたして規約や会則に該当するのか判断がむずかしいところだ。名簿にいたっては、愛子本人を除いて、ほかにだれがいるのかさえわからない。会ったこともない人たちばかりだし、その人たちのハンドルネームの名簿を作って提出するわけにもいかないだろう。

この部分をどうやって説明するのか。これが審査通過の大きなヤマだった。

「これが書類になるかどうかわからないんですけど」

愛子はそういってかばんの中からスマートフォンを取り出した。

「わたしたちはインターネットを通じて団体を作っているので、関連資料は全部この中なんです」

いいながら、ブログを表示して見せようとしたのだが、窓口の女性はそれを待たずにいった。

「すみません。ここでそれを見せられても困ります。今ここでわたしが審査するわけじゃありませんので」

正式な規約や会則が出せない以上、窓口できちんと説明するしかない。それが勝敗を決するのだ。そう思っていた愛子にとって、いきなり望ましくない展開となった。

――どうしよう。

焦る気持ちを抑える一方で、愛子が何とか相談というかたちに持ち込めないかと思っていたとき、窓口の女性のほうから予期していなかった言葉がかけられた。

「では、とりあえずプリントアウトしてもらえますか」

「えっ。あっ、はい」

「それからお客様は代表者本人様でいらっしゃいますよね」

「ええ」

「それでしたら、本人確認の書類をいただけますか。お客様が代表者なら、名簿のほうは内容によっては必要ない場合もありますので。それから、ほかにお知り合いの方はいらっしゃらないんですよね。リアル社会で」

――リアル社会？

その言葉は愛子に不思議な安堵感と勇気を与えた。彼女もネットの感覚が理解できるのだ。愛子に笑みが浮かんだ。彼女のほうに目をやると、彼女も笑っている。

「います。この人です」

愛子はそういって滝本の名刺を取り出した。滝本のオフィスを訪問したとき、「少しは信用度が上がるかもしれないから必要なら利用してください」と渡された名刺だった。愛子自身、滝本の名刺のことは忘れていなかったが、どのタイミングで出すべきものかずっと迷っていた。

愛子は滝本の名刺のほかに、自分の印鑑を渡してパスポートを提示した。

「わかりました。それでは、あとはブログの記事をプリントアウトしたものを添付するということで書類を受理させていただきます」

「ありがとうございます。それで、口座は開設できるんでしょうか」

「それはわかりません。審査の結果次第です。それからあとひとつ、これは前もって知っておいていただきたいのですが、もし審査で不可となった場合でもその理由はお答えすることはできません」

「そうですか」

「ただ、審査で問題なければ、来週の月曜日か火曜日、そうですね、十八日か十九日には口座は開設できます」

早い。審査に通れば来週の初めには口座が開設できるのだ。これは愛子も予想していなかった。また大きな一歩を踏み出したという実感があった。

きっとうまくいくはずだ。

そう信じて銀行からの通知を待つことにした。


台北は周囲を山に囲まれた盆地だ。街中を歩いていたのではわかりにくいが、郊外の山に登ると一目瞭然である。

週末、真奈は同僚の荘　文　真《ジュアンウェンジェン》といっしょに台北西部に位置する象　山《シアンシャン》に登った。雲ひとつない快晴。こんな日は、市内中心部から三十分ほどで行ける象山はアウトドア派には格好のスポットになる。

延々と続く石の階段をたくさんの人が登っていく。

スポーツウエアに身を固めた人。五、六人の学生風のグループ。そして家族連れ。バテ気味の両親を横目に小学生ぐらいの女の子が二人、目いっぱいはしゃいでいる。

二十分ほど登って展望台に着くと、一面に広がるビルの群れが見えた。台北１０１が空に向かってにょっきりと伸びている。遠くには緑の山々が連なり、さらに向こうには白く霞《かす》んだ輪郭だけの山。何だか空の上から台北を見下ろしている感じがする。

「ここでこうしてると、台北じゃないみたい」

眼下に広がる街を眺めながら真奈がいうと、荘文真が「空気もいいしね」とその言葉に共鳴した。

代表処という職場は日本人と現地スタッフとの交流がそれほどあるわけではないが、荘文真は真奈にとって親しい同僚だった。ふたりは休みになるとどちらからともなく誘い合わせて、陽明山《ヤンミンシャン》、野柳《イエリウ》、烏来《ウーライ》、九份《ジウフェン》といった台北近郊の観光地に出かけた。きょうの象山もそんな休日のお出かけのひとつで、真奈がずっと行きたいといっていたのが実現したものだった。

真奈は荘文真といっしょにいるとき、日本人の同僚といるときとは違った種類の楽しさを感じた。それは彼女を通して台湾の文化に触れる喜びであり、同時に日本の文化を見つめ直して新たな発見をすることでもあった。

「ねえ、日本の政府が台湾の新聞にお礼の広告、出さなかったってこと、知ってる?」

ペットボトルの水を一口飲んだあと、真奈は聞いた。

「台湾の新聞? この前、東京から送られてきた、あれのこと?」

「ううん。あれは代表処のホームページに載せるやつで、あれとは別に現地の新聞に載せるお礼の広告があったんだ」

真奈は日本政府が世界の主要紙にお礼の広告を載せたのに台湾の新聞には何も載せなかったことを簡単に説明した。中国に対する配慮のところは、気が重くなるのであえて話さなかった。

「へえ、そうだったの」

荘文真はそういうと、そのあと黙った。

「わたしがいうのも変なんだけどさ、日本の政府にもいろいろと事情があるみたい。わたし個人的にはおかしいと思うんだけどね」

そういいながら、真奈は日本政府のやったことを弁解している自分がおかしく思えた。本当は広田や小笠原に反論したときのように、日本政府のことを批判したい気持ちでいっぱいだったのに、荘文真を前にしたとき、何故かその気持ちは小さく萎んでしまった。そしてとっさに出てきたのが真奈自身もよくわからない「いろいろな事情」。すごく嫌な響きだったが、使い勝手はとてもよかった。

そんなことを考えていると、荘文真がいった。

「台湾人は、たとえお礼の広告がなかったとしても、日本を助けたいという気持ちは変わらないと思うよ」

淡々とした口調。てっきり批判されると思っていたのに、予想外の言葉だった。

真奈は何か答えようとしたが、結局何も浮かばなかった。何をいっても言い訳になりそうな気がしたからだ。

――お礼の広告がなかったとしても、日本を助けたいという気持ちは変わらない。

心の中でそうつぶやくと、ふと首相のメッセージにあった「真の友」という言葉を思い出した。

こんな友達が「真の友」じゃないのか。

その「真の友」にどうしてお礼がいえないのだろう。

たとえ相手が期待していなかったとしても、お礼をいわなくてもいいということにはならないはずだ。優しさに甘えて、目の前の見たくないことが通り過ぎるのをひたすら待つ。それはいけない。決して黙殺してはいけないことだ。

「そろそろ行く？　もう少しで頂上だから」

するりと話題をかわすような荘文真の言葉が耳に入ってきた。

「そうだね」

山頂までの階段を二人は再び登りはじめた。

その日、愛子はブログにはじめて広告のデザインに関するお知らせという記事をアップした。まだ口座の開設が決定したわけではなかったが、遅くとも来月初めには台湾の新聞に広告を掲載したいという希望から逆算すると、そろそろデザインのほうも進めていかないと間に合わなくなる。一日だって無駄にしてはいられないのだ。

内容については、たくさんの人から意見が出るに違いない。ああでもない、こうでもないと議論を繰り広げる中で、そのすり合わせも簡単な作業にはならないだろう。だが、とにかく何はともあれ、たたき台となる第一歩が出ないことには、はじまらない。

愛子がアップした記事の内容はこうだった。

『広告のデザインについていくつかの基本的な考え方をまとめてみました。もちろん、これが最終決定ということではなく、皆さんのほうからも自由に意見を出していただきたいと思います。というわけで、まずはご覧ください。

一、広告主は「日本人一同」とは入れません。すべての日本人を代表しているわけではないので「日本人一同」という表現は不適切かと思います。したがって「有志一同」という形にしたいと思います。

二、感謝の言葉を中国語で入れます。

三、日本政府の非礼を詫びるような内容は入れません。あくまでも有志が集まってお礼をいいたいというコンセプトにします。
四、国旗は入れません。これは国を代表するものではないので、国旗を入れるのは不適切かと思います。その代わり、日本と台湾を象徴する、桜と梅の図案を入れたらどうかと思います。

それから、新聞広告はできるだけ早い時期、具体的には五月初めには掲載できるようにしたいと考えています。そうなると、デザインを公募で決める時間はありません。したがって、これについてはわたしに任せていただきたいと思うのですが、ご了承いただけますようお願いいたします。

ただし、それに当たって以下のことは皆さんにお約束いたします。

一、今回のデザインを自分の作品にはしません。したがって、このデザインを自分のホームページやポートフォリオ（自身の過去作品集）に載せるつもりはありません。
二、デザインの中には自分のクレジットも入れません。
三、広告を掲載することが最大の目的なので、デザインはできるだけシンプルなもの、つまり制作者のテイストが出にくいベタなもの（極めて単純なもの）にしたいと思います。

以上、内容についてご意見があれば、どんどんおっしゃってください。そして、その過程で趣旨に賛同できないという方がおられましたら、残念ですが、ご協力いただけなくても仕方がないかと考えます』

二つの大きな壁があった。

ひとつはデザインの制作を自分に任せてもらえるか。これは初めにきちんと宣言しておかないといけない。ブログにも書いたように、時間と労力の両面から考えてほかの方法は考えづらいのだが、それでも協力してくれる人たちの承認を得ておく必要がある。

もうひとつは、デザインの内容についてだ。愛子の頭の中にはすでに最初の構想があった。桜と梅、そして中国語の感謝の言葉。その下に「有志一同」。これ以上簡単にしろといわれてもしようのないベタなデザインだ。ただ、それも勝手に決めることはできない。このあとまだまだたくさんの意見が出てくるだろう。とにかく、最終的にはこの計画に協力してくれる人たちの承認が必要なのだ。

デザインに関するお知らせがアップされたあと、予想通り、さまざまな意見が登場し、書き込み欄をにぎわした。


『国の表記はどうするの？』

『そりゃ台湾だろ』

『中華民国ってほうが正式っぽいけど』

『それって国民党の主張だろ』

『中華人民共和国は違うの？』

『色についてなんですが、青と緑は避けた方がいいと思います』

『どうして青と緑はだめなんですか？』

『国民党と民進党の色だから』

『政治色強すぎ』

『そんなの考えすぎだろ』

『何いってんだ。台湾じゃ青と緑についてはすっごく敏感なんだから。何でも日本人の感覚で物いって貰っちゃ困るんだよ』

『友達、台湾に住んでるけど、そんなこといってたような気もする』

『台湾在住です。たしかに緑も青も日本人が考えてるより敏感なところがあるかもしれません。まあ、使わなくてすむなら使わないほうがいいんじゃないかと』


『文言に震災支援の感謝って言葉入れたら？』

『それより、ありがとうって日本語で入れるのってよくね？』

『それ、いい』

『インパクトあるし、なんか日本っぽいよな』

『でも、台湾の人、日本語読めないんじゃない？』

『台湾ではありがとうっていえば、みんなだいたいわかりますよ』

『意味がわかるとか、わからないとかの問題じゃなくて、そこに日本語が書いてあるってことが大事なんじゃないの。台湾の人だって、日本語だってわかれば、何て書いてあるのか知りたくなって調べるだろ』

『やっぱり国旗入れた方がいいと思うんだけど』

『国旗入れると、面倒なことになるよ。日本はともかく、台湾の国旗ってどうするつもり？　だいたい台湾の国旗なんて入れたら、めちゃくちゃ政治色の強い広告になっちゃうよ』

『なんで政治色強くなっちゃダメなの。いっそのこと、この機会に台湾をひとつの国として認めることで、台湾の人たちはもっと喜ぶと思うんだけどな』

『発起人さんもいってたけど、国を代表してるわけじゃないし、桜と梅のほうがいいような気がするな』

『梅と桜って、左右横並びなの？』

『梅の花弁とシベの数ってどうすんの？』

『わたしたちは必ず立ち上がるので、また日本に来てくださいってのも入れたらどう？』

『観光宣伝みたい』


ひとつの意見が次の意見を呼び、ネット上での議論は延々と三時間以上続いた。ほとんどが内容に関する細かな意見だった。ところが途中から制作者に関する意見も出はじめた。


『文面を読む限り、デザインは個人で制作するということに取れますが、掲載前に出来上がったデザインを参加者に見せて承認をとるということは考えておられますか。アンケートとかたくさんの人の意見が民主的に反映される方法の採用も考えていますか。発起人の佐久間さんにお聞きしたいです』

『でも、よくよく考えてみると、これって募金を利用した売名行為ととられてもおかしくないんじゃない？　発起人自身、プロのデザイナーなんだし、ここで名前売れたら、そのあとおいしいよな』
『でも、自分の作品にしないって、ちゃんといってるじゃん』
『それはどうかな。自分の作品にしないっていったって、これだけ目立つプロジェクトなんだし、絶対にだれがやったかなんて調べればわかるに決まってるよ』
『あとになって、あれ、わたしがやりましたって営業かけたりして』

参加者同士の衝突や、愛子に対する非難めいた書き込みもあった。

しかし、愛子はそれも仕方ないと思った。みんなそれぞれに、いいと思って意見を書き込んでいるのだ。真剣に書き込んでいるからこそ、ときには衝突が起きることもある。批判だって同じこと。彼らもまた何らかの意見をもって批判しているのだ。

ただ、どこかの段階でまとめなければならない。発起人に対する名指しの質問も出ているのだし。


そう思って、愛子はたくさんの書き込みに対する自分なりの考えを発表した。


『皆さん、デザインに関する活発な議論、ありがとうございます。また、わたし自身についてもいくつかの意見や質問も。ということで、わたしの考えを発表させていただきたいと思います。

まず、わたし宛てにいただいた、掲載前に出来上がったデザインを参加者に見せて承認をとるかとの質問。それは、もちろんお見せします。何かおかしいところとかあれば、ご意見をください。

台湾の人たちに謝意をわかってもらうという観点に立って考えて、よりよいと思ったものについては修正したいと思います。ただし、ご理解いただきたいのは、デザインというのは個人の好みという要素が強いものなので、全員の意見を反映することは不可能だということです。この点はあらかじめご了承ください。文言については、わたしは中国語がわかりませんので、中国語のできる方にお手伝いいただけるとありがたいです。

それからアンケートについてですが、こちらは考えていません。時間と手間がかかりすぎるからです。

あと、一部の方から今回のプロジェクトが募金を利用した売名行為との指摘がありますが、これについては先の記事にも書きましたように、デザインはできるだけベタで自分のテイストを出さないよう心がけます。もちろん自分の作品にもしません。これがわたしにできる最大の配慮です。それに賛同してくださった方のみ、募金にご協力ください。

最後にたたき台となるデザインはできるだけ早くブログにアップするつもりです。そのときはまたご意見いただけますようお願いします』

記事をアップし終わって時計を見ると、深夜三時を回っていた。

今晩はゆっくり休んであしたデザインの作業に取りかかろう。自分がこれまでに作ったデザインの中でいちばん簡単で、何の個性も面白味もない、ベタなデザインに仕上げるのだ。そんなことを考えながら、愛子はベッドにもぐりこんだ。

愛子が目を覚ましたときはすでに十時近かった。

窓の外は明るく、かすかに通りを走る車の音が聞こえる。

愛子はまだ眠いのを何とか振り払おうと、大きく伸びをしながらベッドから起き上がった。

昨夜は、あのあとまだ議論が続いたのだろうか。たぶんそうだろう。プロジェクトはもう愛子の手を離れて、ひとりで歩き出しているのだ。

そんなことを思いながら、ふとデザインの制作に取りかからなくてはいけないことを思い出した。頭の中に原案はあるので、始めれば早いはずだ。しかし、出来上がりがイメージと違ったなんてこともあるので安心はできない。ともかくどうであれ、目に見える形にしないことには何もはじまらない。

でも、その前にまず朝食。何か食べたい。仕事はそれからだ。そう思ってキッチンに向かいかけたとき、スマートフォンの着メロが鳴り出した。

「未来銀行新宿支店の赤松《あかまつ》と申しますが、佐久間愛子様でいらっしゃいますか」

「はい」

結果の報告がくるかもしれないということは忘れていなかったが、思ったよりも早い。この朝駆けの電話はまったく予期していなかった。

愛子は合格発表でも聞く気分で次の言葉を待った。

「ご申請いただいておりました任意団体口座ですが、審査の結果、特に問題ないということで開設いただけることになりました」

「えっ、そうですか。ありがとうございます」

「それで、このあと通帳をお渡しするのとキャッシュカード作製の申請をしていただくことになりますが、お時間のあるときでかまいませんので、一度ご来店いただけませんでしょうか」

「わかりました。できるだけ早くお伺いするようにします」

愛子は無意識のうちに答えていた。その一方で、頭の中では「特に問題ない」、「開設いただける」、「このあと」、「お時間のあるときでかまいませんので」、「ご来店」といった断片的な言葉がごっちゃになって収拾のつかない状態になっていた。しかし、それらは芳香を放つ線香のように、愛子にこの上ない恍惚《こうこつ》感を与えていた。

またひとつ、大きな関門を突破した。

ブログで任意団体口座の開設が通知されたのは、その日の午後三時を回った頃だった。申請していた口座が無事開設できたことを告げるとともに、真新しい普通預金通帳の写真が大きく映し出された。口座名は「謝謝台湾計画」、代表者は佐久間愛子。その中の最初のページには預け入れ金額の欄に「ご新規」という文字とともに「1,000」と印字されていた。

口座番号にはモザイクがかかっていた。正式にお金を振り込んでもらう前に、ちゃんとした形でもう一度プロジェクトの趣旨を説明したかったからだ。その報告は同日の夜九時に行われた。

そこでは、振り込み前の最終確認事項ということで、「お振り込みの前に（必読）」というタイトルに続いて具体的な内容が詳しく記されていた。

募金の期間

二〇一一年四月十九日（火）～二〇一一年四月二十六日（火）

振り込み金額の規定

一口　一〇〇〇円（上限はなし）

使途

台湾の新聞「連合報」と「自由日報」にお礼広告を掲載すること

広告の掲載日
　五月はじめを予定（現在新聞社と調整中）
目的
　東日本大震災で多大な義援金を送っていただいた台湾の人たちに有志一同でお礼をいうこと
注意事項
　広告のデザインは二十日までに決定できるように制作の最中です。デザインが決まってから募金するかどうかを決めたいという方は、申し訳ありませんが、それまでお待ちください。デザインに関係なく、これまでのブログでの展開から募金にご協力いただけるという方は明日から振り込んでください（発起人の考え方はこのブログの過去記事をご参照ください）。
その他
・毎日、通帳の画像をアップして当日の振り込み総額をご報告します。アップの時間は夜の七時ごろ。但し、遅れる場合もあることを予めご了承願います。
・当方はひとりで対応しているため、二十四時間のサポートはできません。
・一度振り込まれたお金はいかなる理由があっても返金には応じません。
・領収書は発行いたしません。
・振り込み手数料は各自負担でお願いいたします。

これですべてが整ったことになる。

あしたの午後、銀行に行ったら、通帳にいくらの数字が打ち込まれているのだろうか。

ブログの反響は悪くないし、盛り上がりも感じる。でも、それはあくまでもブログ上でのことで、実際に自分の身銭を切ってこのプロジェクトに協力してくれるかはまったく別の話だ。

ただ、それでも自分のやれることはすべてやった。

不安と期待。これまでに体験したことのないほど大きなふたつの波が同時に自分を襲ってくるのを、愛子は感じていた。


小笠原はテーブルを挟んで目の前に座っているのが柳田だということに対して、どことなく非現実的だと感じていた。

「小笠原室長、食事でも行きませんか」

仕事が片付いて、ちょうど帰ろうとしていたときに、柳田からそういって声をかけられた。考えてみれば、小笠原が柳田と二人だけで食事に出かけるのははじめてのことだった。

二人は同じ文化室に所属し、小笠原が室長で柳田が主任。普通の会社組織からすると上司と部下の関係になるので、よほどそりが合わないとかでなければ、二人だけで飲みに出かけることがあっても不思議ではない。そういった機会がこれまでなかったのは、代表処という組織の特異性にあるのかもしれない。

代表処では、職員は同じ部署に所属していても、それぞれに根っこの部分、つまり、日本での所属先が違っている。この二人でいえば、小笠原は国際交流基金から、柳田は外務省からの出向だ。職員同士の一体感も普通の会社組織のそれと比べると、どうしても希薄になりがちなのだ。

店は日本の統治時代に建てられた木造建築を改築したものだった。今どき流行りのリノベーションなどという洒落たものではなく、古くなった建物を手も入れることなく使い続けているといった感じだ。壁も柱も当時のままの姿で、何の飾り付けもない。床は板張りで、歩くとギシギシ音がする。メインのメニューはギョーザと麺で、このほかに作り置きの料理が何種類かあった。

二人は店の一角に陣取った。

テーブルの上には冷えた台湾ビールが二本とつまみの皿が三つ。小さなガラスのコップがそれぞれの手元に一つずつ。

柳田はコップを手にすると、ビールを注ぐ前に紙ナプキンで内側をゴシゴシと拭いた。料金の安い庶民的な店ではきれいに洗っていないこともあるので、コップはこうやって紙ナプキンで拭いてから使う。台湾ではよく見かける光景だ。ただ、柳田の動作が至って自然だったことが、小笠原には少し意外に思えた。

「それじゃ、どうも」

小笠原がそういってビールの入ったコップを掲げると、柳田も「お疲れ様です」といいながらそれに合わせた。

「やっと何だか一息ついたって感じですね」

勤務中には見せたことのない、くつろいだ様子で柳田がいった。

「そうですね。このひと月、ずっと忙しかったから」

「それにしても、台湾の募金、すごかったですね」

「日本に対してこんなに親身になってくれてると思うと、うれしいっていうか、それも通り越して感動しましたよ」

「わたしもお礼のためにいろんなところにあいさつに行って、小笠原室長と同じようなことを思いました。この人たち、本当に日本のこと、考えてくれてるんだなって。それで、何だかこっちが急に恐縮しちゃって」

そういったあと、柳田はお礼のために訪れた募金の現場でのエピソードを小笠原に聞かせた。しばらく黙って聞いていた小笠原が、ぽつりといった。

「これ、反対の立場だったら、できますかね」

「反対の立場っていうと？」

「台湾で災害が起きたとして、日本の国民は同じように親身になって助けるかってことです」

柳田は少し考えたあと、「ううん、ないでしょうね」と苦笑いを浮かべた。

その響きが小笠原には悲しく聞こえた。

連日、テレビや新聞で募金を呼びかけ、台湾全体でそれに応えようとする。このひと月、ずっとそれを見てきただけに、苦いような複雑な思いが残った。

「柳田さんは首相のメッセージについて、どう思いましたか」

「そうですね、震災発生のちょうど一ヵ月後にちゃんとお礼をいったということで、よかったんじゃないですか」

「それはそうなんですけど、新聞広告についてはどうですか」

この話題は話しにくかった。ともすれば、政府批判になりかねないからだ。それでも、小笠原はあえて聞いた。

「そうですね」と、しばらく考えるような素振りを見せたあとで柳田はいった。

「たしかに政府の事情というのはあると思います。でも、それだけですべてを片付けることはできないかもしれませんね」

役人の答えとしては瑕疵《かし》のないものだったが、まわりくどい表現の中には柳田個人の人間的な感情も汲み取ることができた。

「実は今週、山崎君に相談されたことがありましてね」

小笠原は真奈から、日本で台湾の新聞に感謝広告を載せる計画があるのだが、自由日報の連絡先を教えてもいいかと聞かれて、それを断ったことを話した。

「柳田さんならどうしました」

柳田は頭の中であらゆる言葉を篩《ふるい》にかけながら、慎重な口ぶりでいった。

「小笠原室長の判断は、間違いではないと思います」

「間違いではない、そうですね」

ふたりとも「間違いではない」の意味を考えるようにしばらく間をおいた。

停滞した話題を先に推し進めなければといった気配で柳田のほうが口を開いた。

「実は、そのこと、知ってました。あのとき小笠原室長と山崎さんの会話が聞こえてきましたから。わたしも考えました。自分なら、どう答えるかって」

「ほう。柳田さんなら、どう答えますか」

「おそらく小笠原室長と同じだと思います」

予想通りでもあり、意外でもある答えだった。

「でも、きっとそう答えたあとで、それが正しかったのかって考えると思います。実はきょうお誘いしたのも、今、小笠原室長がどう思ってるのか、それが知りたくて」

「そうでしたか」

「わたしたち、いつの間にか自分が思っている以上に政府の事情に縛られてるのかもしれませんね」

「政府の事情、ですか」

「ええ。でも、それとはまったく関係のない人の愛とか心とか、こういうものって理屈じゃないと思うんですよね。だからこそ思いがけない大きな力になったりもするんだと思います」

「たしかに。わたしも今回の募金活動を見ていて、同じことを感じました。というか、気付いたといったほうがいいのかもしれませんが」

小笠原は話しながら、少しではあるが曇った視界に晴れ間が現れたように感じた。それはきっと柳田も同じなのではないかと思った。


愛子が通帳記入のために銀行に向かったのは午後三時過ぎだった。

――どのくらい集まってるんだろう。

台湾の新聞二紙に広告を掲載するのに必要な金額は合計で約二百五十万円。そこまでは期待していなかったが、一紙分の百万円ぐらい、いや、せめてその半分の五十万円ぐらいは入っていてほしいと思っていた。同時に、十万円にも満たなかったらどうしようという不安も拭い去ることはできなかった。こんなことははじめてで、見当がまったくつかない。

愛子は「謝謝台湾計画」の通帳記入の操作をはじめた。

予期せぬ事態が起こった。

通帳をＡＴＭに入れて記入の操作を行おうとしたのだが、機械が反応しないのだ。

画面に現れたのは男女二人の制服を着た行員が謝っている画像で、二人とも目を閉じて申し訳なさそうな表情をしている。そして「お早めに通帳を窓口までお持ちください。記入件数が通帳に収まらず記入できません」という文字。

——これは一体どうしたことだ。

記入件数が通帳に収まらないということは、はたしていくら集まったのだろうか。大きな期待とうまく記入できない焦りで、愛子は混乱しかけていた。

——とにかく係の人に連絡しなきゃ。

愛子は緊張しながら、機械のすぐ横に備え付けてある電話の受話器を取った。

「すみません。通帳記入をしてるんですけど、どうもうまく記入できないんです」

「わかりました。それでは、しばらくお待ちください」

受話器の向こうから声がしたあと、機械の隣の扉が開いて女性が現れた。

「こちらでお試し願えますか」

彼女はそういって愛子を通帳記入専用機のところへ連れて行った。

もう一度最初から記入の操作をやり直す。

しばらく待つ。

やはりさっきと同じで記入はできなかった。

「おかしいですね。もしかしたら、振り込み件数が多すぎるとか、機械では対応できない状態になってるみたいです」

「そうですか」

「たいへん申し訳ないんですが、あした通常業務時間内に窓口のほうで記入していただけますか」

「えっ、じゃあ、きょうは口座の残高がいくらなのかはわからないんですか」

「そうですね。きょうはもう、窓口のほうの業務は終了しておりますので」

これには、愛子も返す言葉がなかった。

今晩ブログで計画に賛同してくれた人たちに金額の報告をしなければならないのに、それができないということだ。

初日からトラブルなんて、どう説明すればいいのだ。詐欺のにおいがするといわれるかもしれない。そんなことをあれこれと考えながらも、これだけはブログにアップしなきゃいけないと思って、ディスプレイに映った二人の行員が謝っている画像をスマートフォンに収めた。

振り込み金額の報告は夜の七時を目安に行うつもりだったが、不測の事態が発生したせいで、それができなくなった。

毎日通帳の画像をアップして当日の振り込み総額を報告すると公言した以上、初日からいきなりの約束違反では、計画自体が胡散《うさん》臭いものだと思われかねない。

愛子にできることはディスプレイの画像を証拠としてアップして、状況を説明すること。それしかない。

ブログのアップは急遽予定を変更して五時前に行った。

画面の中では、写真に撮って来た男女二人の行員の画像がブログを見る人全員に向けてお詫びしている。そしてその下に「たいへん申し訳ございません」と書いて、きょう銀行で起きたことの一部始終を細かに報告した。

――これで文句をいわれたら、しょうがないや。

最後は半ば開き直って、反応を待つことにした。

ところが、愛子の心配に反して、寄せられたコメントに批判的なものはほとんどなかった。

『銀行に行って来ました』というコメントが次々とアップされ、その中には『こんなすごいプロジェクトに参加できてうれしいです』というものや『佐久間さん、本当にありがとう』というお礼の言葉もあった。

これらのコメントをひとつずつ読みながら、愛子はプロジェクトが確実にまた次の段階へと移りつつあることを実感した。不特定多数の人たちのお金が「謝謝台湾計画」という任意団体口座に集まっていく。それは小さなエネルギーが集まって大きな力へと変わっていく過程のようにも感じられた。

コメントの中にはこんなのもあった。

『あしたにならないと初日の金額はわからないけどさ、これまでにここに書き込んだ人だけでも、だいたい二百五十人ぐらいいるわけでしょ。一人あたりの最低振り込み額が千円だから、少なくとも二十五万円はいってるよね』

『通帳記入ができなかったって、おそらく繰り越しができないってことだと思うから、通帳は少なくても二冊以上だよな。そうすると数えてみたんだけど、四百六十件以上は振り込みがあったわけだから、少なくとも四十六万円。百万円近くはいってるんじゃないか』

きょう一日の振り込み総額を独自の根拠で計算するものも現れた。愛子はそれらを見ながら、あした銀行へ行って窓口で通帳記入をするのが、とても楽しいことのように思えてきた。

迫田の記者会見があった日を区切りに、代表処では災害対策本部関連の業務が日に日に減っていた。その傾向は文化室でも顕著で、真奈のところに回って来る翻訳の仕事も最近は数えるほどしかなかった。しかも、どれも緊急を要するような内容ではないため、通常業務の中でも時間を調整しながら行うことができた。

事務所は徐々に平常を取り戻しつつある。少なくとも一時の混乱という状態からは完全に脱出したような安堵感があった。

午後には、文化ホールを見せてほしいという在台日本人を中心とした芸術サークルの代表がやって来た。

文化ホールというのは代表処の所有する多目的ホールで、講演、展示会、映画上映会などさまざまなイベントに利用されるほか、民間からの申し出にも、日本と台湾の交流を目的とした非営利のものであることを条件に無料で貸し出されている。

訪れたのは二人の女性だった。芸術サークルといっても同好会のようなもので、代表の二人も正式な名刺を持ち合わせておらず、それぞれ「長井《ながい》です」、「田中《たなか》です」と名乗っただけだった。

真奈は二人を連れて地下の文化ホールを案内した。

日本風の装飾を施した入口から中に入るとステージが設置されていて、百人規模の講演会が開催できるスペースになっている。これとは別に展示会のできる部屋も確保されていた。

「わりと広いのね」

「照明設備とかも付いていて、ちゃんとしてるじゃない」

二人は値踏みするように施設のあちこちをチェックしていた。無料と聞くとあまりよくないのではないかという先入観を持つらしいが、実際に見てみるとそれは安心へと変わる。真奈はその瞬間をこれまでにも何度か見ていた。

「水彩画の展覧会でしたよね」

長井から来たメールの記憶を頼りに真奈が聞いた。

「そうです。日本人と台湾人合わせて二十人ぐらいの団体なんですけど、展覧会をやりたくてもなかなかいい会場がなくて」

「そうなのよ。レンタル料も安くないし、そうなると、わたしたちみたいにプロじゃない団体には会場探しが結構たいへんなのよね」

「わかります。最近、台北もイベント会場が増えてて、設備もよくなってはいますけど、その分、レンタル料もいいお値段ですしね」

真奈は過去に案内した人たちから聞いた情報を話しながら、二人の顔を覗いた。

二人とも会場に対する評価は高いようだ。

「ただ、うちの場合は営利目的には利用できないので、その点がほかの会場と違うというか、それでビジネスをしたい人にはダメだってことになってしまうんですよ」

「大丈夫。わたしたちは、ビジネスは関係ないですから」

「そう、そんな人に売れるようなもの作ってないしね」

そういいながら二人はお互いの顔を見合わせて笑った。

「それで、どんな内容の絵なんですか。皆さんが描いているのは」

真奈は好奇心半分、情報収集半分といった気持ちで聞いてみた。

「いつもは風景とか花とか、みんなそれぞれ好きなテーマでやってるんだけどね。でも今回は、震災で台湾の人たちがたくさん援助してくれたでしょ。だから、ありがとうってお礼の気持ちを伝えられるような内容にしたいと考えてるんです」

「そう、それで、台湾人のメンバーは被災地の人に向けて、日本頑張れみたいな内容で描きたいって」

この返答は真奈が予想したものとは違っていた。そして、自然とこんな言葉が口を衝いて出た。

「素晴らしいアイデアですね。ぜひ成功させてください」

「ありがとう。でも、今検討してることがひとつあるの。代表処の文化ホールって平日の出勤時間しか使えないんですよね」

「ええ、何かあった場合すぐに対応できるよう、常に人がいるときじゃないとお貸しできません」

「そうなると、やっぱり見に来てもらえる人も限られちゃうし、どうしようかっていってたのよね」

田中が同意を求めるように長井を見た。すると、長井が「夜の時間はともかく、土日の昼間だけでも開放してもらえるとありがたいんだけど、無理かしら」と聞いてきた。かなり本気のようだ。

「そうですね。やっぱりそういう規則なので……」

そこまでいいかけて、真奈はふと自由日報の連絡先を教えなかったときのことを思い出した。これじゃ、あのときと同じじゃないか。そう思った途端、自分でも意識していない言葉が口をついた。

「お約束はできませんけど、検討させてもらえませんか。というか、わたしのほうから上司に相談してみます」

「えっ、ホント」

「そうしてもらえるとうれしいな」

二人は一瞬にして明るい顔に変わった。

「ただ、お約束はできませんよ。わたしに最終決定権があるわけじゃないんで」

「もちろんです。検討だけでもしてもらえると、本当に助かります」

「わかりました。では、なるべく早くご返事するようにしますので」

そう約束し、二人を見送った。

事務所に戻ると、真奈はさっそくこのことを小笠原に相談しようと思ったが、あいにく小笠原は外出中で席にいなかった。

その代わり、広田が真奈の帰りを待っていた。

広田は「ところでさ」といって用件を切り出した。

「地震でお流れになっちゃった陳《チエン》教授との食事会、今週末にやらないかって聞かれてるんだけど、どう？　今度は教授仲間じゃなくて、陳教授の友達の日本人が来るみたい」

「いいですよ」

「わかった。じゃ、そういうことで進めとく。詳しいことが決まったら、連絡するから」

そういえばあの日、ちょうど地震が起きた日の昼にそんな話をしていたんだ。忘れかけていた記憶が蘇った。

真奈はぼんやりと小笠原のデスクを見た。

文化ホールの土日開放について上司に相談してみるとはいったものの、自由日報の一件以来、小笠原とはどこかギクシャクした感じが消えていなかった。

同じことの繰り返しになるかもしれない。さっき二人と話しているときはそれでもかまわないと思ったが、こうして改めて小笠原のデスクを眺めていると、重い荷物を持ち上げなければならないような気分だった。


午後一時を回ったところだった。

昼休みが終わったせいか、待合席の人はさっきと比べて少なくなったような気がする。

愛子は番号札を握り締めながら、自分の番が来るのを待っていた。

きのう通帳に残高の記入ができなかったこともすでに遠い過去のことのように思えた。制服を着た男女が頭を下げている姿だけが何となく頭の片隅に残っている。

自分の番になった。

「すみません、きのう記入専用機でやってみたんですけれど、記入件数が通帳に収まらなくて」

通帳を窓口の女性に渡すと、彼女は手慣れた動作でそれを機械の中に突っ込んだ。

ガガガという音とともに記入作業がはじまった。

その風景は延々と続き、ついに一冊すべての欄が記入で埋め尽くされた。

「少しお待ちください」

窓口の女性はそういうと、新しい通帳を下ろして記入を続けた。

ガガガ、ガガガガ……。

機械の発する音が、愛子には心地よく感じられた。音が長く続けば続くだけ、振り込みをした人の数が、募金額が増えるのだ。目標の二百五十万円にどれだけ迫ることができるのか。そんな期待が自然と愛子の脈拍数を上げている。

そのうち二冊目の通帳もいっぱいになった。

「かなりの数ですね」

「たくさんの人が振り込んでくれたようなので」

窓口の女性は三冊目の通帳を準備しながら、確認するように表紙の口座名をちらっと見た。

「謝謝台湾計画さんですか」

「ええ。みんなでお金を集めて台湾の新聞にお礼広告を出そうという計画です」

窓口の女性は少し笑みを浮かべたあと、三冊目の通帳を機械に入れた。

ガガガ、ガガガガ……。

心地よい音は途切れる気配がない。

三冊目が終わり、四冊目に突入したころから、ふたりの会話が消えた。一体いつまで続くのか予測できないまま、機械が数字を打ち込む音だけが続いている。

五冊目になってもまだ記入は終わらなかった。窓口に来てからもうすぐ三十分になろうとしている。

六冊目の途中で機械が止まった。

やっと終わった。

安堵感とともに期待が抑えきれない。

「すごかったですね」

窓口の女性が沈黙を破ると、六冊の通帳をまとめて、愛子に手渡した。

愛子は通帳のページをめくり、振り込まれた金額を一桁ずつ数えながら確かめた。

六百八十二万二千八百十七円。

残高の欄には、これまで見たことのない数字が記されていた。

愛子には、この金額の大きさを瞬時に実感することはできなかった。それでも二つの新聞社に広告を掲載するには十分すぎる額だということはわかった。

体の隅々まで大きな喜びで満たされていく。

「ありがとうございました」

無意識のうちにこぼれ出たひと言。

窓口の女性は、ただ笑みで応えるだけだった。


「おまたせしました！」という言葉に続いて通帳写真のアップ。

愛子はすぐに通帳の振り込み金額の合計をブログで報告した。

目標だった二百五十万円を大幅に上回る金額。台湾の新聞二紙に広告掲載できるばかりか、余ったお金は義援金として被災地に送ることもできる。

このニュースはサプライズを巻き起こした。

称賛のコメントが絶えることはなく、大きな試合に勝利したサッカーチームのサポーターのように、みんなが高揚していた。

しかも、これはたった二日間のことで、振り込みの受け付けはまだ六日間続く。そう考えたとき、はたして最終的にはいくら集まるのだろう。ブログでの関心はすでにそちらのほうに移行しはじめており、気の早いコメントにはそれについての予想まで書き込まれた。

翌日には通帳は十冊となり、振り込み総額は九百六十万円に達した。

ここまでにプロジェクトの趣旨に賛同してお金を振り込んだ人は、約二千三百人。どこからそんなにたくさんの人が協力の手を差し伸べてくれたのか、愛子も驚きを隠すことはできなかった。

そしてこの日、愛子は新聞に掲載する広告の最終デザインを発表した。

前回ブログで発表したように、台湾と日本を象徴する梅と桜の花をメインの構図に使い、ブログ上で話し合った内容をくわえたものだった。

制作の過程で、愛子はできるだけ無個性で、何の面白味もない、ベタなデザインに仕上げることを心がけた。自分のテイストを出さないためだ。

構図も単純だし、特に斬新なアイデアを考える必要もない。初めは簡単に終わるだろうと思っていた。が、やってみるとそうではなかった。細かなところで気になる部分がいくつも出て来て、そのたびに作業は中断した。無視して進めればいいのかもしれないが、性格が許さず、結局は些細な問題でも根を詰めてやってしまう。

構図が単純なことと手抜きの仕事はまったく別物だ。作業を進めるにつれて、愛子は改めて実感したのだった。

文言については、日本語で「ありがとう、台湾」というタイトルのほかに、中国語のわかる人たちがブログ上で意見交換を繰り返して練り上げた。

您的愛心，非常感謝。我們是永遠的朋友。

東日本３１１大地震時，您的支援使我們覚得相当温暖。我們将永遠記得這份情誼！

日本志同道合者　敬上

（みなさんのあたたかい心、とても感謝しています。わたしたちは永遠の友達です。

東日本大震災でみなさんがくださった支援はとてもあたたかいものでした。わたしたちはこの気持ちを永遠に忘れません。

日本人有志一同）

愛子はこの文言を自分のデザインに組み入れて、最終案として発表したのだった。

ブログ上での反応は上々だった。

コメントは概ねが賛成と称賛を伝えるもので、それが力となってプロジェクトは前へと推し進められた。

デザインの最終稿が決定したことで、「謝謝台湾計画」のブログも大きな峠を越した。あとは毎日の振り込み総額と計画の進行具合を発表していけばいい。

かなり長い時間にわたって、ああでもないこうでもないと不特定多数の人たちと意見交換を繰り返して来たように感じるが、このブログを立ち上げてからまだ一週間しか経っていなかった。

そして、次に愛子がやらなければならないこと。それは台湾の新聞二紙と広告掲載日を詰めることだった。

「いくら忙しいからっつったって、たたき台ぐらい作ってあると思ってたんだけどな」

いつになく、角松の言葉には皮肉が混じっていた。

愛子が台湾の新聞に感謝広告を掲載する計画を進めている。そのことは柴崎から聞いていたようだが、それが忙しいからといってクレジットカードの案件がコケて連敗記録を伸ばしたのではかなわないとでも言いた気だった。

とはいうものの、台湾の新聞に広告を載せればいいと、愛子に対していい出したのは角松本人だ。いくら冗談だったとしても、今さら撤回では、それもバツが悪い。だから、せいぜい皮肉っぽくひと言いうぐらいしかないのかもしれない。

「すみません。一応、原案みたいなのは頭の中にあるんですけど」

「ホントかな」

「本当です。今回は猫。そう、猫で行こうと思ってるんですけどね」

「どんな猫?」

「そうですね。カワイイ猫。色はピンクとかで」

二人の会話を横で聞いていた柴崎が口を挟んだ。

「猫、いいじゃん。何だか、今回のコンセプトにぴったりだな。猫、猫ねえ。思いつかなかったニャー、なんて」

あまりのバカバカしさに角松もそれ以上の追及はしなかった。

この日、打ち合わせが終わると、柴崎が愛子にいった。

「最近、結構たたかれてんの、知ってる?」

愛子は何のことだかわからなかった。

「まあ、知らないなら、知らないでいいんだけどさ。でも、一応、オレだけ知ってて教えないってのも、なんかウソついてるようで後ろめたいからいうけどさ」

「ウソ?」

「いや、ウソじゃなくて、そう、隠し事」

柴崎の歯切れがあまりよくない。話をするためのいいきっかけが見つからないようだった。

「佐久間は興味ないかもしれないけど、ほかのところで今回の計画のこと、悪くいってる奴らがいるんだよな。オレとしては変な影響が出なきゃいいなって思ってるんだけどね」

「ほかのところって、どこ？」

「ネットの掲示板」

　柴崎の話では、不特定多数の人が自由に意見を書き込める掲示板サイトで「謝謝台湾計画の陰謀」というタイトルのスレッドが立ち、計画に対するネガティブな意見でにぎわっているのだという。愛子も何度か見たことがあるサイトだが、あまりよい印象は持っていなかった。

「興味ない」

「まあ、そういうだろうとは思ったけど。一応、情報として知っとくだけでも、知らないよりかはいいかなって思ったからさ」

「ありがと。でも、そういうのって見ると気が滅入っちゃうっていうか、いいこと何もないから」

「そうだよな。ま、気にすんな。どうせ、計画がうまくいってるからって、それを僻《ひが》んでる奴らがやってんだから」

　気にするなというわりには、柴崎のほうが気にしているようだった。そういえば、「謝謝台湾計画」のブログでも同様のことが起きかけたことがある。計画は愛子の売名行為だということを書き込む人がいて、盛んに愛子のことを誹謗中傷していた。

　もっとも、この計画をはじめた時点で、そういうことはある程度想定していた。

　いろいろな考えの人がいるわけだし、いくら自分が一生懸命やっているからといって、ほかの人がみんなそれに賛同してくれるわけではないということもわかっていた。

　ただ、以前の誹謗中傷は謝謝台湾計画のブログ上で行われたため、自分なりに考えを説明して、しっかりと対応した。それを放っておくことは、計画に協力してくれる人たちに対してブログの趣旨を誤解される恐れがあったからだ。

しかし、柴崎から聞いた掲示板のケースはまったく違う。自分の関与しないところで、知らない人たちが勝手にやっていることだ。それに対しては「興味がない」以外の答えはなかった。

そうはいっても、愛子は気になって帰りの電車でその掲示板を覗いた。

まず驚いたのは、書き込みの数の多さである。書き込みが千件に達すると新しいスレッドに移るのだが、愛子が見た時点でスレッドはすでに十を越えていた。ということは、すでに一万件以上の書き込みがあったのだ。

その多くが愛子に対する誹謗中傷だった。謝謝台湾計画はデザイン業界で売れない愛子が売名行為のために行ったもので、初めから綿密に計算されていたというものだ。

愛子を擁護する書き込みもあるにはあったが、悪意に満ちたものがほとんどだった。

これ以上見ていると、がっしり手を摑まれて、ネガティブな海の中に引きずり込まれそうな気がした。

愛子は掲示板から離れた。

その一方で募金の振り込みは順調に増え続けていた。

銀行に行くと、毎日新しい通帳が四冊から五冊増えた。そこに振り込まれる金額は三百万円ほど。

窓口の女性とも顔見知りとなり、彼女たちのほうから「きょうはいくらぐらい来てますかね」と笑顔で話しかけられるようになった。今や愛子は未来銀行新宿支店ではちょっとした有名人だった。

そして募金スタートから五日目に通帳の数は十四冊、振り込み金額は総額千二百万円を越えた。募金した人は三千人以上になっていた。

「こちら、陳《チェン》教授。台北歴史大学で台湾の近代史を教えてるの」

広田からそう紹介された人物は、真奈のイメージしていた陳義信《イーシン》ではなかった。

真奈はてっきり若くて背の高いイケメン教授が来るものだと思っていた。ところが、目の前の人物は自分たちよりも遥かに上の世代、おそらく五十歳を越えているのではないかと思うほどのおじさんだった。

「山崎と申します」

真奈が軽く頭を下げながらいうと、「陳です。よろしくお願いします」と流暢な日本語が返って来た。

そして、陳義信の横には、彼と同じくらいの年齢の小川《おがわ》と名乗る日本人がいた。小川は台北で小さな貿易会社を営んでいるという。陳義信とは古くからの友達だそうだ。

「台湾、もうどのぐらいなんですか」

台湾で日本人同士が知り合ったときに必ず聞き合うひと言。あいさつのような感覚で真奈が尋ねた。

「長いですよ」

小川が口元に笑みを浮かべながらいうと、その言葉を継ぐように、陳義信が「三十年以上。そうだよね」と確認する。

四人は忠　孝東路《ジョンシャオドンルー》のイタリアンレストランにいた。

店内はわりと広い。赤レンガが剝《む》き出しの壁、木材を組み合わせたようなテーブル、照明は暗めだった。

前菜とサラダが運ばれて来ると、ワインで乾杯した。

「本当は先月やるはずだったんだよね」

陳義信が広田のほうを見ていった。

「そう。あの日は地震が起きて急に中止になっちゃったんですよ」

「中止というか、広田さんには中止っていったんだけど、実は、ぼくらだけでやったんだよね」

「えっ、そうだったんですか」

「でも、林《リン》さんなんて、せっかく日本人の女性と知り合えるチャンスだったのにって残念がってたよ」

林さんというのは陳義信の教授仲間で、広田に日本人女性の同僚を誘ってくれと頼んだ人物だ。

会話は陳義信と広田を中心にゆっくりと歩くようなテンポで進んでいった。

話題は主に近代台湾の民主化に関するもので、真奈の聞いたこともない政治家らしき人物の名前がいくつも出てきた。それを陳義信が説明して、小川がときどき意見を挟む。真奈は話題について行こうと一生懸命だった。

「はじめて台湾で一般国民による選挙が行われたときのことは今でもよく覚えてるよ」

小川が懐かしむような口調でいうと、広田がすぐに反応した。

「えっ、本当ですか。どんな感じでした？」

「うん、あの頃はまだ台湾人なんていうアイデンティティを持ってる人は少なくて、多くの国民は自分のことを中国人だと思ってたからね。それに民進党も国民党と比べて弱かった。そんなときの選挙だったから、雰囲気的には国民党側がお前らなんかに負けるもんかって、そんな感じだったたなあ。そうそう。こんな話もあった。投票会場の受付で退役軍人のおじいさんが何か質問しようとしたんだけど、係の人たちが台湾語でおしゃべりしながら、もたもたしてたんだ。それを見た彼は、いきなり『何だ、お前ら。その弛《ゆる》んだ態度は。世が世なら砍頭《カントウ》だ！』って、大声で。砍頭って斬首のことだよ。それを聞いた係の人たちはみんな唖然としちゃってね。これ、うちの女房に聞いた話だけど」

退役軍人は戦後に国民党政府といっしょに中国から渡って来た外省人。台湾語でおしゃべりしてたのはずっと昔から台湾にいる本省人。今風にいえば「青と緑」、国民党と民進党の戦いってことになるんだろうと、真奈は小川の話を聞きながら自分なりに解釈していた。

「もう二十年以上も昔のことだね」

「おもしろいですね」

好奇心いっぱいで聞いている広田に向かって、陳義信が「この人、よく知ってるでしょ。だって半分台湾人だから」と冗談っぽく笑う。

「あのう」

それまでほとんど話にくわわることのできなかった真奈がいった。

「それだけ長く台湾に住んでる感覚ってどんな感じなんですか」

これは真奈が普段から思っていることだった。自分もこれまでに三年足らず、北京と台北に暮らしたことがあるが、日本にいたときとはいろいろ違うことがあった。生活習慣、常識、言葉、歴史、教育、思想……。日本では通用したことが通用しなかったり、思ってもみなかった発見があったり。三十年という時間を海外で過ごした小川が行き着いたところはどこなのか、それが知りたかった。

「そうだね」

小川にはその質問自体が意外だったらしい。

「どんな感覚かといわれると、よくわからないんだけど、というよりも、あんまり外国に住んでるって感じがないんだよね。『ここ』に住んでるみたいな感じかな」

「ここって台湾のことですよね」

「そう。まあ、台湾はたしかに外国なんだけど、でも、実際に何年も暮らしてると、いつの間にか外国って感じが消えてくんだよね。だから、ぼくにとっては『ここ』以上のものでもないんだよなぁ」

「じゃあ、今度の地震で台湾の人がたくさん義援金を送ってくれましたよね。それに対してはどう思いますか」

「うーん」

小川はしばらく考えたあと、「もしかしたら」という言葉で話を継いだ。

「もしかしたら、日本でたくさんの人たちが『台湾ありがとう』っていってるのとは少し温度差があるかもしれないな。もちろん、被災地の困ってる人たちに手を差し伸べることは人として素晴らしいことだと思うし、感動的なことだとも思う。でも、さっきもいったように、台湾に住んでることに対して外国に住んでるっていう意識もない。言い換えれば、日本も台湾も、どこにその境界線があるのかわからなくなってるって感じなんだ。だから、日本人として台湾人に感謝するという立ち位置がどうしても今イチ、実感が湧かないんだ」

わかったような、わからないような話だった。

「だから、この人は半分台湾人だっていうんですよ」

陳義信が、さっきより自信あり気な顔でいった。

「いや、違いますよ。ぼくは日本人。れっきとした日本人ですよ」

小川がそう反論するのを聞きながら、真奈はますます理解できなくなっていた。それは直感的に、台湾の近代民主化の話を理解するよりも数段むずかしいような気がした。

「謝謝台湾計画」はいよいよ大詰めの段階を迎えていた。

広告掲載に必要な資金は計画の開始とともに目標をクリアし、デザインの最終稿も決定していた。

愛子はあらためてブログ上に『皆様のおかげで最終案も決定し、あとは掲載日を先方の新聞社と話し合うだけとなりました』と現状報告を行った。くわえて『今後、新聞社との交渉について、窓口は自分だけにしたいので、個人的に新聞社に連絡して交渉することは絶対に控えていただきたく思います』というお願いも載せた。広告料金の面ですでに大幅なディスカウントをしてもらっていたし、ほかのことで彼らを混乱させることは避けなければならないと思ったからだ。

その一方で、愛子は連合報と自由日報、それぞれの新聞社と掲載日についての交渉を進めていた。

連合報からは「広告の掲載日は五月三日（火）でいかがでしょうか」という打診があった。台湾では新聞は週の前半のほうがよく売れるので、それだけ広告効果が期待できるというのだ。

愛子はそのアドバイスに従うことにした。

ただ、ひとつ問題となったのは、掲載日の二日前までに広告料金が入金されていないといけないという連合報の契約規則だった。

五月三日が掲載日だと、入金の期限は五月一日となるが、この日は日曜日で銀行は業務を行っていない。前日の四月三十日は土曜日、二十九日も昭和の日で祝日なので、実質の期限は四月二十八日だった。

しかも、愛子はまだ広告料金を明記した連合報からのインボイス（請求書）を受け取っていなかった。先方からの話では二十五日には提出するとのことだったが、そこから手続きをはじめて二十八日に無事入金が完了するかは微妙なところだ。

そこで愛子が考えたのは、送金手続きを行ったときに銀行が発行する支払い明細をファックスして、それを入金の証明として処理してもらうという方法だ。先方が了承してくれるという保証はなかったが、これで頼み込むしかないと考えていた。

さらにもうひとつ大きな問題があった。

二紙の掲載日をぴたりと合わせなければいけないということだ。

感謝広告は同時に掲載してこそ効果がある。掲載日がずれないよう事前に綿密に打ち合わせをしておく必要があるのだが、愛子にはそれをまとめるだけの能力はない。

しかも、この二紙は政治的には正反対の立場を取っているため、考えたくはないが、どちらか一方が抜け駆けする可能性もまったくないわけでもなかった。

自由日報のセールスマネージャー、王威徳《ワンウェイデ》は会議室で副社長の林振傑《リンヂェンジエ》と向かい合っていた。

二人だけで同じ空間にいるなど入社以来なかったことだ。

林振傑は一見大人しそうな初老の紳士に見えたが、まわりの空気をずっしり重くするような威圧感を備えていた。その視線に捉えられた王威徳は緊張感から何を話しても自分の言葉ではないような気がした。

「うちだけじゃなくて、連合報も同時に載せるってことですよね」

深みのある穏やかな口調で林振傑がいった。

「はい。そのブログは随時、日本語のわかる者にチェックさせてるんですが、今のところ、うちと連合報の二紙で間違いありません」

「五月三日というのはクライアントからの希望なんですか」

「はい。連合報と同一日の掲載にしたいということらしいです」

「連合報のほうは、うちにも広告を掲載することは知っているんですか」

「たぶん、知ってると思います」

「うーむ」

そううなったあと、林振傑は何かを考えているような素振りでしばらく黙った。

一週間ほど前に東京の特派員から来た連絡が事のはじまりだった。

日本人の団体がお礼の広告を掲載したいといっている。料金はいくらなのか教えてほしい。

その後、彼らは「謝謝台湾計画」というプロジェクトを立ち上げており、その中で広く寄付を募って一千万円以上のお金を集めたことがわかった。

そして五月三日。

これは連合報が決めた掲載日だということだった。

「ひとつ気にかかるのは、どうして五月二日じゃないのかということです」

「はい。わたしもそれは思いました。連合報のほうで単に五月二日に空きがないということならわかるんですけど」

「そんなこと、あるんでしょうかね」

林振傑のいいたいことはわかっていた。

五月二日の月曜日は、広告を掲載するならもっとも理想的な日なのに、それを外して翌日の火曜日というのがすっきりしなかった。五月三日の掲載と決めておいて、連合報が直前の変更。それによって彼らは自由日報より注目を集めることができ、日本人にとって台湾でもっとも信頼のおける新聞だというように映る。考えすぎといえば、考えすぎかもしれない。しかし、そんなことになったら、自由日報の読者からは強烈な批判が来るだろう。

「返事をしないわけにもいかないし、とりあえずは了承するしかないですね。ただ、確約するのではなく、少し調整が必要といったかたちで返事をしてもらえますか」

「わかりました」

「そのうえで、うちが前日に載せるということも視野に入れて考えます。とにかく最終決定は前日にします。状況によっては会長の意見を聞くことになるかもしれません」

そういいながら、林振傑は席から立ち上がった。


自由日報から連絡があった。

五月三日、火曜日の紙面に広告の掲載枠を確保したとのことだった。掲載料金は日本円で百三万六千円。後日、愛子のもとに正式な書類が郵送されることになった。

自由日報の場合は東京に銀行口座があったので送金にかかる日にちを計算する必要もなかった。交渉はスピーディーに進行する。

そうなるとあとは連合報だ。

広告掲載日の二日前までに入金完了が間に合わない可能性があるので、銀行の支払い明細を担保に広告を掲載してほしい。愛子は電話でセールスマネージャーの陳仁浩《チェンレンハオ》に直談判すると、意外なほどあっさりと承認の返事がもらえた。日本の銀行が発行する書類なら大丈夫だというのだ。

心配していたインボイスもメールで送られてきた。正式な広告掲載料金は三十六万元。当日の為替レートで日本円に換算すると百二万円だった。

愛子はすぐに銀行へ行き、海外送金の手続きを行うと、支払い明細をファックスで連合報に送った。

これで、あとは五月三日の掲載を待つだけになった。

翌日、謝謝台湾計画の募金が終了した。午前十時までの集計では振り込みの総額は約千八百万円。通帳は二十二冊に達し、約五千五百人からの振り込みがあった。

愛子はブログでこのことを報告するとともに、『皆さん、今後振り込みはしないようにお願いします』と念を押した。

あとは、この中から自由日報に振り込み、残りはすべて日本赤十字社を通して被災地に寄付すれば、この口座の任務は終わる。

愛子は通帳の山を眺めながら、ひとり感慨に耽っていた。

その頃、ネットの掲示板では激しい戦いが繰り広げられていた。

謝謝台湾計画には発起人である佐久間愛子の売名行為という遠大な陰謀が含まれている。そんな書き込みが連日続き、スレッドの数はいつの間にか十五を越えていた。

その一方で、擁護派も現れて必死の弁護で対抗していた。しかし形勢は不利で、擁護派の弁護は無視されるか、そうでなければ揚げ足を取られて逆に中傷の餌食《えじき》となった。

さらには、どこで調べて来るのかわからないが、愛子の経歴やグラフィックデザイナーとしての過去の仕事の実績まで登場させて、面白おかしく揶揄《やゆ》する者もいた。

彼らは自分の信じる正義を強固な拳に変えて、容赦なく殴打してきた。同調することで快感を得る人たちもくわわって、掲示板にはカーニバルのような盛り上がりが生まれていた。

柴崎はあまりのひどさに怒りを覚えた。

やがてその怒りは自分でも制御することができなくなり、気が付けば反論の書き込みをしていた。

『売名行為っていうけどさ、どこに売り込むつもりか教えてもらいたいもんだね』

自分では、怒りに震えた気持ちをできるだけ落ち着かせて書いたつもりだったが、掲示板にアップされたコメントを見ると、かなり挑発的な書き方になってしまったと思った。

すぐにいくつかのコメントが食いついて来た。

『愛子さんに聞いてみよう』

『売り込み先なんていくらでもあるだろ。これだけ大々的にやって名前売ったんだからさ』

『発起人の非凡稀なる企画営業の才をもってすれば、売り込めないところなどない』

柴崎はさらにコメントを返した。

『だけどさ、こういうのって、業界じゃだめなんだよね』

いかにも自分がこの道の事情に精通しているということを仄めかしながらの書き込みだった。もっとも、匿名である以上、信じるかどうかは読む人の判断に委《ゆだ》ねられる。

柴崎は続けて書き込みをした。

『彼女の場合、今回の作品は自分のポートフォリオには入れないし、今後の自分の営業にも使わないって、あれだけはっきりと公言してるわけだから、これ破ったら、業界でだれにも相手にされなくなるだろう。つまり、今、彼女がやってるのってすごくリスキーなことだっていうのが、プロだったらすぐにわかるはずだ』

すると、すぐに『自分も業界の人間だけど、このリスクはよくわかる。自分だったら絶対にやらない』という書き込みがあった。

いいタイミングだ。反対派が食いつく前の一瞬の隙をついたスマッシュヒットだ。

これを機に、擁護派の勢いが徐々にではあるが増していった。そして一進一退の攻防を繰り広げながらもスレッド十七を境に形勢は完全に逆転した。

スレッドが二十に突入しようという頃には、擁護派の書き込みが完全に支配し、わずかに反撃を繰り出す批判派はすでに敗軍の残党でしかなくなっていた。

最後のワンピースを疎《おろそ》かにしたために、これまで積み上げてきた、すべての計画が崩れ去っていく。

愛子の頭の中にそんな不安が浮かんでは消えていく。気にしていないつもりでも、心の奥底のとても深いところで気になっているのだ。

広告は五月三日に掲載されることで一応話はついているが、愛子が知らないうちにどちらか一方の新聞がそれ以前に、たとえば前日の五月二日の月曜日に掲載してしまったとしたらどうなるだろうか。

「早いほうがいいと思って」、「たまたま前日の紙面が都合できたので」。どんな理由を並べられたとしても、たとえそれが善意から出たことであったとしても、「謝謝台湾計画」に与える影響は計り知れない。

五月三日を心待ちにしている五千人以上の協力者たちは肩透かしを食らった気分になり、さらに悲惨なのは抜け駆けをされたほうの、もう一社で、彼らの厚意はその瞬間に報われないものとなってしまうのだ。

確実に掲載日をそろえるための確約を得る方法はないのだろうか。

愛子の悩みは、堤防にぶつかる波のように、壁にぶつかっては泡のように消えていく。

そのとき、悩みの海の中からふと浮かび上がって来るものがあった。

『今後、現地で何かお手伝いできることがあれば、どうか遠慮なく、このメールアドレスを使って直接ご連絡ください』

いつだったか、自由日報の連絡先が知りたくて、現地の代表処にメールしたとき、こんな返信を受け取った。彼女の名前はたしか山崎だったような気がする。

——彼女になら、頼めるかもしれない。

彼女は代表処で働いている。それなら現地のマスコミともどこかでつながっているはずだ。期待できるかはわからないが、一パーセントでも可能性があるのなら、そのための努力をしてみよう。プロジェクトが完結するまで、最後のワンピースのために全力を傾けるのだ。そう思ったときには、もう行動に出ていた。

台北市内を網の目のように走るＭＲＴ（交通システム）は一日の仕事を終えた通勤客であふれていた。東京の電車のように知らない人と体がくっつくほどではないが、それでもドアの近くでは自分のスペースを確保するのに気を使わなければならない。

真奈は乗りこんですぐのところ、ドアの横にできた小さなスペースに立っていた。

車内を見渡すと、入口付近と違って奥のほうはガラガラだ。

乗客はみんな手に持ったスマートフォンを真剣なまなざしで見ている。この光景は東京と何ら変わりなかったが、夜の十時だというのに酔っ払いの姿が見えなかった。スーツ姿のサラリーマン風の乗客もほとんどいない。台北に赴任したばかりのころ、この光景を不思議に感じたが、ひと月もしないうちに慣れ、今ではまったく気にならなくなっていた。

メールの着信音が鳴った。

すぐにスマートフォンを取り出して差出人を確認すると、思ってもみない名前だった。


『佐久間愛子』


台湾の新聞にお礼広告を出したいので自由日報の連絡先を教えてほしい。二週間ほど前にメールを受け取って、代表処から断りのメールを返したことを思い出した。そのあと、真奈は個人のメールアドレスから連絡先を送ったのだが、彼女からの返信はなかった。

一体どんな内容なんだろう。好奇心のあまり、下車駅に着いたのも気がつかずにメールを開いた。


『ご無沙汰しております。佐久間愛子です。

先日はせっかく自由日報の連絡先をいただいたのに、ご返事を返さなかったこと、今さら言い訳にしかなりませんが、その後、予想できないほどの多忙となり、対応を忘れてしまいました。本当に申し訳ございません。

自由日報については代表処経由でメールをいただいたあと、山崎さん個人のメールをいただく前にこちらのほうで連絡がつきましたので、話を進めました。

今回はひとつお願いがあってメール差し上げました。

実は五月三日に連合報と自由日報の二紙に感謝広告の掲載が決まりました。そこで今、ひとつ心配していることがあります。二社が予定通りこの日に同時掲載してくれるかということです。どちらか一社が先に掲載してしまったら（抜け駆けです）、わたしたちの計画は大きな影響を受けることになります。予定通り五月三日に掲載してもらうよう二社から確約とまでは申しませんが、今一度確認していただくことはできませんでしょうか。

不躾《ぶしつけ》なお願いですが、山崎さんを頼りにするしか他に方法もなく、厚かましいとは思いましたがご連絡させていただきました。ご協力いただけないでしょうか。

以下は連合報と自由日報の担当者の連絡先です（自由日報は山崎さんから教えていただいたものです）』

気になってはいたが、半分忘れかけてもいた。台湾の新聞にお礼の広告を掲載する計画はあのあとも真奈の知らないところで着々と進み、いつの間にか最終段階まで来ていたのだ。

真奈は、今度は迷わなかった。

自分がこれをすることで、このひと月あまりずっと見てきた台湾の人たちの気持ちに、わずかでも報いることができるかもしれないと思ったからだ。

ふと気付くと、ふた駅も乗り越していた。

真奈は慌ててＭＲＴを降りると、ホームで返信のメールを打った。

『できる限りのことはしたいと思います』

自由日報のビルはどこかのファイブスターホテルといっても過言でないほど立派な造りだった。

入口を入ると目の前に広がる大きなロビー。天井を見上げると、十数階のフロアが吹き抜けになっている。開放感あふれるこのビルの中で、台湾最大発行部数の新聞が作られているのだ。真奈はそんなことを思いながらエレベーターに乗ってセールス部門に向かった。

マネージャーの王威徳《ワンウェイデ》とはけさ一番で電話でアポイントを取った。

昨夜は佐久間愛子からの依頼のためなら何でもできると思ったが、いざ電話するとなると、さすがに緊張を隠せなかった。いきなりの電話に相手もきっと驚くに違いない。それどころか、相手にもされずに切られてしまうかもしれないと思ったからだ。

ところが、「『謝謝台湾計画』の掲載日について」と伝えると王威徳は急に興味を示し、ぜひ一度会って話がしたいといってきた。安堵感よりも意外な気がした。

セールス部門の受付カウンターで名前と用件を告げると、係の女性が内線電話で王威徳を呼び出してくれた。

「山崎さんですか」

しばらくして現れたのは四十代半ばの少し太り気味の男性だった。

「わざわざお越しいただいて、ありがとうございます。副社長がぜひごあいさつしたいと申しておりますので、よろしいでしょうか」

王威徳はそういって真奈を別階の会議室へと案内した。

会議室の壁一面ガラス張りで遠くには台北市内を取り囲む緑の山々の姿が見えた。反対側の壁にはシンプルなラインで描かれた抽象画の額が掛けられている。陽光が射し込むゆったりとした空間。中央には十人ほどが座れる長方形の大きなテーブルが置いてある。代表処の会議室とは比べ物にならないほど高級感があふれていた。

王威徳が白い磁器のカップに入った烏龍茶を運んで来た。ふわっといい香りが鼻をくすぐる。ほぼ同時にドアが開いて、白髪混じりの髪を七三にきちんと分けた品のいい男性が入って来た。

「林《リン》と申します」

差し出された名刺には自由日報副社長と書かれていた。真奈も慌てて名刺を渡す。林振傑《チェンジエ》はそれをじっくり確かめるように眺めたあと、テーブルの上に静かに置いた。

「きょうお伺いしたのは、王さんのほうには電話でもお話ししましたが、『謝謝台湾計画』の広告掲載日についてお聞きしたかったからです」

「わたくしたちは、掲載日は五月三日の火曜日と伺っていますが」

「ええ。わたしもこの計画の発起人の佐久間愛子さんからそう聞いています。ただ、彼女が今心配しているのは、本当にこの日に掲載されるのかどうかということです」

「ご存知だとは思いますが、今回広告を掲載するのは御社ともうひとつ、連合報です。二社ともに五月三日の掲載ということになっていますが、はたして本当にその日に掲載されるのか。きょうは、それを確認するために参りました」

「と、いいますと?」

林振傑は軽く頷いた。

「二社の掲載日がずれると、注目度も分散して効果も半減してしまいます。ですから、同時掲載はわたしたちにとって、とても重要な問題なんです。もう少し具体的に申しますと、言葉は悪いですが、どちらか一方が抜け駆けするようなことは起きてほしくないのです。仮にそういうことがあった場合、計画は大きな影響を受けます。それに、そのときは抜け駆けされたほうにも大きなダメージを与えることになります。もちろん、これはわたしたちの望むところではありません」

「実は、正直申しまして、わたしたちもその点を心配していました。連合報がうちより一日早く掲載するようなことがあったら、裏切られたという気持ちになるでしょうね。わたしたちの読者に対しても申し訳ないと思います」

「では、五月三日ということで確約をいただけますでしょうか」

林振傑はちらりとテーブルの上に置いた真奈の名刺に目をやった。

「わかりました。わたしたちも『謝謝台湾計画』の成功のために協力させていただきます」

「ありがとうございます」

真奈は深々と一礼した。


真奈は自由日報を後にすると、そのまま連合報のオフィスに向かった。

連合報ではセールスマネージャーの陳仁浩《チェンレンハオ》とアポイントを取ってあった。広告掲載日のことでお話ししたいと電話したときには怪訝そうな対応だったが、真奈が代表処の人間だと告げると安心したのか、午前中の面会に応じてくれた。

案内されたのは落ち着いた雰囲気の応接室だった。室内にはテーブルと椅子が数ヵ所に置かれた一角があり、外来客と社員が打ち合わせしている姿が見える。

真奈は陳仁浩といっしょに、空いているテーブルに座った。

「きょうお伺いしたのは、『謝謝台湾計画』の広告掲載日について確認したいことがあったからです」

「そうですか。広告の掲載は五月三日の火曜日ということで、今、版面のスペースを確保しています。スペースの大きさは二分の一ページで、原稿のほうはすでにいただいています」

「その掲載日なんですが、五月三日から変更になるということはありませんよね」

「どういうことでしょうか」

「いえ、五月三日に掲載されれば問題ないんですが、それより早くなるとわたしたちも困るんです」

陳仁浩は状況がよく飲み込めないといった表情で真奈の説明を待った。

「今回の広告が御社のほかに自由日報にも掲載されることはご存知かと思いますが、わたしたちとしては必ず二紙同時の掲載にしたいんです」

そういったあと、真奈は自由日報で話したのと同じように、計画の趣旨について説明した。

「自由日報には、ここに来る前に確約ということでご回答をいただきました。同じように御社にも確約をいただきたいんです」

陳仁浩は黙って聞いていたが、やがてひと言、はっきりとした口調でこういった。

「心配しないでください。うちは抜け駆けはしません」

「お約束いただけますか」

「ええ」

その短い返事が、真奈は自分の心に深く刻まれたような気がした。

すると陳仁浩が続けていった。

「実は、最初に今回の話を聞いたのは、うちの旅行グルメ組の編集者からでした。日本人が弊紙にお礼広告を出したいと。最初はどこかの日系企業の話かと思いましたが、よくよく聞くと、そうじゃない。一般の日本人が集まって震災の義援金に対するお礼の広告を出したいっていうじゃないですか。びっくりしました。本当にそんなことがあるのかって。でも、考えてみると、これは弊社にとってはもちろん、それ以上に台湾の人たちにとっても素晴らしいことで、たいへん有意義だと思ったんです。だから、その場で掲載を了承しました。それから広告料金についてもできるだけディスカウントしました」

「そうだったんですか。ありがとうございます」

「いや、お礼をいうのはこちらのほうですよ。こんなに素晴らしい機会をいただいたんですから。それに、山崎さんにも感謝しています」

「えっ、わたしに?」

「ええ。わたしのほうでも、ないとは思っても、ついつい考えてしまうんですよ。抜け駆けのこと。そうなると、あれこれ考えて眠れなくなったり。ですから、山崎さんがこうして二社の間に入って確認してくださったことは、とても安心できたというか、これで大丈夫だと気持ちが楽になりました」

「そういっていただけるとありがたいです。わたしも二紙が同時に広告を掲載するのを見たいですから」

「大丈夫。自由日報さんも、うちも、代表処との約束を破ったりしませんから」

そういって笑う陳仁浩を見ながら、彼は真奈のことを、代表処を代表して来たのだと思っていることにはじめて気付いた。

――こういうのっていいんだろうか。

多少の罪悪感も働いたが、任務を達成した後の充実感のほうが大きかった。

これですべてがうまくいくはずだ。真奈には五月三日がすごい日になる予感があった。

代表処に戻るタクシーの中で、さっそく愛子に報告のメールを打った。

『自由日報と連合報に行って来ました。自由日報は林振傑副社長と王威徳セールスマネージャー、連合報は陳仁浩セールスマネージャーに会いました。

五月三日の件、お願いしたところ、両社とも快く同意してくれました。

契約を交わしたわけではありませんが、信用してもよいのではないかと思います。

微力ながらお役に立てたこと、嬉しく思うとともに、五月三日の新聞を心待ちにしています』

運転が荒いうえに、ずっとスマートフォンの小さな画面に向かって文字を打つことと格闘していたので、タクシーを降りたときには少し気分が悪くなっていた。ふらふらする足取りで事務所に入ると、普段と変わらない光景があった。

「どうだった？」

真奈が自分の席に戻ると、広田があいさつ代わりに聞いてきた。

真奈はけさ早く広田に電話して、取材のため出勤が遅れるので早めに来て事務所の鍵を開けてほしいと頼んでいた。

「特には何も」

そういいながら、真奈はそのまま自分の席に腰をおろして、いつもと同じようにパソコンのスイッチを入れた。

前方を見ると、荘文真《ジュアンウェンジェン》や陳怡静《チェンイージン》ら、台湾人スタッフがそれぞれの席でパソコンのモニターに向かって作業している。右端の席では小笠原が資料らしきものを読んでいる。

みんな、今さっき真奈が自由日報と連合報に行って来たことなど知らない。

それなのに、真奈は何故か彼らがそれを知っていて、「おめでとう」といわれているような気がした。


ピンクの猫がビキニ姿で立っている。長い睫毛《まつげ》とアーモンド形の少しつり上がった目。間違いなく美人の顔つきなのだが、それだけでなくどこか品位も感じられる。

その猫が意味ありげにこちらを見つめている。

「彼女はステファニー」

愛子はまるで自分のペットでも紹介するようにいった。

「へえ、いい感じじゃない。梅と桜のベタなの作ったうっぷんが一気に弾けたような、気合いを感じるね」

柴崎は冗談っぽくいった。梅と桜は「謝謝台湾計画」の広告デザインのことだ。

「たしかに下品な感じはしないし、悪くはないかもな」

角松も一応は評価しているみたいだった。

クレジットカード会社からの引き合いは、新規カードのキャンペーンをイメージした新キャラクターとキャッチコピーの制作だった。

「ネコソギイイモノ」

柴崎のコピーは、これも何だかよくわからないものだったが、ネコにこだわった意図は汲み取れた。

ただ、こういうものに絶対というのがないことはみんなもわかっている。それに愛子のステファニーと合わせるとそれらしくなるような気がしないでもなかった。

「クレジットカードの新規契約者だったら、若い人が多そうだし、それなら意外とこういうのがいいのかもしれないな」

これ以上の評価はしようがないという顔で角松がいった。

とりあえず、今回はこれで進みそうだ。連敗はもうそろそろ終わりにしたい。早く負のスパイラルから抜け出したい。だれも口に出してはいわなかったが、同じ思いだった。

「それよりさ、あれ。どうなった？」

角松が愛子に聞いた。

「あれって何ですか」

「だから、台湾の新聞に広告出すってやつだよ」

「おかげさまで五月三日に出せることになりました」

「五月三日って来週だぞ」

「ええ。やっとここまでこぎつけたって感じです」

「いくら集まったの？」

「全部で千九百万円ちょっと」

これには角松も驚いたようだった。「何？」といったきり、しばらく絶句の状態になっていた。

「まあ、ここまでこぎつけるには、人にはわかんないいろんな苦労があったと思いますよ。ホントよく頑張ったと思うよ。一人代理店」

柴崎なりの労いの言葉だった。

打ち合わせが終了したあとで、柴崎が愛子のところに来ていった。

「あのネコ、ステファニーだっけ。いいよ。一目見たときから『おっ、これは』って思ったもん」

「ありがと。『ネコソギ』も、わたし嫌いじゃないよ」

「行けるかな」

「たぶん」

二人は顔を見合わせた。

「それから、この前のあれだけど」

「何？」

「ネットで佐久間が叩かれてるってやつ」

「ああ、気にしてないからいいよ」

「違うんだよ。今、スレッドが二十二まで進んでるんだけど、佐久間の擁護記事の圧倒的勝利になってる」

「一体どうしたっていうの？」

「うん、いや、途中でだれか業界の人間が出て来て書き込んだらしい。佐久間が今やってることは売名行為にしたらあまりにもリスキーで、業界の人間ならできることじゃないって。そこから形勢が徐々に変わってさ。今じゃ、佐久間、あそこじゃ神的存在だよ」

「何それ」

そういって愛子は笑った。そして、そのあとでこういった。

「ところでさ、今の仕事が一段落したら、わたし、一度台湾に行ってみようかなって思ってるんだ」

「台湾か。行ったことあるの？」

「ない。でも、今回『謝謝台湾計画』やってて思ったんだ。台湾ってどんなところなんだろうって。考えてみたら、わたし、台湾のことなんてぜんぜん知らないんだもん。どんな人がいて、どんなふうに暮らしてるんだろう。何か、すっごく面白そう」

「きっと面白いよ。何たって日本のために百億円以上ものお金を集めてくれたところだから」

　窓の外には春の穏やかな陽射しが輝いていた。

　柔らかな風に吹かれて、街路樹が気持ちよさそうに葉を揺すっている。

　愛子はもう一度、台湾ってどんなところなんだろうと、遠い南の島に思いを馳せた。

エピローグ

五月三日の朝、真奈は出勤前にコンビニに寄ると、三十九元のサンドイッチとジュースのセット、そして新聞のスタンドから連合報と自由日報を一部ずつ抜き取ってレジに持って行った。

お目当ての広告は、連合報は第九面、自由日報は第五面に、それぞれ掲載されていた。

梅と桜をあしらった図案、その下には「ありがとう、台湾」という大きな文字。シンプルだが、目を奪われる力強さが伝わってきた。

右下のほうには「日本志同道合者　敬上（日本人有志一同）」とあった。真奈はお金を出していないので、厳密にいえば、この中の有志には入れない。それでも最後に少しだけ、このプロジェクトに参加できた気がして、それがとても嬉しかった。


愛子が台湾の地を踏んだのは、新聞に広告が掲載されて一週間ほど経ってからのことだった。

三泊四日、格安チケットを買って、行天宮《シンティエンゴン》近くの安ホテルを予約した。

はじめての街なのに、ずっと古くから知っているような感覚を覚えた。それでいて、目に見るもののすべてが新鮮だった。

この街のどこに百億円以上ものお金を集めるパワーが潜んでいるのか。愛子はそれを探ろうとしながら、漢字の看板があふれる街並みを歩いた。

台湾に来たいちばんの目的は広告を掲載してくれた二つの新聞社を訪問して直接お礼をいうことだった。

プロジェクト成功のもっとも大きな理由は、新聞社が広告の掲載を快く承諾してくれたことだと愛子は思っている。「英断」という最高の称賛を送りたい気持ちでいっぱいだ。

もし、これが日本の新聞だったらどうだっただろうか。おそらく広告の掲載はできなかっただろう。自分のような無名の人間に、たとえ有志の数が五千人に膨らんだとしても、新聞社が手を差し出すことはなかっただろう。

だからこそ、愛子は台湾の新聞社に対して「英断」という言葉が浮かんだのだ。そして実際に新聞社の人と接してみて、あたたかい血のつながりのようなものを感じた。それは人間だれもが生まれながらに持っている、素晴らしい心根のようにも思えた。

自由日報にアポイントの連絡を入れて数日後、先方からこんな返事が返ってきた。

「ご返事遅くなって申し訳ありません。会長の都合がつきましたので、ぜひお越しください。お待ちしています」

会長といわれても、愛子は実感がわかなかった。普段は決して会うことのできない、雲の上の人だろうと何となく思っただけだ。すると、何を着ていくべきなのか、急にそちらのほうが気になりはじめた。仕事柄、ジーンズとスニーカーが多く、フォーマルと呼べるような服は何ひとつ持っていなかったからだ。

愛子は結局、無地の青いワンピースを買った。こんなことでもなければ絶対に選ばない一着だった。

会長室は自由日報ビルの最上階にあった。

窓からは松山空港《ソンシャン》の滑走路、空高く飛び立っていく飛行機が見える。

「このたびは、どうもありがとうございました」

愛子は日本語でいうと、深々と頭を下げた。

会長は九十歳を越す高齢だったが、背筋はぴんとして顔の色艶もよかった。そして流暢な日本語でしっかりと話した。

「日本の皆さんが台湾のことを、こんなに気にかけてくれているのを知って、わたしも嬉しかった。台湾には日本のことをよく思っている人たちがたくさんいます。それはわたしたちのようにかつて日本の教育を受けた世代から今の若い人たちまで、脈々と続いているんです」

会長の話す言葉のひとつひとつが、愛子の胸に深く刻まれていった。その言葉の重みが今ではよくわかった。そうだ。それが目に見える形となったのが百億円を超える巨額の義援金だったのだ。

窓の外では、青空の中にまたひとつ飛行機が消えていくのが見えた。


愛子は中華料理が特別に好きだというわけではなかったが、台湾にいる数日間でその考えは見事に変わった。これまでは本当においしい中華料理を食べたことがなかったのだ。

訪問先では、いつも宴会でもてなされた。次々と運ばれて来る料理は見たことのないものも多かったが、どれも想像を絶するおいしさだった。

連合報でも食事に招かれた。

電話で話をしたことがあるセールスマネージャー、陳仁浩《チェンレンハオ》のエスコートでやって来たのは豪華な中に上品さも兼ね備えたレストランだった。高級ソファセットを配置したレセプションエリアを通り抜けると、奥はダイニング用の個室が続いていて、個室の中央には十数人掛けの大きな円卓があった。円卓の上には、着席する人数分の皿のほかに箸とれんげ、ワイングラス、きれいに花の形に折り畳まれた白いナプキンがセットされていた。

しばらくすると、陳仁浩の上司や同僚らしき人たちが全部で十人ほど、次々に到着した。何人かからは名刺をもらったが、中国語の似たような名前を、愛子はひとつも覚えられなかった。

食事中の会話は英語で進んだ。

「広告を掲載していただいて、本当にありがとうございました。皆さんのご決定には心から感謝いたします」

愛子がお礼の言葉を述べると、それに対して次々と返事が返ってきた。

「そんなの当然のことですよ」

「いや、感謝するのはわたしたちのほうです。だって、台湾人の思いをちゃんと受け止めてくれたんですから」

「そう。台湾と日本はいつでも友達なんだから」

――いつでも友達。

それを聞いたとき、小学生のときに渡邊ひかりから教わったあの中国語が浮かび上がってきた。それは輝きを放ちながら、愛子の口をついて出た。

「我們是《ウォーメンシー》朋友《ポンヨウ》。我們是《ウォーメンシー》真正《チェンチェン》的《ダ》朋友《ポンヨウ》（わたしたちは友達。わたしたちは本当の友達）」

とてもきれいな発音だった。

その場にいる台湾人たちは一瞬何が起こったのか理解できないといったような表情だったが、すぐに意味を悟ったようで、だれかが「対了《ドゥイラ》！　我們是真正的朋友（そうだ！　わたしたちは本当の友達だ）」と大声で返した。

すると陳仁浩が「来《ライ》、来、来。我們是真正的朋友！（さあ、さあ、さあ。わたしたちは本当の友達だ）」といいながら、グラスを手に持って高く掲げた。

「我們是朋友」

「我們是朋友」

あちこちで「我們是朋友」の叫び声が交差する中、グラスが軽快な音を立ててぶつかり、みんな気持ちよさそうにワインを飲み干した。


土曜日の午前中、代表処の文化ホールでは「日台交流水彩画展」が開かれていた。

文化ホールの貸し出しは平日の業務時間内に限られていたが、今回は展示内容に「義援金寄付に対する感謝と日本の復興を願って」というサブタイトルがついていたため、特別に休日の開催が許可された。その代わり、週末の二日間、真奈は代表処の担当者として終日現場に張り付いていなければならなかった。

午前十時を過ぎたばかりだったが、会場にはすでに数人の入場者の姿があった。

作品の数は三十点ほど。規模はそれほど大きくはなかったが、花や風景を題材にしたものに混じって募金をしている様子や「日本加油！（がんばれ日本！）」と文字の入ったものなどがあり、一風変わった趣を添えていた。

「山崎さん」

真奈が壁に掛かった作品を観賞していると、肩越しに声をかけられた。

主催団体の責任者、長井だった。

「あの、こちらの方が山崎さんに会いたいって」

長井の後ろにはショートヘアの小柄な女性が立っていた。真奈はすぐにそれが佐久間愛子だとわかった。

数日前、真奈は愛子から来台するというメールを受け取っていた。ぜひ会ってひと言お礼をいいたいとのことだったが、あいにく愛子が指定して来たのは、展覧会の会場から離れるわけにはいかない日だった。そこで会場まで来てもらえるのならということで約束したのだった。

「このたびは本当にありがとうございました」

「いいえ。佐久間さんの計画に少しでも協力できたらって思ってたので。わたしとしては当たり前のことをしたまでです。それにしても、佐久間さんの勇気と行動力には本当に感動しました」

「ありがとうございます。でも正直いうと、わたしにもよくわからないんです」

「というと?」

「最初はだれかがインターネットで、日本政府の感謝広告に『なんで台湾が入ってないの』っていってるのを見て。それで考えていくうちに、何だかおかしいなって思いはじめて、そのあとのことは何が何だか。成り行きでそうなったっていうか、気がついたら『謝謝台湾計画』になってたんですよね。……たぶん、だれかがやらなきゃいけなかったんだと思います。それがたまたま、わたしだったんでしょうね」

真奈は心の中で「だれか」という言葉を繰り返した。すると不思議なことに、震災後ずっと続いていた募金活動の波が静かに消えていき、ひとつの区切りを迎えようとしている気がした。

入場者の数は徐々に増えている。

顔見知りなのか、新たにやって来た三人連れの女性グループと長井が親しそうに話している。

「それにしても、おかしなものですね。わたし、今回お礼をいうために台湾に来たのに、逆にいろんな人から『アリガト』っていわれました」

愛子が思い出したようにいった。

「佐久間さんが彼らのことをちゃんと見てたからじゃないでしょうか」

「そんなの当たり前じゃないですか。だって、彼ら、二百億円も集めてくれたんですよ。日本のために」

「でも、これまではちゃんと見てる人って、いるようであまりいなかったんじゃないかって思います」

「いるようでいなかった？」

「ええ」

「まあ、たしかにそういわれると、わたしも今回のことがあるまでは台湾のことなんて何も知らなかったし……」

「実はわたしも」

「えっ」

愛子が意外そうな顔で真奈を見た。

「でも、これからはもっとよくなっていけばいいなって思います。お互いにアリガト、謝謝《シエシエ》っていえる関係がずっと続いていけば」

「アリガト、謝謝か」

「そう。アリガト、謝謝」

ふたりは顔を見合わせて笑みを浮かべた。

――アリガト、謝謝。
その響きはとても心地よかった。

この作品はフィクションです。

本書は書き下ろしです。

木下諄一（きのした・じゅんいち）
1961年愛知県生まれ。東京経済大学卒業。商社勤務、会社経営を経て台湾に渡り、台湾観光協会発行の「台湾観光月刊」編集長を八年つとめる。2011年、中国語で執筆した小説『蒲公英之絮』（印刻文学出版社）が外国人として初めて、第11回台北文学賞を受賞。著書にエッセイ『随筆台湾日子』（木馬文化出版社）など。

N.D.C.913　316p　19cm

アリガト謝謝《シエシエ》

二〇一七年三月七日　第一刷発行
二〇一七年三月二一日　第二刷発行

定価はカバーに表示してあります。

著　者　木下諄一《きのしたじゅんいち》
発行者　鈴木　哲
発行所　株式会社講談社
東京都文京区音羽二―一二―二一　〒一一二―八〇〇一
電話　出版　〇三―五三九五―三五〇五
販売　〇三―五三九五―五八一七
業務　〇三―五三九五―三六一五
印刷所　豊国印刷株式会社
製本所　大口製本印刷株式会社

ISBN978-4-06-220495-8